解讀周作人

劉緒源／著

本書對周作人散文的澀味與簡單味、對周作人與魯迅文章風格的異同，與同時代散文家林語堂、梁實秋、豐子愷的區別，及其學生俞平伯、廢名的散文特色都有深入獨到的剖析。

這過去的我的三個月的生命，那裏去了？
沒有了，永遠的走過去了！
我親自聽見他沉沉的緩緩的一步一步的，
在我床頭走過去了。
我坐起來，拿了一枝筆，在紙上亂點，
想將它按在紙上，留下一些痕跡，——
但是一行也不能寫，
一行也不能寫。
我仍是睡在床上，
親自聽見他沉沉的他緩緩的，一步一步的，
在我床頭走過去了。

——周作人〈過去的生命〉

代序　真賞尚存　斯文未墜

舒蕪

近些年來小品散文讀物的流行，大概是適應了「文革」以後、特別是市場經濟沖激之下渴求撫慰的人心的需要。我能夠理解，可是有時也覺得這種需要似乎日益走上輕軟纖小之路，未必是文學發展的健康狀況。常常看見書攤上，周作人散文與梁實秋、林語堂等等的散文並列，我總是若有所感。也常常看見報刊上有把周作人與梁實秋、林語堂等列齊觀的言論，還直接接觸過這樣的讀者，他說是愛讀周作人，細談起來，他其實是以欣賞梁實秋、林語堂的同樣趣味來欣賞周作人。我從這些，深感一味追求閒適、輕鬆、飄逸、清雅之誤事，周作人的真味並不在此。半年以前，我寫過一篇〈誤讀知堂〉的小文（載《文匯讀書週報》一九九四年六月十八日），有云：「相當一些讀者的心目中，周作人成了純然閒適、輕鬆、飄逸、清雅的形象，以此而受到歡迎，這也許是適應了『文革』以後渴求撫慰的人心的需要，實在卻是誤讀。」周作人的真味是什麼呢？「他對自己文章的評價，是著重拈出一個『苦』字，是以苦味為自己的真味，他感謝能欣賞他的真味的人。他也承認自己的文章有『閒適』的一面，但僅僅是『貌似』，僅僅是『近於』，他擔心這一面『誤人』，怕讀者一味跟著閒適下去。」這個意思，一九八六年我在《周作人概觀》裏就詳論過，現在重申，是由於實際掌握了兩個誤讀周作人的例子，雖然誤得很荒唐，但推其致誤之由，卻正是一味追求閒適、輕鬆、飄逸、清雅之故，應了一句老話，「雅的俗得緊」。那篇小文中並未提出梁實秋、林語堂來作比較，我心裏是想到這個問題的。我並不是把梁實秋、林語堂等等都看作「雅的俗得緊」，我承認他們都是散文名家，但是不能與周作人等列齊觀，因為他們都沒有達到周作人的簡素苦澀的境界。我大致有這樣的想法，但並沒有深入研究過，所以沒有明確提出來。

最近讀了劉緒源先生的《解讀周作人》一書，給我很大教益。我只看到有些讀者把周作人與梁實秋、林語堂等列齊觀，《解讀》則一上來就指出另外一種更其尖銳的情況，即許多讀者只能欣賞梁實秋、林語堂等等，而不能欣賞周作人，「他們會很快地接受梁實秋的精緻的俏皮，接受林語堂的生辣放肆的幽默，接受豐子愷的天真閒雅，接受徐志摩的濃豔奔放與冰心女士的纖穠委婉，甚至接受葉聖陶的工整與何其芳的詭譎，卻獨獨難以很快地接受周作人」。《解讀》這樣尖銳地提出問題以後，就反覆比較了梁、林、豐等人與周作人的同異，見出文藝研究的真功夫，使我這樣一個略知其意而未嘗下過功夫者佩服無已。

《解讀》指出，林語堂散文縱橫捭闔，任意而談，亦莊亦諧，而又文采熠熠。他先前也寫過「浮躁凌厲」的文章，後來一變而提倡幽默與閒適，從此對過去彷彿了無牽掛，不像魯迅和周作人那樣，在文章中永遠看得出他們那沉重的過去。林語堂的閒適是真閒適，他的名文〈言志篇〉就是一個無牽無掛，很滿意於自己境遇的紳士先生悠悠然的內心袒露，沒有一絲對周遭人生的不滿不平之氣，沒有一點苦澀的滋味。他的文章缺乏更深沉的情感和意識，所以不十分耐讀，尤其經不住將他大量的文章放到一起來讀。

《解讀》指出，梁實秋散文藝術的成就，在林語堂之上，他下筆雍容大度，頗有周作人式的「談話風」。但是，看他的小品文集，相當規範齊整，給人以小心拘謹之感，不似周作人每一集的駁雜隨意，瀟灑大氣。梁實秋的幽默太顯眼，又用得如此普遍，讀得多了，反倒顯出了一種單一。他的幽默的最成功之處，是善於嘲弄（包括自嘲）人生的各種細小的窘相窮酸相，但對總的社會人生卻是比較滿意的，沒有周作人那樣內在而廣大的壓抑與幽憤。梁實秋偏於巧，而沒有周作人式的拙；其滋味是酸而略甜，可口宜人，不是周作人那樣一味的苦澀。

《解讀》還指出，豐子愷散文的文雅淡泊，其實也與周作人不同。豐子愷的淡是真正的平淡，他對當時的人生現狀也不滿，他避居鄉間，追求寧靜，真正做到了視而不見。而周作人則永遠不滿，他的思想家型的深思苦慮使他將人間的黑暗看得很透，越是故意裝作看不見，越顯露出了他內心的苦澀。豐子愷的散文如一盤家常菜，如田頭里巷的閒談，有情有趣，不高深，但也沒有太多的啟悟與回味，不似周作人那樣每在平淡樸拙之中包藏著驚人的淵博與啟人的深邃。

《解讀》中對諸家的比較分析，上面只是作了粗略的介紹，原文當然詳盡展開得多。他的結論是：「總之，周作人的『簡單味』並不簡單，在他的樸拙中總是包藏著豐腴，這是豐子愷所不具備的。他的『澀味』更其複雜，不僅為豐子愷，也為林語堂、梁實秋及許許多多同時代散文家所不具備。」

還不止此。

在周作人研究中，一向有一個問題，即對於周作人晚年文章，尤其是那種往往通篇用大量引文聯綴而成的文章，被人嘲為「文抄公」的文章，究竟如何評價。我曾在《周作人概觀》中說過：「到了晚年，刊落浮華，枯淡瘦勁，而腴潤自在其中，文境更高。」又說：「不僅是內容上的『六經注我』，連引用來的古人的文章也像是周作人的文章。周作人晚年許多讀書筆記之類，往往通篇十之八、九都是抄引古書，但是加上開頭結尾，加上引文與引文之間的幾句話的連綴點染，極蕭寥閒遠之致，讀起來正是一篇貫穿著周作人的特色的文章，可謂古今未有的一種創體。……周作人從自己的文章裏善於吸收文言文的成分，到直接抄引古人的文言文納入自己的文中成為有機的部分，斯藝可謂已臻絕頂，再想超過也是難了。」我說這些話，都是有所針對的。有些研究者貶薄周作人晚年文章，指為才盡，指為脫離現實，指為寫不出文章只好大抄古書，我不同意，所以說了那些話。但是，我側重在其所引的古文都像是周作人自己的文章這一層，尚非探本之論。對於所謂「文抄公」的文章，究竟在周作人的整個散文成就中居於什麼地位，我也沒有作出明確的正面的評價。今讀《解讀》，分明地照出我的不足。

對於周作人的以大量抄書為特色的書話，《解讀》從學術和藝術兩方面，給以極高的評價。學術方面，《解讀》認為，周作人是以零星隨感、積少成多的方式，對中外典籍，尤其是對中國古代的筆記小品，作了一次系統而又極富個性的研讀和整理。「周作人一生中，書話創作的數量最大，在這方面所花工夫最多，這些抄書之作，也許是他留下的最寶貴的遺產。」藝術方面，《解讀》指出，周作人的抄書之作，同是通篇黑壓壓一片的引文，而其文章佈局，曲盡變化之妙。有的是連類抄引，一環扣一環，峰迴路轉，變化多端，似乎有些東拉西扯，卻令人興味盎然，欲罷不能，讀過之後，只感到扎實和豐滿，絲毫不覺其貧薄鬆散。有的是橫向並列的抄錄，需要更完整的學問，但總保持著雅趣與可讀性，異於一本正經的沉悶的學術論文，在夾敘夾議的行文之中，所抄之書有的成了「敘」的內容，有的代替了「議」的作用。此外還有種種抄法，每種抄法又可以有各不相同的運用。《解讀》以極鮮明的態度肯定道：「他的不少抄書之作，其審美價值，其給予人的充實感、豐富感與滿足感，是超出他早期的小品之上的。」《解讀》以極大的理論上的勇氣，作出這樣的論斷：「《藥味集》與《書房一角》，在他的整個創作生涯中，可說是藝術上最為成熟的兩本書了。」這真是極大膽之論，似乎有些驚世駭俗，細想卻是完全真實，十分平實的。

周作人晚年還有一種並不大量引古書，只是平平常常說話的文章，我所謂刊落浮華，枯淡瘦勁，文境更高者即指此。我雖然這樣說了，卻並沒有充分思考這「更高」二字的蘊涵。《解讀》則真正比較了周作人早年名作和晚年本色文章，指出：「當人們為知堂散文出選本時，或想挑選幾篇作出評論，或向初讀者推薦一些選目，為達到一定的效果，使其更引人注目起見，所選的往往是周作人較多地運用了技巧的文章，如早期鋒芒較露的雜文，或那些色彩比較鮮亮的小品。何以如此？只因為它們更好評，更好看，更能讓人一下子讀出好來。但事實上，知堂散文更精彩的部分，真正能夠代表他的最高藝術追求的，恰恰不是這一部分，而是那些更平淡樸素，一眼望去更找不到好處的本色文章。——一旦你改變了過去的看慣漂亮衣服的閱讀目光，真正從這些沒有外在魅力的本色文章中發現了人的魅力，那麼，你就將獲得了更為深邃而久遠的審美享受。在散文藝術的天地裏，你也會有『一覽眾山小』的真切體驗。」這些話說得真好！我就沒有達到這樣的境界。周作人的晚年本色文章，和他那些早年名作，在我心目中的真正地位還是二者大致相等，更嚴格地說，恐怕還是把他那些早年名作看得略重一些。讓我來選，我也會以選錄他早年那些名作為主；我會比別的選本更多地選錄他那些「文抄公」之文；而對他晚年完全刊落浮華也不大量抄書的本色之作，我就不會選得太多，分量上比較起來就成了「聊備一格」的樣子，儘管我的本意不完全如此，實際上的畸輕畸重還是清楚了。

這樣看來，可以說有五個層次：一是只能欣賞梁實秋、林語堂等等，而不能欣賞周作人者。較高一層是能欣賞周作人，而實際上是以欣賞梁實秋、林語堂等等的水平來欣賞周作人，將他們等列齊觀者。再高一層是能知周作人高出於梁實秋、林語堂之上，但在周文中只欣賞其早年名作，不能欣賞其中年以後更成熟之作者。再高一層是能知周作人中年以後那些「文抄公」之文的價值，而對於那些不大抄書的完全本色文章的價值未能充分看重者。最高一層是能明確推重他晚年那些完全本色文章的成就超越早年名作之上者。對照一下，我自己的位置，大概剛剛夠得上第四個層次，這就知道了今後提高自己的目標。

但是，我讀後也增加了迷惘。我本來是對近年讀者對散文的愛好日趨於輕軟纖小之途有所疑慮，希望周作人不要被誤讀以助成此種趨勢，希望他的真成就真價值能為讀者所領會，或者是提高審美追求、救治輕軟纖小之病之一法。讀了《解讀》之後，這希望卻渺茫起來了。《解讀》一開始痛陳讀者不能欣賞周作人的現象之後，立即一轉而用樂觀的口氣說：「好在，這只是一個暫時的現象，只要硬著頭皮往下讀，讀它七、八篇十來篇」，「還有一個消除隔膜的方法，那就是在自己與周作人之間找到一座橋，先讀一些自己易於接受而又比較接近於周作人的作品」。他說得雖然樂觀，我卻不禁想：這是可能的麼？有幾個讀者肯下這番功夫呢？他們要的是香甜適口的小零食，拿起周作人散文來一嚐，完全不對口味，有幾個不丟在一旁，還肯下那些苦功去硬啃，去適應，去找過渡橋樑呢？《解讀》裏面就說：「當然，有一利必有一弊，過於苦澀耐讀之作，讀者面必然不廣。但求仁得仁，知堂老人還是實現了他自己的藝術追求的。」求仁得仁，這說得就很悲觀。為了藝術追求，就得付出被冷落的代價。追求者是求仁得仁，又何怨。但從勸說讀者如何如何下苦功去適應去領會的研究者來說，他的勸說就是知其不可為而為之，其中滋味也很是苦澀的了。

但是，《解讀》這本書，又是愉悅的產品。其後記有云：「這兩年外面天翻地覆，有不少立志以筆耕為業的朋友，終於棄文從商，『下海』去了。也有人見我還在埋頭寫作，驚訝不已，彷彿我已成了世間的怪物。然而，我確實在寫作中獲得了極大的樂趣，這是一種在艱難跋涉中時時都有新發現的快樂，令人備覺艱辛而又備感充實。我想，即使一夜間成了腰纏萬貫的大富翁，那快樂也難以與之替換吧。於是我繼續寫，並沒有那種憤憤而為或自我獻身似的悲壯感，只如魚之在水，自然而又自然。」原來，不論市場經濟的狂潮怎樣沖激，而如魚在水似地從事於高品位的冷門的研究和寫作者，仍然有劉緒源先生這樣的人在。喜真賞之尚存，知斯文之未墜，讓我們還是希望著吧。

一九九四年十二月九日

目次

第一章

苦雨齋與同時代的散文家

——兼說「澀味」與「簡單味」

今天的讀者，對於周作人的散文，實在是隔膜得太久了。

時輪運轉到二十世紀九〇年代，不知是出版界喚醒了讀者的興趣，還是讀者興趣的轉移提醒了面臨窘境的出版業，總之是，「五四」以後的名家散文突然走紅，各種版式的「舊書新刊」或「舊文新編」爭相問世。周作人、林語堂、梁實秋、豐子愷……一時間成了書肆與讀者口中出現得最多的名字。

周作人如果在世，儘管他仍會略垂雙眼，緊閉雙唇，保持他那一貫的淡然和矜持，內心卻終將感到無比欣慰的。因為在他生命的最後幾年，他曾為自己的名字不能上報，自己久久不再被人提起而憤憤不平。在給曹聚仁的信中，他稱此為「默殺」。

然而，當讀者將這些名家的舊作捧回家，他們會很快地接受梁實秋的精緻的俏皮，接受林語堂的生辣放肆的幽默，接受豐子愷的天真閒雅，接受徐志摩的濃豔奔放與冰心女士的纖穠委婉，甚至接受葉聖陶的工整與何其芳的詭譎，卻獨獨難以很快地接受周作人。

不止一次地聽文化界的人說起，讀周作人的作品感到吃力，提不起精神，感到他語言的平淡拖遝，有時還感到一種不慌不忙的囉嗦，加之題材的駁雜，引文的古奧，常常翻不了多久就掩卷，擱置在一旁了。

這實在令人吃驚和遺憾。當年首創新文學「美文」的大師，因為文字的純樸精美曾被許多評論者稱為「爐火純青」的周作人，今天竟得不到新一代讀者的認同！——好在，這只是一個暫時的現象，只要硬著頭皮往下讀，讀它七、八篇十來篇，開始為他那獨到的見地或高雅的書卷氣所吸引，漸漸地習慣了他那不溫不火迴旋往復的語言節奏，逐步體驗到了知堂散文的獨特的美，這時，隔膜就會消逝。你的眼光會被這些平淡的作品所吸引，你會從這些黑壓壓的字行裏領略到一種在別處難以覓得的魅力，你甚至會成為周作人迷。

或者，還有一個消除隔膜的方法，那就是在自己與周作人之間找到一座橋：先讀一些自己易於接受而又比較接近於周作人的作品，比如當初的梁遇春或鍾敬文的小品，比如今人張中行的雅淡深邃的回憶文，或黃裳的書卷氣十足的書話散文。在迷上了這些作品之後，再去讀周作人，就會有豁然開朗的感覺，有「更上一層樓」的喜悅，會發現你所喜愛的那些美文的淵源所自。你也許會就此以更大的熱情迷上周作人。

為什麼讀周作人需要這樣一個習慣的過程，而讀梁實秋、林語堂、豐子愷、徐志摩……卻不需要這樣的過程呢？

這是一個十分有趣，也十分深刻的藝術現象。

這使人想到了許多特殊的藝術家。

我首先想到的是福樓拜。當然，我是通過李健吾的翻譯閱讀福樓拜的，這其實已是兩個藝術家的共同的創作。從來沒有讀過巴爾扎克或雨果的人，可以一下子接受巴爾扎克的滔滔不絕的精確剖析，也可以接受雨果的汪洋恣肆、激情澎湃和情節上的出其不意的圓滿——即使一邊讀一邊在心下抱怨它們太過龐大，卻也會承認這龐大是一個小說大師應有的權利。可是初讀李譯的福樓拜，卻有可能馬上產生一個「簡陋」的感覺，懷疑這是一個不會寫文章的人的幼稚的作品，因為句子是這樣簡簡單單，禿頭禿腦，甚至丟三落四，沒有一點兒華美的痕跡，沒有一丁點兒「大師」的標誌。在《包法利夫人》中，就充滿了這樣的文字：

愛瑪沒有睡，也就是裝睡；他躺在旁邊，昏昏沉沉，她卻醒過來，做別的夢。

沒有修飾成分，簡白到極點，似乎再豐富的內容也會被寫得平淡無奇。又如：

太太買了一頂帽子、一副手套、一把花。先生直怕錯過開場戲；他們來不及喝湯，就趕到劇場門前。門還關著。

幾十萬字的一部大書全都是這樣的文句。肯定有不少讀者隨手翻翻，就打消了讀下去的念頭。但是真正讀下去，熟悉了這種文體內在的節奏感和韻律感的人，就會被它迷住，就會從這極度簡白中讀出它的豐饒、精確、優美，以至被這簡簡單單的字句陶醉得難以自拔。我就是一個這樣的讀者，那本帶有速寫插圖的《包法利夫人》幾乎成了我藏書中的至寶。在我看來，福樓拜和李健吾在這部小說上的文體探險，真正稱得上是「珠聯璧合」。

周作人也是一個文體探險家，他也追求文章的沖淡簡樸的外形。儘管他不寫小說（早年的偶一為之，一直被他自認為是失敗的記錄），他所喜歡的是舒緩自然的長句，這正與李譯福樓拜的文體節奏相反，但他們內在的相通之處卻是不難發見的。那就是：不求華美，自創新格，歸絢爛於平淡，含豐饒於簡樸。因為平淡簡樸到了極點，變成了稚拙，於是就易於為沒有經驗的初讀者所不屑。

類似的現象在中國當代小說創作中也可找到。同是寫農村題材的作家，讀者可以一下子就接受柳青的充滿理智的激情與精緻細膩的心理刻畫，也可以接受周立波的詼諧打趣外加淡淡的白描，即使明知他們的有些作品被過去年代的觀念緊緊地籠罩著，至少也會馬上承認他們是有水平的作家。但是，在沒有經過任何提示或閱讀準備的情況下，第一次遭遇孫犁的作品，恐怕情形就不這麼樂觀。筆者曾有意識地瞭解過幾位孫犁小說的愛好者，他們最初對孫犁的作品都是排斥的，那第一個感覺是「土」，「單調」，「看不出好在哪兒」，甚至有說「讀上去蠻滑稽的」。但漸漸地，他們從貌似簡陋的文句中品出了詩意，感覺到了深藏的人情味和作家內心的真摯，進而讀出了這與眾不同的文體的非凡的節奏。如果去掉孫犁小說中那些優美的寫景與抒情的段落，那麼，孫犁的敘事方式與另一世紀另一國度的福樓拜，是確有一些相像之處的。

這種現象在繪畫中也同樣存在。舉中國近現代的四位國畫大師為例：吳昌碩、齊白石、黃賓虹與潘天壽，當年最為一般讀者所激賞的是齊白石，而最不受歡迎的無疑是黃賓虹。五〇年代初期，黃賓虹甚至連畫也賣不出去；畫界內的人欽服他的學問，卻也往往對著他的畫搖頭。他早年的簡筆山水和晚年的枯筆重墨，都帶有「文體探險」的性質。它們「不入時人眼」，而他也從不媚世。幾十年過去了，黃賓虹的價值被不斷發現和發掘，他現已成為最受歡迎和最值得研究的前輩大師。有論者總結說：「齊白石與黃賓虹的區別，就在於前者更具有廣度，從雅俗共賞的生活情趣上確立自己；而後者更富深度，從精微內煉的學術意味上確立自己。」〔1〕現在初看黃賓虹的畫，仍會有一種筆墨凌亂的不適感，需要有一個藝術體驗的習慣過程。

在書法上也有這樣的例證。說到古代的草書，對書史稍有興趣或涉獵的人，馬上會想到張旭和懷素。這兩位「草聖」的字龍飛鳳舞，從頭至尾連成一片，的確讓人著迷。但最容易讓人喜歡的，未必就是最好的。歷代的書評家多有認為他們的狂草連筆過多，而有媚世、近俗之嫌的。蘇東坡亦有詩曰：「顛張醉素兩禿翁，追逐世好稱書工。」而在草書上極有藝術價值的初唐孫過庭的《書譜》，卻常常不為一般讀者所易於接受，因為一眼望去，它沒有張旭、懷素那種充滿表演性的華美的氣象，沒有連綿的體勢，它是樸拙的。然而真正進入孫過庭的筆墨意態中去，就會發現它內在的美是極端豐富的。

劉熙載稱之為「飄逸愈沉著，婀娜愈剛健」。[2] 包世臣稱其「窮變態，合情調，心手雙暢」。[3] 不過，沒有一個習慣的過程，是不可能進入其中的。

找了這麼多相近而又相遠的例證，無非是想尋覓一點規律性的東西。——我們發現：周作人的散文，孫犁或李譯福樓拜的小說，黃賓虹的山水畫，孫過庭的書法，這些在你初遇時往往不能悅目的作品，恰恰都是第一流的藝術品；同時，在藝術形態上，它們都是樸拙的。

第一流的作品可以是樸拙的，樸拙則未必都能成為第一流的作品。這在《文心雕龍・總術》中就已講得很清楚了：

> 精者要約，匱者亦尠；博者該贍，蕪者亦繁；
> 辯者昭晰，淺者亦露；奧者復隱，詭者亦曲。

也就是說，語言精煉的人，可以把文章做得很簡約，但辭彙貧乏的人也會將文章寫得十分短小；學識廣博的人可以把文章寫得十分豐滿，但思想雜亂的人文章也會做得頭緒紛繁；思路清晰的人，文章將會透明暢達，但見解淺陋者的文章也會是直白如話的；把握著宇宙人生奧祕的人的文章，可能因其內容深刻而不能一下子讀懂，但喜歡故弄玄虛的人也可能把文章做得古奧難讀。

這就告訴我們，任何表現方式，都可能有真偽兩種性質存在，稚拙可能是真正的捉襟見肘的笨拙，也可能是一種返樸歸真的至高的藝術形態。簡樸可以是真正的簡陋，也可以是飽含著豐富內蘊的一種不動聲色的藝術表現。平淡可以是確實的淡而無物，淡而無味，也可以是在平淡中漸漸品得出不盡餘味的最耐讀的上品。

正因為在後者與前者之間有許多表面的相似，於是引起了許多讀者的誤解，將上好的藝術品棄之如敝屣了。

但即使不「誤解」，對這些第一流的作品，也還是需要一個習慣、適應的過程。因為它們的內涵太豐富了，你無法一下子將其讀透，必須一遍遍地慢慢咀嚼；也因為它們不媚俗，全都保持著完整的個性，所以不能指望它們作出人們所習見的優美的姿態來迎合我們這些欣賞者。

曾有人說：「真正第一流的作品，與其說是巧的，不如說是拙的；其滋味，與其說是甜美的，不如說是苦澀的。」這實在是至理名言。讀者之所以會在最初相遇時拒斥它們，之所以會需要一段習慣的過程，歸根結蒂，也正由於它們苦澀的緣故。苦澀與樸拙，是苦雨齋散文從神到形的兩個重要特徵。二者如此結合的作家與作品畢竟不多。我們的眼睛最易於習慣的，大抵還是那些甜美的作品。如果用周作人自己的話來說，那麼他的作品的這兩大特徵，也就是所謂「澀味與簡單味」吧。

從這樣的意義上來看周作人的散文，就不難理解讀者最初的隔膜感，和這些作品自身的藝術價值了。

周作人極其看重自己作品的「苦澀」的滋味。他自號「苦雨齋」，將自己的著譯編為「苦雨齋小書」，還將散文集題名為《苦茶隨筆》、《苦竹雜記》、《苦口甘口》……等等。後又自號「苦茶庵」，仍以「苦」字當頭。他後期用得最多的是「藥堂」這一名號，作為書名的有《藥堂雜文》、《藥堂語錄》和《藥味集》；甚至晚年為香港寫《知堂回想錄》時，一開始也曾定名為《藥堂談往》。「藥味」，也即是苦澀之味吧。

周作人影響最大的名號無疑是「知堂」了，但這兩個字其實也與苦味相連。在那篇短到僅一百多字的著名的〈知堂說〉（載《知堂文集》）中，他一下筆就寫道：

> 孔子曰，知之為知之，不知為不知，是知也。荀子曰，言而當，知也；默而當，亦知也。此言甚妙，以名吾堂。

引孔子語錄，是為了強調他仍將只說自己知道的事，也就是「說自己的話」的意思。引荀子語錄，恐怕重點更在於「默而當」三字。當時是一九三二年（民國二十一年三月二十六日），離國民黨的「四・一二」大屠殺並不太遠，周作人從將近三年的痛苦的沉默中復甦過來，雖然又提筆作文了，但他深知在這時的中國，對有些事只能保持沉默；而對另一些事，他也只願意保持沉默。他曾說過一段夾帶著冷笑的話：「中國反正是一團糟，我們犯不著為了幾句空話被老頭子小夥子（他們原是一夥兒）受恨，上區成訟；我們倘被通緝，又沒有名流代為緩頰，真是『火筒裏煨鰻』了。」[4]這也就是這位知堂先生的「知也」。在目睹了這樣冷酷的事實之後，又面臨著如此的言論不自由，他那內心的苦澀，自當不言而喻。

仔細地分辨起來，周作人作品的苦澀味，來自於如下幾個不同的層面：

首先，從社會觀上看，正如前文所說，周作人對於社會現狀，常常是極度不滿的。即使是所謂「革命形勢大好」，眾人都亢奮得歡欣鼓舞的時候，他也總是蹙著眉，不作過於樂觀的估量，並從骨子裏感受到社會世態的炎涼。例如辛亥革命時，周作人內心是擁護這場革命的，但卻足不出戶，靜靜地待在家中。到第二年初，他開始在《越鐸日報》上寫稿譯稿，也算是參與了這場革命。但就在這年七月，他在〈哀范愛農〉的詩中，開首就寫道：「天下無獨行，舉世成萎靡。皓皓范夫子，生此叔季時。……」顯然，這已不是對范愛農個人遭遇的不平和哀悼，而是對「世」、「時」的全面的失望和哀傷了。觀其一生，周作人只在一九四九年新中國剛成立後表示過一些歡呼和擁戴的態度，這當然有真誠的成分；但作為一個待罪之人（他很快就成為被剝奪政治權利的「管制分子」），當時的文章裏是否也有自我保全的機會主義的成分，就很難說了。尤其在二〇年代中期和以後十多年的漫長歲月裏，那也正是知堂散文在讀者中影響最大的時期，他內心極度壓抑而又不能已於言，於是就談天說地，談鬼畫蛇，談花鳥蟲魚，談骨董，抄古書……他在《草木蟲魚小引》中說：「有些事情固然我本不要說，然而也有些是想說的，而現在實在無從說起。不必說到政治大事上去，即使偶然談談兒童或婦女身上的事情，也難保不被看出反動的痕跡，其次是落伍的證據來，得到古人所謂筆禍。……我在此刻還覺得有許多事不想說，或是不好說，只可挑選一下再說，現在便姑且擇定了草木蟲魚……萬一講草木蟲魚還有不行的時候，那麼這也不是沒有辦法，我們可以講講天氣吧。」在這樣苦澀的心境下說的話和寫的文章，雖然談的是何等風雅的題目，其間無疑會處處滲透出苦澀的滋味的。

第二，從思想的或世界觀的角度看，這種苦澀還出自於周作人內心深處那種令人難以承受的空寂感。隨著理想和信念的一一破毀，周作人感到自己已無可依傍，彷彿隻身在暗夜中摸索。在寫於一九二四年春節的〈一年的長進〉中，周作人說了這樣一段話：「這一年裏我的唯一的長進，是知道自己之無所知。以前我也自以為是有所知的，在古今的賢哲裏找到一位師傅，便可以據為典要，造成一種主見，評量一切，這倒是很簡易的辦法。但是這樣的一位師傅後來覺得逐漸有點難找，於是不禁狼狽起來，如瞎子之失了棒了……真的，我的心裏確是空漸漸的，好像是舊殿裏的那把椅子——不過這也是很清爽的事。」周作人常愛在散文中用很平和的口氣說一些充滿微意的反話，但上面這段決不是反話，那「如瞎子之失了棒」，那如「舊殿裏的那把椅子」般「空漸漸」的心境，無疑是一個喪失了精神家園的知識份子的淒涼心態的流露。整整過了九年，在寫《知堂文集・序》時，周作人又舊話重提：「我對於信仰，無論各宗各派，只有十分的羨慕，但是做信徒卻不知怎的又覺得十分的煩難，或者可以說是沒有這種天生的福分吧。」這也可見，這種「空寂感」對他生命歷程的影響是相當深刻的。嚴格地說，周作人並非全無信仰，例如對於英國藹理斯的著作，對於佛洛伊德派的兒童心理學，他就是信奉備至的；[5]但它們的影響所及主要是他的婦女學、兒童學、性心理學以及民俗學等的研究，還不足以支撐他全部的龐大的思想。喪失精神家園，作為一種精神現象，在現代西方知識界可說是屢見不鮮了。但在半個多世紀前的舊中國，在曾經飽受舊文化浸染的老一代知識份子中，卻實在是難以擔當的，它會在人的潛意識中埋下一種類乎於恐怖的種子。一九三〇年末的一個夜晚，周作人在給俞平伯的信中，曾談到自己做過的兩個噩夢：「十九年十二月某日夢，大約七、八歲，不知因何事不愜意而大哭，大人都不理，因思如哭得更厲害當必有人理我，乃益大聲哭，則驚醒矣」；「十二月十九日夢，行路見一丐裸體而長一尾如狗，隨行強乞，甚厭之，叱之不去，乃呼警察而無應者，有尾之丐則大聲為代叫警察，不覺大狼狽而醒。」[6]這樣的夢境，就情節來說並不慘烈，但如從心理角度看去，那就是極其慘烈的了，它們赤裸裸地暴露出夢者在哭喊時「大人都不理」，在呼求援助時「無應者」的深刻的孤獨與無可依傍。這種心理跡象必然流泄到他的散文創作中，它給予讀者的就不是一般意義上的苦澀了。

第三，從歷史觀上看，周作人也是與眾不同的。在《知堂文集・序》中，周作人就坦率地承認：「……同時受著遺傳觀念的壓迫，又常有故鬼重來之懼。這些感想比較有點近於玄虛，我至今不曉得怎樣發付他。」這確實不是他從哪一派理論中「依傍」來的，而完全是他自己的一種預感，是他大量讀古書並親身經歷了中國的黑暗現實後的總結和感想。廢名在《周作人散文選・序》中介紹說：周作人「曾經說過這樣的話：昔巴枯寧有言，『歷史唯一的用處是警戒人不要再那麼樣』，我則反其言曰，『歷史唯一的用處是告訴人又要這麼樣了！』他彷彿總是就過去的情形推測將來的趨向，歷史上有過的事情將來也會有。」這就陷入了一種循環論。在這樣的「史識」的籠罩下，任何有希望的事情都會被他看得沒希望起來。在討論文學發展的歷史時，他也作如是觀：「中國的文學，在過去所走並不是一條直路，而是像一道彎曲的河流，從甲處流到乙處，又從乙處流到甲處。遇到一次抵抗，其方向即起一次轉變。」他還認為這樣的來回循環，「實際上並沒有」「一直的方向」可言，「民國以後的新文學運動，有人認為是一件破天荒的事情，……以前的文學也是朝著這個方向走，只因為障礙物太多，直到現在才得走入正軌而從今以後一定就要這樣走下去。這意見我是不大贊同的。照我看來，中國文學始終是兩種互相反對的力量起伏著，過去如此，將來也總如此」。[7]當時曾有人（例如陳子展）指摘周作人到輔仁大學講《中國新文學的源流》，是為了「獨霸文壇」，爭新文學運動的「第一把交椅」。但在周作人看來，這場文學運動是連方向也沒有的，今天循環過來，明天還會循環過去。他已將一切都看得很破，爭這樣的「霸主」，又有什麼大意思呢？他的沖淡平和的心境大抵也是由此而來。這是一種失卻了希望的亮色的平和。它給予讀者的，也就是一種冷靜的苦澀。

順便說一句，帶有這種循環論的悲觀色彩的歷史觀，在當時的知識界還是有一定普遍性的。如在錢鍾書以「中書君」的名字發表於《新月》月刊第四卷第四期（一九三二年十一月）的書評《中國新文學的源流》裏，也曾隱約地提出了一種循環的模式：「『革命尚未成功』，乃需繼續革命；等到革命成功了，便要人家遵命。這不僅文學為然，一切社會上政治上的革命，亦何獨不然。所以，我常說，革命在事實上的成功，便是革命在理論上的失敗。」當時年僅二十二歲的錢先生，言談間的悲涼，是並不下於「知堂老人」的。在這種「循環論」下工作，人就如同古希臘神話中推巨大圓石上山的西緒弗斯，雖然明知推到山頂巨石必定滾回原處，但還是繼續推。這就要有點「知其不可為而為之」的精神了。這樣的知識份子往往不再過分熱心於政治，也不熱心於構建龐大的理論體系之類令萬世矚目的事業，而寧願多幹些比較切實可靠而又合於自己趣味的事。周作人如此，錢鍾書亦如此。這正是後來周作人背著「落伍」的惡名，仍孜孜不倦於他的所謂「雜學」——婦女學、兒童學、民俗學、性心理學、文藝學、翻譯學及古代筆記研究、日本研究、古希臘研究……等等的原因。

第四，周作人散文的苦澀味，更在於他對周圍普遍的人生充滿著細微的感受與深刻的同情。散文的這種滋味源出於作者對於人生滋味的反覆咀嚼與品別，也就是那一時代的人最喜歡說的「人間苦」。——這就是「人生觀」對於創作的影響了。有些看似瑣屑不被人注意的事，卻對周作人漫長的一生發生影響，被他時時提及，從少年一直銘記到晚年，可見他對平凡世事關切之深。在他晚年所寫《魯迅小說裏的人物》中，有一篇〈六斤〉，內中寫道：「生活困苦，使得母子天性顯得漓薄，這卻正是苦的深刻的表現。著者常說，在鄉下走過窮人家門口，看見兩三歲的小兒坐在高凳上，他的母親跪著拜祝道：我的爺呀，你為啥還不死呢！拜得那小兒拼命的哭叫。這事使他長久不能忘記，但尤其不能忘記的乃是看著小女孩一瘸一拐的走。……像六斤那麼的小孩還是成群的一瘸一拐的走著，著者有說不盡的憤慨，只好那麼冷冰冰的說一句作結罷了。」這裏的「著者」是指魯迅，但母親要將兒子

「拜死」這一讓人毛骨悚然的情節，在周作人自己的文章中也多次寫到，〔8〕可見這是他與魯迅共同的見聞，也使他們同樣地「長久不能忘記」。至於對於女子纏足的憤慨，周作人在寫於二〇年代初的散文名篇〈天足〉中，早已表現得淋漓盡致了。他對於婦女、兒童的理解和同情，是尤其深入而感人的。同樣的同情甚至延伸到「強盜」的身上，在〈五十年前之杭州府獄〉一文中（收入《知堂乙酉文編》）有一段讓人讀之內心怦然的回憶：「我在故鄉一個夏天乘早涼時上大街去，走到古軒亭口，即是後來清政府殺秋瑾女士的地方，店鋪未開門，行人也還稀少，我見地上有兩個覆臥的人，上邊蓋著破草席，只露出兩隻腳——可以想見上邊是沒有頭的，此乃是強盜的腳，在清早處決的。我看這腳的後跟都是皺裂的，是一般老百姓的腳。」他由此聯想到「盜賊漸可親」的詩句，感到了一種深深的悲哀。實在地說，真正優秀的散文家總是「多情」的人，只有「多情」，才會在平凡世事中體驗出深藏著的「人間苦」來。

當然，以上都是從作品內容的層面著眼的，如從文學形式的角度看，知堂散文的苦澀味還離不開他的文學觀與語言觀。

在文學觀上，周作人最引人注目的，是提出了「文學無用」論。這最早見於一九三〇年中秋時作的〈草木蟲魚小引〉（載《看雲集》）：「從前在上海某月刊上見過一條消息，說某人要提倡文學無用論了，後來不曾留心不知道這主張發表了沒有，有無什麼影響，但是我個人卻的確是相信文學無用論的。」到兩年後，《中國新文學的源流》印出，他又將這一觀點大大地發揮了一番。許多研究者都認為這是周作人文藝觀念上的大轉折。如上海的倪墨炎等認為這是他對自己當年文學主張的否定，是倒退，是對「革命文學運動、左翼文藝運動的反動」。〔9〕香港的司馬長風則認為這正是周作人文學思想走向圓熟的階段，是糾正了他早年〈人的文學〉、〈平民文學〉中的錯謬。〔10〕其實，周作人的觀點並非平空而起，這倒是他一貫的思想，只是表達的方式有所不同罷了。所謂「無用」，並不是真的百無一用。早在一九〇八年，他就在《河南》第四期上撰文，強調文章有「遠功」而「非實用」。到公開提出「文學無用」論的三五年後，他又在《苦茶隨筆》後記中補述道：「我原是不主張文學有用的，不過那是就政治經濟上說，若是給予讀者以愉快，見識以至智慧，那我覺得卻是很必要的，也是有用的所在。」又說：「寧可少寫幾篇，須得更充實一點，意思要誠實，文章要平淡，庶幾於讀者稍有益處。」可見還是「有益」，即「有用」。他的這一理論還有另一種表述方式，即強調文學是個人的，是個人發出他自己的聲音，而不是提供一種效用於社會的工具，或去做「侍奉民眾的樂人」。一九二二年他在〈詩的效用〉（載《自己的園地》）一文中說：「我始終承認文學是個人的，但因『他能叫出人人所要說而苦於說不出的話』，所以我又說即是人類的。然而在他說的時候，只是主觀的叫出他自己所要說的話，並不是客觀地去體察了大眾的心情，意識的替他們做通事，這也是真確的事實。」類似的觀點，在他「五四」時期振聾發聵的代表作〈平民的文學〉中，就有過充分的表露（載《藝術與生活》），這也正是他與其他新文學健將們的明顯不同之處：「白話的平民文學比古文原是更為通俗，但並非單以通俗為唯一之目的。因為平民文學不是專做給平民看的，乃是研究平民生活——人的生活——的文學。他的目的，並非要想將人類的思想趣味，竭力按下，同平民一樣，乃是想將平民的生活提高，得到適當的一個地位。凡是先知或引路的人的話，本非全數的人盡能懂得，所以平民的文學，現在也不必個個『田夫野老』都可領會。」這裏所講的文學效用仍是「遠功」而非「實用」，但比起《苦茶隨筆》後記中的「稍有益處」，則又要「迫近」許多。這當然與「五四」時期的風氣有關。但即使在這時，周作人也仍不願將思想趣味「竭力按下」，仍不指望讓「田夫野老」盡能讀懂他的文章。基於這樣的文學觀，他自然不會去限制以致消除自己散文中艱澀的成分，他將堅守著自己獨特的思想趣味，將自己所體味到的苦澀的人生滋味一一轉化為他的「美文」，將自己翻檢到的那些難啃而又有意思的古書一一抄給他的讀者，於是澀味也成了苦雨齋作品藝術形式上的一個重要的標誌。

與他的文學觀直接相聯的，便是他的語言觀。他的散文形式所包含的澀味，最後還是要通過文學語言體現的。舉世皆知，「五四」新文學運動是從胡適提倡白話文開始的；但正是在如何運用白話的問題上，他和胡適等人的意見有著許多分歧。周作人曾批評一九一〇年在東京創刊的《今語》雜誌中錢玄同以「渾然」的筆名所寫的兩篇文章，他對當時那種「文體與論調」是並不滿意的，所以說：「那時的作者自然也是意不在文，因為目的還是教育以及政治的，其用白話乃是一種手段，引渡讀者由淺入深以進於古學之堂奧者也。」他也批評自己「五四」時期所寫的〈祖先崇拜〉一文的前兩節：「它只是頑強地主張自己的意見，至多能說得理圓，卻沒有什麼餘情，這與渾然先生的那篇正是同等的作品。」〔11〕如從文學自覺的角度看，周作人的敏感性是遠遠超出同時代人的。他心目中的理想的白話，不應只是「教育以及政治」的工具，不應滿足於「說得理圓」，而應是一種真正的文學語言，其本身必須能容納「餘情」，亦即見得出作者的性情，具備一種審美的價值。因而，他反對現成地搬用古近代白話小說的文體作為現代白話的主體，因為古近白話小說「專是敘事」，文體相當「單調」，無法滿足現代人「抒情與說理」的需要。他也反對「以現代民間的語言為主」的意見：「我們決不看輕民間的語言，以為粗俗，但是言辭貧弱，組織單純，不能敘複雜的事實，抒微妙的情思，這是無可諱言的。」他尤其反對的，是「以為提倡國語乃是專在普及而不在提高，是准了現在大多數的民眾智識的程度去定國語的形式的內容」；〔12〕這與他在〈平民的文學〉中反對將思想趣味「竭力按下」的觀點，可說是內外一致的。他強調新的國語必須是古今中外各種語言成分的「調和」，而對這種「調和」又提出了極高的、決不遷就的目的。對於現代散文——這一最難以借用情節技巧與節奏技巧，因而在語言藝術上要求更高的文體來說，周作人有過許多精彩的論說。在為俞平伯的《燕知草》一書所寫的跋中，他專門談到了白話語體的問題：「我也看見有些純粹口語體的文章，在受過新式中學教育的學生手裏寫得很是細膩流麗，覺得有造成新文體的可能，使小說戲劇有一種新發展，但是在論文——不，或者不如說小品文，不專說理敘事而以抒情分子為主的，有人稱他為『絮語』過的那種散文上，我想必須有澀味與簡單味，這才耐讀，所以他的文詞還得變化一點。以口語為基本，再加上歐化語，古文，方言等等分子，雜糅調和，適宜地或吝嗇地安排起來，有知識與趣味的兩重的統治，才可以造出有雅致的俗語文來。」這種「雜糅調和」後所形成的雅致的白話，可以說是周作人語言理想的較完整的體現了。他這裏所說的是俞平伯的散文，但更合適的例子恐怕還是他自己的作品——這也可以看作是他的一種「夫子自道」吧。在讚揚俞平伯的文體的同時，他又對當時名聲很大的幾位散文家表示了不滿，比如：「胡適之，冰心，和徐志摩的作品，很像公安派的，清新透明而味道不甚深厚。好像一個水晶球樣，雖是晶瑩好看，但仔細的看多時就覺得沒有多少意思了。」[13]這也就是「不耐看」。而這種不耐看除了內容上的「不甚深厚」外，分明也與語言形式上的「不甚深厚」有關。對照《燕知草・跋》，這種「不甚深厚」大約是包括缺少「變化」，缺少「雜糅調和」，缺少「澀味與簡單味」等等在內的。胡適作文追求平白清淺，有時確有一覽無餘之嫌；冰心和徐志摩行文卻是濃妍華美的，為何也被放在一處呢？讀了周作人的批評，我們再去重讀這兩位作家的散文，則又會發現，在他們當時散文作品那濃妍的文辭裏，所包含所洋溢的，是一種少男少女的激情和柔情，這與胡適的心平氣和的說理自然很不同，但其清淺、坦白，則又是相似乃至相同的。另外，他們散文語言的濃妍的特徵，似更接近於《燕知草・跋》中所說的「細膩流麗」，這與周作人自己所強調和追求的「澀味」，無疑有著不小的距離。濃妍是語言的外在的豐富，它們與少男少女的情感特徵的確相配；而周作人看重的「澀味」，卻是一種內在的豐富，它在外形上反倒是稚拙平淡的。由此也可見出，知堂散文所看重的，是一種明顯區別於少男少女情感的，更為深入、更加經過沉澱的情感，這種情感淡淡地藏匿於日常生活中，往往不為人所察覺（要緊的是，這樣的情感恰恰多是苦澀的——這苦澀正是人生底蘊的原色）；而他的散文語言也要更多些書卷氣，更雅致又更平淡，在平淡中卻又不避艱澀。這是一種奇妙的語言組合，讓我們放到下文再作探討吧。在上面所引的這段話中，最奇怪的是何以要將他所不滿的胡適等人的散文稱作「公安派」，因為「公安派」向來被認為是周作人的一面旗幟；林語堂也曾對此表示迷惑不解，並更正說，真正的「公安派」不是胡適之而是周作人自己。〔14〕這是一個小小的謎，我們也留待下文再來索解吧。散文為周作人所不滿的胡適，卻曾高度讚揚周作人的散文：「這幾年來，散文方面最可注意的發展乃是周作人等提倡的小品散文，這一類的小品，用平淡的談話，包藏著深刻的意味，有時很像笨拙，其實卻是滑稽。這一類作品的成功，就可徹底打破那美文不能用白話的迷信了。」〔15〕從他們相互間不知避諱的論評中，我們可以看到那一時代文化人的坦誠和大度，也可看到知堂散文在那時的實際影響之大，而這影響無疑也包括著周作人對於新文學語言建設的獨特貢獻。在周作人後期的作品中，文言的成分明顯增強，作品變得更其艱澀了，但在語體問題上並沒有違背自己參加新文學運動的初衷，他的語言觀總的說來還是前後一致的。在《藥堂雜文》的序中，他為自己的近作進行了一番辯解：「寫的文章似乎有點改變，彷彿文言的分子比較多了些。其實我的文章寫法並沒有變，其方法是，意思怎麼樣寫得好就怎麼寫，其分子句法都所不論。假如這裏有些古文的成分出現，便是這樣來的，與有時有些粗語俗字出現正是同一情形，並不是我忽然想起做古文來了。」顯然，這還是他過去所說的「澀味與簡單味」的「雜糅調和」，只是「調和」時某一方面更有所偏重罷了。當時是一九四三年末（民國癸未十二月三十日），周作人在政治上的表現早已為人所不齒，但在寫作上，他仍然認認真真地守著自己的主張。他行文的平淡而又不避艱澀，反對「專在普及而不在提高」，不願將自己「竭力按下」，這與他苦澀的心態融為一體，自然形成了苦雨齋散文獨特的趣味和情調。

我們已經分析了周作人作品中苦澀味的由來。如果再將他與同時代的散文家作一些比較，就更能看出這種滋味的難能可貴來。

二三十年代是白話散文創作的第一個高峰期，湧現出許許多多的散文名家。其中有一些與苦雨齋散文是明顯不同的，如前面提到過的胡適之、徐志摩、冰心等，還有吳稚暉的放達不羈連呼「放屁」的文體，以及一些更近於小說化的散文，因為距離很大，無須我們細加比較。還有一些屬於周作人學生輩的人所寫，而寫法上又是模仿周作人的，比如鍾敬文，又比如過早去世的梁遇春，當然還有他的得意門生俞平伯等，由於距離較小，此處也不再撥出篇幅去比較。我們只找幾位當時或後來影響極大，創作上多採用周作人式的「談話風」，風格相對接近卻又並不雷同的作家，來作一番對照。他們都曾被看作是「閒適派」的文人。他們是林語堂、梁實秋和豐子愷。

林語堂是當時公認的僅次於魯迅、周作人的散文大家。在魯迅答斯諾問話，介紹中國最優秀的散文作家時，所舉的就有周作人、林語堂、陳獨秀、梁啟超等。[16]讀林語堂的散文，縱橫捭闔，任意而談，亦莊亦諧，而又文采熠熠，確有他的特色。此公興趣多樣，做事十分投入，而又聰明過人，常能做一件成一件，為旁人所不能比肩。一生中，不論是編教科書、辦雜誌、提倡幽默小品、英譯或介紹中國文化、用英文寫小說，無不幹得有聲有色，大為出人頭地（唯一不成功的是年輕時研製中文打字機，大約這實在非其所長吧）。他的散文早期追隨魯迅，鋒芒畢露；後來一改其「浮躁凌厲」的作風，追隨周作人，倡揚幽默與閒適的格調。他這種風格的轉變也常是很徹底很決絕的，在心理上彷彿了無牽掛；不像魯迅和周作人那樣，在文章中永遠看得出他們那沉重的過去。他做戰士時是真戰士（一本《翦拂集》即可作證），而閒適起來又是真閒適。難怪郁達夫要稱他「生性戇直，渾樸天真，假令生在美國，不但在文學上可以成功，就是從事事業，也可以睥睨一世，氣吞小羅斯福之流」了。——後來林語堂在美國的經歷，證明郁達夫的預言何其精準。

然而，讀多了周作人的散文，再來讀林語堂的那些小品，又不能不讓人感到，他的語氣是那樣迫促，意思也有淺近之嫌。在「知堂老人」身邊，他實在有點像一位口沒遮攔、信口而言的頑童。他提倡幽默，自然是順應了當時寂寞文壇與沉悶的民心的需要，引起了不同尋常的反響。但幽默本應是自然形成的，是偶然得之，心到口到，毫不費力地流露於語詞或筆端，專事提倡，就難免有人為造作的假幽默出現。細讀林語堂的文章，還能找到想做得更幽默些的努力的痕跡。而這樣的痕跡，在苦雨齋散文中是很難找到的。由於心理上的了無牽掛，林語堂散文的題旨有時就顯得過小，而不能像周作人那樣，讓人從普普通通的事上體味到複雜的心境，從小中見出大與多來。他談戒煙就真的談戒煙，談吃茶就真的談吃茶，由於只在小小的題目範圍內打轉，讀多了就不免讓人感到一絲無聊。更重要的是，林語堂的閒適是真閒適，儘管他體內仍藏有過去那種「土匪」的「剪拂」的心性，但在閒適的時候他總是將它們盡數擱置或完全放棄的。《我的話》裏那有名的〈言志篇〉就是一面很好的鏡子：

我要一間自己的書房，可以安心工作。並不要怎樣清潔齊整。不要一位Story of San Michele書中的Madamoiselle Agathe拿她的指布到處亂揩亂擦。我想一人的房間，應有幾分凌亂，七分莊嚴中帶三分隨便，住起來才舒服……最好是沙發上置一小書架，橫陳各種書籍，可以隨意翻讀。種類不要多，但不可太雜，只有幾種心中好讀的書，又幾次重讀過的書——即使是天下人皆詈為無聊的書也無妨。不要理論太牽強板滯乏味之書，但也沒什麼一定標準，只以合個人口味為限。西洋新書可與《野叟曝言》雜陳，孟德斯鳩可與福爾摩斯小說並列。不要時髦書，T.S.Elliot，James Joyces等，袁中郎有言，「讀不下去之書，讓別人去讀」便是。

我要幾套不是名士派但亦不甚時髦的長褂，及兩雙稱腳的舊鞋子。居家時，我要能隨便閒散的自由。雖然不必效顧千里裸體讀經，但在熱度九十五以上之熱天，卻應許我在傭人面前露了臂膀，穿一短背心了事。……我冬天要一個暖爐，夏天一個燒水浴房。

我要一個可以依然故我不必拘牽的家庭。我要在樓下工作時，聽見樓上妻子言笑的聲音，而在樓上工作時，聽見樓下妻子言笑的聲音。我要未失赤子之心的兒女，能同我在雨中追跑，能像我一樣地喜歡澆水浴。我要一小塊園地……我要房宅附近有幾棵參天的喬木。

> 我要幾位知心友，不必拘守成法，肯向我盡情吐露他們的苦衷。談話起來，無拘無礙，柏拉圖與《品花寶鑒》念得一樣爛熟。幾位可與深談的友人，有癖好，有主張的人，同時能尊重我的癖好與我的主張，雖然這些也許相反。
>
> 我要一位能做好的清湯，善燒清菜的好廚子。我要一位很老的老僕，非常佩服我，但是也不甚了了我所做的是什麼文章。
>
> 我要一套好藏書，幾本明人小品，壁上一幀李香君畫像讓我供奉，案頭一盒雪茄……

在林語堂的散文中，這一篇無疑是上乘之作，寫得真誠坦率，讓人讀來心動。可是，從他所要的這一切中，哪裏還看得出一絲對周遭人生的不滿、不平之氣呢？這是一個無牽無掛，很滿意於自己境遇的紳士先生悠悠然的內心坦露。這裏找不到一點兒苦澀的滋味。

雖然周作人也時時說到閒適，但其實，正如他自己在《藥味集・序》中所說：「拙文貌似閒適，往往誤人，唯一二舊友知其苦味，廢名昔日文中曾約略說及，近見日本友人議論拙文，謂有時讀之頗感苦悶，鄙人甚感其言。」可以說，林語堂與周作人的最大區別，就在於前者缺乏這種苦味。也就是，文中缺乏更深沉的情感和意識。這就使他的作品不十分耐讀，尤其經不住將他大量作品放到一起來讀。

當然，對今天新一代讀者來說，林語堂實際是吃了很大的虧的。那就是，新出的有關他的文集和選本，所選的往往有不少（甚至大半）並非他的原作。在現代作家中他確有很大的特殊性，因為他是用中英文雙語寫作的，以後又長期旅居美國。他的許多英文作品在外面發表後，曾被紛紛譯介到國內，有些是單篇散文，有些甚至還是整本書中的章節片斷。現在的選家不分青紅皂白，將別人的譯文統統算作他的散文小品編入集內；為遮眼目，又故意不注明文章的出處和年代。[17]經過譯者過濾的文章一般總要比原著淺顯而少個性，這也是盡人皆知的常識。於是，在今天的讀者眼中，林語堂文中的澀味就更是無從尋找了。——事實上，林語堂三〇年代的小品中文言的成分相當多，在語言風格上他是同周作人一樣「不避艱澀」的，只是樸拙的味道少得多。他當時的原作，的確比那些譯文或後來的作品要澀一些。但這只是外在的澀。內在的極為複雜的苦味，終究是找不到的。

梁實秋寫散文要比林語堂晚得多，成就卻在林語堂之上。這是因為他越到後期筆力越健，作品越多，而尤以《雅舍小品》的一續再續，令世人矚目。朱光潛先生在四〇年代末曾致信梁實秋，稱「大作《雅舍小品》對於文學的貢獻在翻譯莎士比亞的工作之上」。[18]可見評價之高。有論者認為：「林語堂雖然被稱為幽默大師，但以作品而論，林語堂的幽默感卻遠遜於梁實秋。」[19]我以為也是很有道理的。梁實秋敘事娓娓，下筆雍容大度，頗有周作人式的「談話風」。他的作品很受人們歡迎，從開始寫第一篇《雅舍》的一九三八年起，一直到半個世紀後的今天，幾代讀者對之熱情不減。

《雅舍小品》先後發行五十餘版，銷路一直遙遙領先。這與他的散文生動有趣，「入口即化」，是大有關係的。

然而細加對照，又可以發現梁實秋與苦雨齋散文的很多不同。首先，就《雅舍小品》及其各種續集來看，那題目、選材、結構、寫法，都比較整齊，是一部部像像樣樣的散文集，是一百多篇相當規範的小品。對讀者和出版家來說，規範不啻是大優點；但比起苦雨齋散文的駁雜隨意來，這樣的規範齊整又給人以一種小心與拘謹的感覺，似乎不夠瀟灑和大氣了。周作人曾說，新文學與過去的舊文學的區別，在於「偶成」與「賦得」之不同。而苦雨齋散文的不拘一格，在「偶成」這一點上，顯然要突出得多。形式與選題的整齊雖則能討書局與讀者的好，畢竟在創作中增設了一種無形的鐐銬，在作品的佈局上留下了一點人工的痕跡，而這恰恰是散文（尤其是「談話風」的散文）的大忌。

其次，梁實秋散文中獨出心裁、別具一格的幽默，固然是其精華所在；但因為這幽默太突出，太顯眼，又用得如此普遍，以至讀者一拿到他的作品就興致勃勃尋找或等待這樣的段落出現，他自己也不得不在作品中盡可能埋設這樣的精彩的部分，所以讀得多了，反倒顯出了一種單一來。每讀梁氏的這類精彩段落，我總會情不自禁聯想到美國作家歐・亨利短篇小說的那些出人意料的精彩結尾。歐・亨利式的結尾雖然有名，雖然總是那麼成功，總讓讀者佩服得五體投地，但畢竟是一種比較單一的藝術處理方式，而且這種成功的、令讀者一開始即有過高期待的結尾反過來傷害了通篇的豐富性與複雜性，也使讀者不能將興趣更自然地投射於全篇。所以，如果不是偶爾讀一兩篇，而是將其大量作品放在一起讀，有如此精妙的尾巴的歐・亨利小說，就審美價值來說，反倒不如尾巴遠不如它精妙的契訶夫。因為後者更自然，更豐富多樣，更少人工痕跡，因此也更耐讀。周作人與梁實秋的散文也有類似的情況。雖然梁作更能一下子吸引讀者，但把他的大量作品集中在一起，效果反不如偶然讀到時那麼好了。這是許許多多讀者的共同經驗。而總也讀不厭的，越讀越能深得其妙的，恰恰是一開始並不入眼的苦雨齋的作品。

況且，梁實秋的幽默，其最為成功之處，往往只集中在對人生窘相的頗帶誇張的嘲弄或自嘲上。最早的《雅舍》篇中，即已初露其妙：

> 細雨濛濛之際，「雅舍」亦復有趣。推窗展望，儼然米氏章法，若雲若霧，一片迷漫。但若大雨滂沱，我就又惶悚不安了，屋頂濕印到處都有，起初如碗大，俄而擴大如盆，繼則滴水乃不絕，終乃屋頂灰泥突然崩裂，如奇葩初綻，砉然一聲而泥水下注，此刻滿室狼藉，搶救無及。……

寫於晚年的〈警察〉一文，仍可見類似之妙：

> 北平市井謔稱巡警為「臭腳巡」，大概是因為他們終日在街上巡查以致兩腳發臭之故。……有一陣子我的右鄰是左二區的警察公局，只隔一道牆，什麼聲音都聽得見。星期日午常有呼嚕呼

> 嚕之聲自牆外傳來，間以唶嚓唶嚓之聲，歡呼笑語不絕。細辨之，是警察先生們吃炸醬麵，呼嚕聲是吸麵條，唶嚓聲是咬蒜瓣，大概是打牙祭。

這都是令人忍俊不禁的段落。人間的窘酸相當然是一大「幽默源」，但常把興致投在這裏，久之不免單調。這種「精彩的單調」，或「單調的精彩」，在苦雨齋散文中是不多見的。梁實秋嘲弄各種細小而普遍的窮酸相，但對總的社會人生處境，卻又是比較滿意的。他沒有周作人那樣內在而廣大的壓抑與幽憤。

如果說，與周作人比起來，梁實秋的行文是偏於巧，而不是拙；他散文的滋味是酸而略甜、可口宜人，而不是一味的苦澀，我想大概是對的吧。

豐子愷也是新文學史上的一位大散文家。他的作品文雅淡泊，通常總將他的風格與苦雨齋聯繫在一起。其實這也是誤解。豐子愷曾在〈熱天寫稿〉一文中，談到自己的文章，所用的是「極真率，自然，而便利的筆」。一九三五年初，他還寫過一篇〈談自己的畫〉，開頭就說：

> 把日常生活的感興用「漫畫」描寫出來——換言之，把日常所見的可驚可喜可悲可哂之相，就用寫字的毛筆草草地圖寫出來——聽人拿去印刷了給大家看，這事在我約有了十年的歷史，

彷彿是一種習慣了。中國人崇尚「不求人知」，西洋人也有「What's in your heart let no one know」的話。我正同他們相反，專門畫給人家看，自己卻從未仔細回顧已發表的自己的畫。

此文結尾時，又說：

……我的畫既不摹擬甚麼八大山人、七大山人的筆法，也不根據甚麼立體派、平面派的理論，只是像記帳般地用寫字的筆來記錄平日的感興而已。因此關於畫的本身，沒有甚麼話可談；要談也只能談談作畫時的生活與心情罷了。

只要對照他的作品就能見出，這些自白，是十分合乎他的創作實踐的（雖然他的畫其實受到過李叔同與日本畫家竹久夢二的一些啟迪和影響），而他文與畫的作風本來就是相一致的。我們至少可以從中歸納出這幾點：

一、他對作品的形式未必有多少考究。——往往只是「記帳般地」、「草草地圖寫出來」。

二、他的文字、筆墨未必有多麼深遠的師承。——他「不摹擬八大山人」，「也不根據甚麼立體派」之類。

三、他所注重的，是「極真率，自然」地表達自己當時真實的「生活與心情」。彷彿他的職業，就是不斷將赤裸裸的自我「專門畫給人家看」。

四、他對自己的作品未必十分愛惜，時時回顧。他所愛惜和能夠回顧的，仍只是創作時的那種真實的感興。

這樣我們就不難區分他和周作人之間的差別了。

首先，在作品的文字形式上，豐子愷的淡是真正的平淡，他的不求雕飾確實是只圖「便利」的同義語。周作人則不一樣，雖說他也追求平淡乃至樸拙，其實對語言文字是相當講究的，他的文筆的理想是「澀味與簡單味」的「雜糅調和」，是將各種複雜的成分「適宜地或吝嗇地安排起來」，是「造出有雅致的俗語文來」。這就決不是辭達而已了。他的外表平淡的行文中充滿著反諷和飽受壓抑的幽默，充滿著旁敲側擊和王顧左右而言他，充滿著對於六朝直至晚明的筆記小品以及英美和日本的隨筆散文的繼承和發揚，充滿著不動聲色地埋伏下來的深邃的哲理與情思。所有這一切，使他在平淡的外衣下包藏了真正的豐腴。相比而言，豐子愷的行文比他多幾分坦率，他則比豐子愷多幾分充滿書卷氣的溫潤的狡猾，豐子愷顯得天真而倉促，他則更其從容與矜持；儘管二者都是淡雅，豐子愷的雅更趨平民化，他則在平民化的口氣中包藏著更多典雅的氣質。

其次，從作品的內容來看，子愷與知堂都要表現真實的自己，這是十分一致的地方。子愷的「極真率，自然，而便利」的語言，最大的好處就是能將赤裸的「我」和盤托出，這也成了他的散文最大的優點和魅力之所在。知堂的樸拙而複雜的語言形式，也正適合於表現他那特有的複雜的心境。而這兩位作家的散文的最大差別，恰恰在於這兩個「我」是頗為不同的。雖然兩人都興趣廣泛，都有很高的藝術造詣，但以「愛藝術」來概括豐子愷則可，概括周作人則不可。對周作人的更準確的概括應是「愛智慧」，同時兼及「愛藝術」，藝術常常體現為他整個所愛的智慧中的某種理趣與情致，他是一個學者型、思想家型的散文家。所以，豐子愷在藝術領域涉獵廣泛，他的國畫、漫畫，他的文學和音樂的創作，以及翻譯和理論等，都取得了一定的成就。周作人沒有那樣的廣泛，但周作人凡所涉足的方面所達到的深度，卻是豐子愷所望塵莫及的。對人生也同樣如此。雖然兩人對當時的人生現狀都是不滿的，但豐子愷避居鄉間，追求著一種寧靜的滿足。他所達到的恬靜，是一種成功的視而不見。周作人則永遠不滿，他的思想家型的深思苦慮使他將人間的黑暗看得很透，他所謂的恬靜只是用以排遣乃至壓抑內心不滿的一種方式，這有時無異於抽刀斷水。所以，周作人是明明看得很深很透卻故意裝作看不見，往往越表示看不見則越顯露了他內心的苦澀。何況，豐子愷還有一面佛教的盾牌，所有人間的煩惱與苦悶的思考，都可以讓佛的信仰打上一個句號，使內心安於平靜。周作人則如他自己所說，是一無信仰的，他是一個靈魂的遊子，永遠在獨立地思考著，苦惱著。於是，我們讀豐子愷的散文，總是感歎於他的親切和平易，如面對一盤家常菜，如加入了田頭或里巷的閒談，有情有趣，不高深，但也沒有太多的啟悟與回味。而周作人散文所給予人的，則是一種包藏於平淡樸拙的外表中的驚人的深邃與淵博。

豐子愷與周作人的這種性格氣質上的差別，表現在各個方面。即以翻譯為例，張中行先生曾撰文回憶五、六十年代時，他與周作人之間曾有過的關於翻譯問題的對話：「……我同他談起日本著作的翻譯，他說很不容易，並舉上海一位既畫又寫的有大名的某君為例，說很平常的也常常譯錯了。不知什麼機緣，我忽然想到日本俳句，說希望他能夠編一本日本俳句選譯。我心裏想，如果他不做，這介紹東方詩的小明珠到中國的工作就難於找到更合適的人。他聽了，毫不遲疑，很鄭重地說：『沒有那個本事，辦不了。』」[20]這又寫又畫有大名者，分明就是承譯《源氏物語》的豐子愷了。豐子愷在日本僅待過三個多月，日文主要是靠自學的，他的聰明和勤奮是眾口稱譽的。但與周作人這樣一位當世無兩的日文著作翻譯家比起來，兩人在「求廣」與「求深」上的不同，就顯而易見了。又比如，兩人都熱愛兒童，都在作品中大量地寫到兒童。豐子愷有很強烈的「兒童崇拜」的傾向，他感到只有兒童是可愛的，兒童長大則是大可悲哀的，他自己的作品也向兒童靠攏，顯出了一派純樸與天真。周作人卻是站在深思熟慮的現代成人的立場上來看兒童的，他的一些關於兒童與兒童文學的文章，諸如較為著名的《王爾德童話》、《安得森〈十之九〉》、《關於兒童的書》、《阿麗思漫遊奇境記》、《體罰》、《兒時雜事》及有關玩具問題的《江都二色》等，都是寫得相當深刻，甚至艱澀的。[21]兒童是他作品中的一個話題，一個研究對象，而他所保持的仍然是複雜的成熟的自己，他是不肯將自己「竭力按下」的。他也從兒童身上看到天真的美，但更多的卻是感受著兒童的不幸，所以這不僅無助他內心的平靜，往往反倒更使他體驗到人生的苦澀。正如他在〈小孩的委屈〉一文中所說：「小孩的委屈與女人的委屈——這實在是人類文明上的大缺陷，大污點。從上古直到現在，還沒有補償的機緣……」在他的第二首題名〈小孩〉的詩中，也寫道：「我看見小孩，／又每引起我的悲哀，／灑了我多少心裏的眼淚。／阿，你們可愛的不幸者，／不能得到應得的幸福的小人們！」可見，同樣的題目，在豐子愷和周作人那裏，常常是會引出很不相同的心理效應的。

總之，周作人的「簡單味」並不簡單，在他的樸拙中總是包藏著豐腴，這是豐子愷所不具備的。他的「澀味」更其複雜，不僅為豐子愷，也為林語堂、梁實秋及許許多多同時代散文家所不具備。可以說，「澀味」與「簡單味」是苦雨齋散文藝術的兩個極重要的特徵。

【注釋】

1 盧輔聖語，轉引自〈借古開今——吳、齊、黃、潘四大家學術研討會綜述〉，《美術》一九九二年第十期。
2 《藝概．書概》。見劉熙載《藝概》第一五六頁，上海古籍出版社一九七八年版。
3 《藝舟雙楫．跋草書答十二問》。見《藝林名著叢刊》，中國書店一九八三年版。
4 〈徐文長故事小引〉。此文寫於一九二四年（刊當年七月《晨報副鐫》），當時雖還未有「四．一二」這樣的殘酷鎮壓，但周作人正同魯迅一樣，已對當時的現實實在地失望了。
5 參見《周作人論．周作人自述》，北新書局一九三四年版。
6 《周作人書信．致俞平伯》（一九三〇年十二月三十日）。上海青光書局一九三三年版。
7 《中國新文學的源流》第二講。北平人文書店一九三二年版。
8 參見〈小孩的委屈〉，載《談虎集》，北新書局一九三六年版。
9 倪墨炎：《中國的叛徒與隱士：周作人》。上海文藝出版社一九九〇年版。
10 參見司馬長風《中國新文學史》上卷附錄（一）。香港昭明出版社一九八〇年版。
11 《中國新文學大系．〈散文一集〉導言》。見《中國新文學大系導論集》，良友復興圖書公司一九四〇年版。
12 〈國語改造的意見〉，載《藝術與生活》。上海中華書局一九三六年版。
13 《中國新文學的源流》第二講。
14 林語堂：〈小品文之遺緒〉。見《小品文藝術談》，中國廣播電視出版社一九九〇年版。
15 〈五十年來中國之文學〉。載《胡適文存》二集，亞東圖書館一九二四年版。
16 參見《中國新文學史料》一九八七年第三期、《中國記者》一九八七年第一期。

17 這種情況，在一些規模較大、正兒八經的《林語堂文選》中，也同樣存在。最奇怪的是一本題為《幽默人生》的林著小品選，在收入了〈言志篇〉後，緊接的一篇是〈我要本來面目的自由〉，兩文其實是同一篇東西，所不同的是前者係原作，後者乃改寫成英文後又被人回譯為中文的。選家分明只看標題未讀全文，竟將它們擠在同一本書中了。

18 《雅舍小品合訂本後記》（據臺灣版）。

19 陳漱渝：〈《雅舍小品》現象〉，載《梁實秋散文》第一集。中國廣播電視出版社一九八九年版。

20 〈苦雨齋一二〉，載《負暄瑣話》。黑龍江人民出版社一九八六年版。

21 此處所舉的是這兩位作家的散文，非指專門寫給兒童看的兒童文學作品。至於為兒童寫作，周作人則另有說曰：「我們沒有迎合社會心理去給群眾做應制的詩文的義務，但是迎合兒童心理供給他們文藝作品的義務，我們卻是有的，正如我們應該拒絕老輩的鴉片煙的供應而不得不供給小孩的乳汁。」（《自己的園地．兒童劇》，北新書局一九三五年版）

第二章 蓬頭垢面的「過客」與心緒鬱結的「紳士」

——關於人生與藝術的選擇

從上述的評析中不難看出，在當時同被稱為「閒適派」的作家群中，周作人頗有鶴立雞群之勢。海外學者夏志清先生也說：「在林語堂的圈子裏，周作人是首屈一指的小品文家。……那時，有許多人想模仿周作人的文體，但是無論在哲學的認識上和文章的典雅上，誰都及不上他。」〔1〕那麼，有沒有在思維與情感的深刻性上，以及在文章的典雅上，堪與周作人相匹敵的呢？有。但那不是「閒適派」作家，而是與「閒適」文人們相當對立，與周作人之間也有過尖刻的批評與駁難的魯迅。

在以往的研究中，人們往往強調周作人與魯迅之異，努力尋找他們所走道路的不同，以及導致這種不同的必然性。其實，要真實而全面地把握周作人的思想與藝術，潛心探測一下這對最終分道揚鑣的兄弟間的異中之同，是至關重要的。——甚至對於魯迅的研究，這也將是重要的一著。

在一九八二年九月二十日的臺灣《聯合報》上，刊有一篇〈高陽談魯迅心頭的烙痕〉，不僅史料翔實，看問題的角度也頗覺新鮮，特摘錄如下：

魯迅早期的著作，如《吶喊》等，大多在描寫他的那場「家難」；其中的主角是他的祖父周福清……歷久相沿的制度是，刑部擬罪得重，由御筆改輕，表示「恩出自上」；但這一回令人大出意外，御著批示：「周福清著改為監斬候，秋後處決。」

這一來，周家可就慘了。第二年太后萬壽停刑，固可多活一年；但自光緒二十一年起，每年都要設法活動，將周福清的姓名列在「勾決」名冊中「情實」一欄之外，才能免死。這筆花費是相當可觀的；此外，周福清以死囚關在浙江臬司監獄中，如果希望獲得較好的待遇，必須上下「打點」，非大把銀子不可。周用吉（即魯迅父親）的健康狀況很差，不堪這樣沉重的負擔，很快的就去世了。魯迅兄弟被寄養在親戚家，每天在白眼中討生活；十幾歲的少年，由此而形成的人格，不是魯迅的偏激負氣，就是周作人的冷漠孤傲，是件不難想像的事。

此文經梁實秋大段引入他的〈憶周作人先生〉中，流傳就更廣了。梁實秋也認為，周作人「表面上淡泊，內心裏卻是冷峭。他這種心情和他的身世有關」。「魯迅心頭烙痕也正是周作人先生的心頭烙痕」。

這裏所用的，是一種近乎於佛洛伊德的方法，即從過去的經歷中找出對於性格與心理的發展有著極深刻的影響的「結」來。這樣的「結」恐怕確是存在著的。在魯迅的《吶喊・自序》裏，就曾回憶到他幾乎有四年多時間，每天出入於質鋪和藥店，「從一倍高的櫃檯外送上衣服或首飾去，在侮蔑裏接了錢，再到一樣高的櫃檯上給我久病的父親去買藥。」又說：「有誰從小康人家而墜入困頓的麼，我以為在這途路中，大概可以看見世人的真面目……」這是他中年時期所作的血淚文章，字裏行間都可見出兒時的人生危機的深深的刻痕。尤其是《朝花夕拾》中的那篇〈瑣事〉，一提起兒時初次受到流言的暗害，魯迅的悲憤立時溢於言表。他那時常去衍太太家談閒天，說到自己有許多看的和吃的想買，只是沒錢，衍太太便慫恿他去拿母親的錢，到大櫥抽屜的角角落落去尋找首飾珠子一類的東西變賣——

> 這些話我聽去似乎很異樣，便又不到她那裏去了，但有時又真想去打開大櫥，細細地尋一尋。大約此後不到一月，就聽到一種流言，說我已經偷了家裏的東西去變賣了，這實在使我覺得有如掉在冷水裏。流言的來源，我是明白的，倘是現在，只要有地方發表，我總要罵出流言家的狐狸尾巴來，但那時太年輕，一遇流言，便連自己也彷彿覺得真是犯了罪，怕遇見人們的眼睛，怕受到母親的愛撫。

這一篇寫於一九二六年十月，魯迅已經四十五歲了，但兒時那種「有如掉在冷水裏」的感覺，卻仍是痛徹入骨的。這種感覺，以及對這類暗箭的敏感，對中國式的醜惡現象（即所謂「國民性」的弱點）

的長久的警覺和緊張，足足伴隨了他的一生。所以，只要筆一涉及兒時的流言，他就立刻帶出了現時的「流言家」來，表示了他毫不留情的憤怒和戰鬥者的姿態。可見，他兒時的印象確是和他戰士的性格有著緊密的聯繫的。

周作人也不止一次地在文章中憶及這段童年的經歷。在〈五十年前之杭州府獄〉中，他仔細描寫了自己十二歲那年，住到杭州的花牌樓的寓裏，每星期幾次去獄中陪伴祖父的事。他把監獄的格局寫得十分詳盡。文中沒有魯迅那樣的悲憤和牢騷，這是合乎他的作文風格的。但五十年前的一重鐵柵門，一段狹長的廊，一片用以代窗的長短圓柱相間的空隙，都被他記得清清楚楚，可見這段生活也像魯迅「在侮蔑裏」出入於質鋪和藥店一樣，印象是深入骨髓的。而行文中，又很自然地透露出一種陰鬱沉悶的氣氛。很值得注意的是他附在文末的三首五言長詩，第二首即寫獄中見聞，第一首寫自己這段童年生活的困窘，第三首寫當時在花牌樓所見的幾位命運困頓的婦女。可見，他家境的突變以至窮下來，他的這段陰暗的童年，對他後來在寫作生涯中特別關注婦女與兒童的命運，即所謂「嘉孺子而哀婦人」，是有著直接關係的。特將第一、第三首抄錄如下：

往昔住杭州，吾懷花牌樓。後對狗兒山，煢然一培塿。出門向西行，是曰塔兒頭。不記售何物，市肆頗密稠。陋屋僅一楹，寄居歷兩秋。夜上樓頭臥，壁虱滿牆陬。飽飼可免役，日久不知愁。樓下臨窗讀，北風冷颼颼。夏日日苦長，饑腸轉不休。潛行入櫥下，飯塊恣意偷。主婦

> 故疑問，莫是貓兒不。明日還如此，笑罵儘自由。餓死是非小，嗟來何足羞。冷飯有至味，舌本至今留。五十年前事，思之多煩憂。
>
> 我懷花牌樓，難忘諸婦女。主婦有好友，東鄰石家婦。自言嫁山家，會逢老姑怒。強分連理枝，賣與寧波賈。後夫幸見憐，前夫情難負。生作活切頭，無人知此苦。傭婦有宋媼，一再喪其侶。最後從轎夫，肩頭肉成阜。數月一來見，吶吶語不吐。但言生意薄，各不能相顧。隔壁姚氏嫗，土著操杭語。老年苦孤獨，瘦影行踽踽。留得乾女兒，盈盈十四五。家住清波門，隨意自來去。天時入夏秋，惡疾猛如虎。婉孌楊三姑，一日歸黃土。主婦生北平，髫年侍祖父。嫁得窮京官，庶幾尚得所。應是命不猶，適值暴風雨。中年終下堂，漂泊不知處。人生良大難，到處聞悽楚。不暇哀前人，但為後人懼。〔2〕

幾年後，祖父終於從獄中放出來了，但脾氣變得十分乖戾。同魯迅一樣，周作人也受到了衍太太夫婦的傷害，他們在祖父面前放出的讒言，使祖父動輒對之「大鬧」、「怒詈」，弄得這位好脾氣的少年也不堪忍受了。而他更無法忍受的事卻是「買菜」——

> 其最為難的是，上街去時一定要穿長衫，早市是在大雲橋地方，離東昌坊口雖不很遠，也大約有二里左右的路吧，時候又在夏天，這時上市的人都是短衣，只有我個人穿著白色夏布長衫，

帶著幾個裝菜的「苗籃」，擠在魚攤菜擔中間，這是什麼一種況味，是可想而知了。我想脫去長衫，只穿短衣也覺得涼快點，可是祖父堅決不許，這雖是無形的虐待，卻也是忍受不下去的。〔3〕

於是，他也像魯迅一樣地「逃脫」了，「走異路，逃異地」去了。他所無法忍受的，是在這樣一個人人都愛嘲笑侮蔑「從小康人家墜入困頓」的社會氛圍中，卻偏要他穿著讀書人的長衫而去代替傭人討價還價地買東西，公然打著家道破落的招牌去供人羞辱。他也無疑在此中閱盡了「世人的真面目」。他以後在文章中不願將自己「強行按下」，一再聲稱「我們沒有迎合社會心理去給群眾做應制的詩文的義務」〔4〕等，處處在平和的外表下保持著他的冷傲與矜持，就分明是與這種童年的精神烙痕密切相關的。

在日本留學時，他與魯迅一起，經歷了創辦《新生》和翻譯《域外小說集》的挫折，感到了魯迅所說的「未嘗經驗的無聊」。兄弟兩人處身於同一種陰沉沉的人生境遇，經歷著同樣的痛苦和失望，那種悲涼的、對於世事再也不抱天真幻想的心緒，從此就終其一生地纏繞在他們的筆端了。

當然，他們不同的性格也仍在相似的經歷中不斷地顯示出來。魯迅不斷地強化著他那堅韌的、進取的、知其不可為而為之的戰士的心性。現在保存的最早的魯迅書簡——一九〇四年十月八日（落款為「八月二十九日」，係農曆）致蔣抑卮信中，就有兩段很能體現他畢生性格的文字：

樹人到仙台後，離中國主人翁頗遙，所恨尚有怪事奇聞由新聞紙以觸我目。曼思故國，來日方長，載悲黑奴前車如是，彌益感喟。

……解剖人體已略視之。樹人自信性頗酷忍，然目睹之後，胸中亦殊作惡，形狀歷久猶灼然陳於目前。然觀已，即歸寓大嚼，健飯如恒，差足自喜。

與他這種強烈的憂國之思及酷忍自強的心態不同，周作人在更早的時候已經學會了當眾孤獨，學會了以閒雅的方式來轉移內心的不平。查他一九〇二年五月日記，就有：

初四日……下午大雨。看《剡錄》，吃菠蘿蜜，甚甘。夜雨霽，挑燈獨坐，聽窗外蛙聲如兩部鼓吹，東風蕭蕭，吹白楊作響，聲甚淒清。煮茗自啜，懷憶遠人，思作日本信，因無魚雁而止，當待考後矣。十下鐘睡。

初八日晴。季考，我等二十人不考。上午同還叔閒談少頃。見窗外綠陰如障，芭蕉又展數尺陰矣，數日前尚卷心如馬耳，今則綠滿窗前，頗可悅目。……下午同鄉柯采青來談。夜雨甚悶，燈下作傳一首。十下鐘睡。

十一日……夜同諸同學往看分數單，尚未出。回至房中啜茶，吃芭蕉、錫。袒臂獨坐，衿懷脩然飄飄，有登仙之概，人生行樂耳，擾攘何為。燈下看《巾箱小品》，內唐詩、《西廂記》諸酒令。至十下鐘睡。

當時周作人僅十七八歲，還在南京的江南水師苦讀，但他的興趣，他所能自由安排的那一小部分生活，卻已經很有點後來苦雨齋中知堂老人的樣子了。他的悠悠然的「煮茗自啜」，讀古書，與友人閒談，吃芭蕉，聽風聲雨聲，感歎「擾攘何為」……都預示著他後來所走的「從孔融到陶淵明的路」。只是當時畢竟年少，幽憤未如後來那般深廣，苦味也遠不如後來那樣濃烈罷了。

讀前些年發表的一部分論文，在分析魯迅與周作人所走的道路時，往往強調他們前期與「五四」時期在思想與行動上的一致；也承認他們一九二三年七月兄弟反目後，仍有一段不太長的時間，兩人在許多問題上思想相一致，例如對待女師大風潮，對「三・一八」慘案，以及創辦《語絲》，周作人實際擔任《語絲》主編，等等。而到一九二七年十月《語絲》被禁之後，他日益走向消沉，他與魯迅從此南轅北轍，越離越遠，再也難以找到當年心心相印、並肩前行的影子了。──我以為，這主要還是一種以政治態度為尺規所作出的分析。政治態度當然是一杆重要的尺規，但對於作家或作品，我們則還須細緻地探測其思想的深度（思想認識與政治態度有時也可以是不一致的）與審美的特徵。

事實上，周作人與魯迅的分歧，早期主要是性格上以及與性格相關的政治熱情上的差異，以後又發展為行為上、政治態度上以及文藝觀上的不同。但在靈魂深處，在對世事的洞察上，在對人生的總體的感受和體驗上，兄弟兩人的心則往往是微妙地相通著的。甚至可以說，最能體會周作人心緒的，始終還是魯迅；而當時最能欣賞魯迅作品的人中，至少也有一個是周作人。

對於辛亥革命這一中國近代史上的壯舉，周氏兄弟的認識與評價，我們早已從他們有關范愛農的詩文，從《阿Q正傳》以及其他作品中看出來了。雖然在革命發生的當時，周作人是避居鄉里，足不出戶；自號「戛劍生」的魯迅則大有「揚眉劍出鞘」之勢，「臉上掛著從未有過的笑容」。但這還是性格與行為上的不同，在思想認識上，他們很快就一致了，見出了革命後「內骨子裏是依舊的」。當然他們也不放過當時的好機會，盡其可能地做一些事：寫文章，辦報，翻譯……在人們慶祝「北伐」的節節勝利時，他們所持的依然是一種低沉的調子，魯迅所寫的那篇自己也覺得是讓人掃興的〈慶祝滬寧克復的那一邊〉，就是一個明證。周作人在寫於一九二八年的〈閉戶讀書論〉中大發了一通總結性的感歎：「淺學者流妄生分別，或以二十世紀，或以北伐成功，或以農軍起事劃分時期，以為從此是另一世界，將大有改變，與以前絕對不同，彷彿是舊人霎時死絕，新人自天落下，自地湧出，或從空桑中跳出來，完全是兩種生物的樣子：此正是不學之過也。」寫於同一年的〈婦女問題與東方文明等〉，也說到了相近的意思（二文均載《永日集》），但矛頭似乎更針對了左翼的作家或理論家：「這個年頭兒，本來也不必講什麼太理想的話，太理想容易近於過激，所以還是來『卑之，無甚高論』吧。……還有，直視事實的勇氣，我們也很缺乏，非從科學訓練中去求得不可。中國近來講主義與問題的人都不免太浪漫一點，他們做著粉紅色的夢，硬不肯承認說帳子外有黑暗。譬如談革命文學的朋友便最怕的是人生的黑暗，有還是讓它有著，只是沒有這勇氣去看，並且沒有勇氣去說，他們盡嚷著光明到來了，農民都覺醒了，明天便是世界大革命！至於農民實際生活是怎樣的蒙昧，卑劣，自私，那是決不准說，說了即是有產階級的詛咒。」周作人所批評的這些「淺學者」或「不免太浪漫一點」的人中，是決不包括魯迅的，因為他深知在對於世事的這些最基本的看法上，魯迅與他驚人地一致。他在後來所寫的〈阿Q的舊帳〉中，就特地強調他一生中多次評論過的這部作品是寫出了農民的蒙昧、卑劣與自私的，而十分不滿於左翼批評家對它的新評價（載《苦茶隨筆》）。魯迅雖然在行為上，在最後的結論上，不會贊同周作人的「閉戶讀書論」；但在基本的思想認識上，卻恐怕還是與之相通的。魯迅也曾如周作人一樣地「論睜了眼看」，一樣地反對「瞞和騙的文藝」，他最不能忍受虛假的光明。兩年以後，在〈對於左翼作家聯盟的意見〉中，魯迅說了一番十分著名的、但其實卻與周作人的意思極為相近的話：「第一，倘若不和實際的社會鬥爭接觸，單關在玻璃窗內做文章，研究問題，那是無論怎樣的激烈，『左』，都是容易辦到的；然而一碰到實際，便即刻要撞碎了。關在房子裏，最容易高談徹底的主義，然而也最容易『右傾』。」「第二，倘不明白革命的實際情形，也容易變成『右翼』。革命是痛苦，其中也必然混有污穢和血，決不是如詩人所想像的那般有趣，那般完美；革命尤其是現實的事，需要各種卑賤的，麻煩的工作，決不如詩人所想像的那般浪漫；革命當然有破壞，然而更需要建設，破壞是痛快的，但建設卻是麻煩的事。所以對於革命抱著浪漫諦克的幻想的人，一和革命接近，一到革命進行，便容易失望。」這裏，不僅基本的思維方式和思維指向與周作人相似，而且一些重要的批評性的用詞也是一致的，諸如「問題」、「主義」、「激烈」、「浪漫」、「浪漫諦克的幻想」（周作人則用了「粉紅色的夢」）……等等。魯迅在文中還舉了葉遂寧終於因為對俄國革命失望等原因而自殺的事；並說到革命後的實際情形決不會如想像的那麼好，「恐怕那時比現在還要苦，不但沒有牛油麵包，連黑麵包都沒有也說不定，俄國革命後一、二年的情形便是例子。」而周作人在〈婦女問題與東方文明等〉裏，也十分相似地舉了蘇聯革命後的實際情形為例：「蘇俄現任駐諾威公使科隆泰（A.Kollontai）女士在所著小說〈姊妹〉一篇裏描寫這種情形，很是明白，在舉世稱為共產共妻的俄國，婦女的地位還是與世界各國相同，她如不肯服從那依舊專橫的丈夫，容忍他酗酒或引娼女進家裏來，她便只好獨自走出去，去做那娼女的姊妹，因為此外無職業可就。這樣看來，婦女問題的根本解決在此刻簡直是不可能，而所謂純正的共產社會也還只好當作烏托邦看罷了。」或曰：儘管周氏兄弟對於革命都是抱著冷靜的、清醒的認識，而反對過於浪漫的夢想，但魯迅是贊成革命的，周作人卻不贊成革命，這即是他們最根本的不同。我以為，事實也並非如此。周作人其實也贊成革命，他只是經歷了太多的失望後，不願對此再抱多少希望罷了。四、五年後的一九三三年，周作人在編定自選集《知堂文集》後，還在序言裏明白無誤地寫上：「略略考慮過婦女問題的結果，覺得社會主義是現世唯一的出路。」到一九四九年七月，周作人在寫給周恩來的信中，又再一次自述思想歷程：「我的思想因為涉獵婦女問題與性心理的關係，受倍倍耳卡本德藹理思等人的影響，關於婦女之性的解放與經濟的解放，歸結到共產的社會，這個意見一直是如此。」〔5〕如果說後面信中的話不無標榜之嫌，那麼在《知堂文集・序》中，他是決無標榜的必要的。反過來，魯迅對革命也經歷了同樣多的失望，不過他是信奉「絕望之為虛妄，正與希望相同」的，所以在行為和態度上則無疑比周作人積極得多了。

在周氏兄弟的作品中——無論是早期作品還是晚期作品——要想找到他們的心心相印之處，實在不是一件困難的事。再舉幾例：

對於中國傳統文化與「國民性」的看法，周作人與魯迅是十分一致的。在晚年所寫的《魯迅小說裏的人物》一書中，談到〈狂人日記〉時，周作人談得一針見血：「『狂人日記』的中心思想是禮教吃人。這是魯迅在『新青年』上所放的第一炮，目標是古來的封建道德，以後的攻擊便一直都集中在那上面。」可以說，周作人後來的思想歷程，大體也是跟著魯迅這「第一炮」走下去的。「吃人」這一特殊用語，也時時出現在周作人的文章中。他後來寫《知堂回想錄》總結自己的思想時，就又一次談到：「從前美國的沉醉詩人愛倫坡（Allen Poe）平生懷著一種恐懼，生怕被活埋，我也相似的有怕被人吃了的恐懼，因此對於反禮教的文人很致敬禮，自孔文舉至李卓吾都是。」周作人一生中自古籍中發掘得最用力的是三位思想家：王充、李卓吾、俞理初，看來，這幾乎貫穿他畢生的發掘還是在魯迅的「禮教吃人」的吶喊聲中起步並不斷行進的。

魯迅與周作人的文學活動都是從翻譯開始的，他們對於翻譯的重視以及對於翻譯的看法，也可說是驚人地相似。魯迅到了晚年還將大量精力放在翻譯上，甚至由於對翻譯的認識相左而與林語堂鬧翻。同樣，周作人不僅一直沒有中斷翻譯活動，到四〇年代還曾對寫作生涯表示厭倦，希望能「轉業」專事翻譯：「天下多好思想好文章，何必盡由己出，鳩摩羅什不自著論，而一部《大智度論》，不特譯時想見躊躇滿志，即在後世讀者亦可充分瞭解什師之偉大矣。假如可以被免，許文人歇業，有如吾鄉墮貧之得解放，雖執鞭吾亦為之，只是目下尚無切實的著落處，故未能確說。若欣求脫離之心則極堅固，如是譯者可不以文人論，則固願立刻蓋下手印，即日轉業者也。」〔6〕眾所周知，魯迅是主張「硬譯」的；周作人的翻譯理論也與此相似。一九一七年周作人在《新青年》上發表的第一篇翻譯，是古希臘的牧歌，他曾有一篇小序，強調了好的翻譯應當「不像漢文，──有聲調好讀的文章，因為原是外國著作。如果同漢文一般樣式，那就是隨意亂改的糊塗文，算不了真翻譯。」第二年在給友人的信中，他又一次強調：「我以為此後譯本……應當竭力保存原作的『風氣習慣語言條理』；最好是逐字譯，不得已也應逐句譯，寧可『中不像中，西不像西』，不必改頭換面。……但我毫無才力，所以成績不良，至於方法，卻是最為適當。」說得可謂自信之至！他的這兩節文章都被抄入《點滴・序》，以後又收入了《苦雨齋序跋文》，〔7〕可見自己是十分重視的。他在這方面與魯迅保持了畢生的一致。

魯迅對京戲與中醫是頗為反感的，在這一點上周作人毫無二致。在《談虎集》後記中，周作人寫道：「我不喜觀舊劇，大面的沙聲，旦腳的尖音，小丑的白鼻子，武生的亂滾，這些怪相我都不喜……」到了晚年，他還說：「地方戲我都看得，就只是那京戲裏老生的唱法，在一個字的母音上拉長了變把戲，這和中醫的醫理一樣，我是至今不敢領教的。」[8]在《永日集》中，還收入了他的一篇〈新舊醫學鬥爭與復古〉，認為無所謂中西醫之間的衝突，其實就是新舊醫學之間的鬥爭，並說：「成千成萬的中醫實在不是現代意義的醫生，全然是行醫的玄學家」；「就是最純正的中醫學說也都是玄學的說法」。這方面的成見之深，不僅要同這兄弟兩人的家庭經歷相聯繫，而且要聯繫他們對於舊文化的憎惡（包括對於清末的宮廷藝術的厭惡）來作綜合研究，才比較易於理解。周作人對於民間的戲曲頗有興趣，尤其鍾愛紹興鄉間的「社戲」，這也顯出他與乃兄志趣的同一。

魯迅與周作人都是憎惡「祖先崇拜」而寄希望於下一代的，所以都熱切地關注著兒童們的精神生活。魯迅曾寫過〈我們怎樣教育兒童的？〉〈上海的兒童〉等大量文章；周作人則專門出了一本《兒童文學小論》。他們的理論在中國的兒童文學和兒童教育界起到了振聾發聵的作用。二周兄弟還都親自實踐，勉為其難地翻譯童話、兒童詩、兒童小說或兒童劇。對於從不肯將自己「強行按下」的周作人來說，這一點尤其感人。他們都重視兒童的玩具，兩人都寫過以〈玩具〉為題的文章。在上海山陰路的魯迅故居，就有一個櫥是專門讓童年的周海嬰放玩具的。周作人寫於一九三七年的〈江都二色〉（收入《秉燭談》），則可看作是中國玩具史的研究，及中日玩具論著的比較研究。從他們的這些作品中可以找到大量深層的、微妙的共通之處。至於他們在婦女問題上的共同的憤慨與相近似的思想和理想，那就更多得不勝枚舉了。

甚至，他們的許多文章的寫法，許多用語或舉例，都會是不約而同的。比如，魯迅曾寫過一篇〈雙十懷古〉，用大量舊報上的標題，反襯出「雙十節」的冷清與一年不如一年。周作人也有一篇〈國慶日頌〉（載《永日集》），他沒有抄舊報，而是抄了自己在「十五年十月十日」做過的一篇小文〈國慶日〉，又複述了「十六年國慶日」所寫的〈雙十節的感想〉，前一篇顯出蕭條和冷漠；後一篇恰逢一九二七年國民黨與北方軍閥大屠殺之後，到處是「便服偵探」，「令人有在火山上之感焉」；於是又到了「今年的國慶日」，正好即是國府會議「決定明令規定的孔子紀念日」，這可以看作是「復古的反動之吉兆」，這時國民黨已「北伐成功」進了北京，「北方剛脫了復古的鞭笞，革命發源的南方卻漸漸起頭來了，這風是自北而南呢，還是仍要由南返北而統一南北的呢，我們驚弓之鳥的北方人瞻望南天，實在不禁急殺恐慌殺。」周作人與魯迅都貌似「懷古」，卻意在「傷今」，揭示了國民黨復古與沒落的本質，文章形式巧妙而含義異常尖銳。再比如，魯迅曾用「今天天氣哈哈哈」來形容言不由衷與不能說真話；周作人也多次在文章中運用，在〈草木蟲魚小引〉的末尾還淡淡地來一句「我們可以講講天氣罷」，嘲弄了當時的言論不自由的現實。在周作人的〈村裏的戲班子〉（載《看雲集》）和魯迅的〈偶成〉（《准風月談》）裏，都引用了他們鄉間的一首極富誇張和幽默的俗歌：「臺上紫雲班，台下都走散。連連關廟門，東邊牆壁都爬坍。連連扯得牢，只剩一擔餛飩擔。」〔9〕

每看到這類相同相似之處，總令人備感親切。毫無疑問，周氏兄弟在經歷與記憶上，在思維與情感的特徵上，在讀書與閱人，乃至語言的運用上，所存在的一致性，是決不會因為他們的相互反目或因政治態度、文藝觀念的不同，便消逝得蕩然無存的。

在兄弟兩人的一生中，在中國現代思想史上，這兩位著名人物意義最為重大與深刻的心靈相通之處，是在從「三・一八」到「四・一二」這一年多的時間裏，他們對於一系列流血慘案的極度憤怒，以及此後那難以排解的極度悲涼的心境。

「三・一八」發生在一九二六年，當時周作人早已發表了名聞遐邇的〈苦雨〉、〈喝茶〉、〈故鄉的野菜〉、〈北京的茶食〉等一系列閒適的小品，開始被一些人目為「落伍」的作家了。當段祺瑞執政府公然向手無寸鐵的愛國學生開槍之後，苦雨齋中的周作人拍案而起，當晚就寫下了〈對於大殘殺的感想〉，文曰：「民國十五年三月十八日下午北京學生因關於大沽的八國通牒事赴國務院請願，國務院命衛隊轟擊，計殺死二十餘人，傷二百人以上。」「在民國時代，不，就是在滿清，自我有知以來，不曾聽見北京有過這種殘殺。現在卻不料發現在國民軍統治下的北京。」「這令我聯想到去年的五卅事件。但那是在上海租界，發令的是英捕頭愛伏生，而死傷也沒有這樣的多。」同一天，魯迅也在燈下寫他的〈無花的薔薇之二〉，與周作人一樣，他也寫上了正規的「國號」和「年號」，使這篇雜感有一種史筆的莊嚴：「中華民國十五年三月十八日，段祺瑞政府使衛兵用步槍大刀，在國務院門前包圍虐殺徒手請願，意在援助外交之青年男女，至數百人之多。還要下令，誣之曰『暴徒』！」

「如此殘虐險狠的行為，不但在禽獸中所未曾見，便是在人類中也極少有的，除卻俄皇尼古拉二世使可薩克兵擊殺民眾的事，僅有一點相像。」「血不但不掩於墨寫的謊語，不醉於墨寫的輓歌；威力也壓它不住，因為它已經騙不過，打不死了。」最後的底款是：「三月十八日，民國以來最黑暗的一天，寫。」隨後，魯迅寫出了〈「死地」〉、〈可慘與可笑〉、〈記念劉和珍君〉、〈空談〉、〈新的薔薇〉等一大批血淚文章，其中的〈記念劉和珍君〉分明已成為中國文學史上的千古絕唱。周作人隨後也發表了〈為三月十八日國務院殘殺事件忠告國民軍〉、〈關於三月十八日的死者〉、〈死法〉、〈可哀與可怕〉、〈怨府衛〉、〈論並非文人相輕〉等，有些文章在題目上也與魯迅的相對稱（如〈「死地」〉與〈死法〉，〈可慘與可笑〉和〈可哀與可怕〉）。他的幾幅輓聯，也早已成了現代文學史上的絕唱。如：

赤化赤化，有些學界名流和新聞記者還在那裏誣陷；
白死白死，所謂革命政府與帝國主義原是一樣東西。

又如輓劉和珍楊德群的一副：

死了倒也罷了，若不想到二位有老母倚閭，親朋盼信；

活著又怎麼樣，無非多經幾番的槍聲震耳，彈雨淋頭。

再如輓胡錫爵的一副：

什麼世界，還講愛國？
如此死法，抵得成仙！

他的輓聯與文章一樣，充滿反諷，滿懷壓抑卻又不動聲色，讀來反倒催人淚下。這與魯迅的激昂悲憤，有著同樣震撼人心的力量。

更值得注意的是，已經經歷了太多的失望和悲哀，早已將「國民性」的弱點看得很透的魯迅，在〈記念劉和珍君〉中寫下了這麼一段悲涼的預言：「然而造化又常常為庸人設計，以時間的流駛，來洗滌舊跡，僅使留下淡紅的血色和微漠的悲哀。在這淡紅的血色和微漠的悲哀中，又給人暫得偷生，維持著這似人非人的世界。」也就是說，人們終將隨著時間的流逝，「忘卻」這場悲劇和這筆血債。魯迅自己是決不忘卻的，他後來的人生歷程可以證明這一點。他常常在文章中稱自己「苦於不能全忘卻」，其實在這樣的大是大非上，他確實是一個「錙銖必較」，決不講「忠恕之道」的厲鬼。

還有誰不忘記這過去的血痕的麼？有，周作人就是一個。他的性格內部也有著同魯迅一樣的浙東人的拗勁，並且又具備了剖析事物的過人的洞察力，對於他所親見親歷過的這「所謂革命政府」，他當真是耿耿於懷的。在「三．一八」百日那天，他以〈六月二十八日〉為題撰文道：「正如五四是解放運動的起點一樣，三一八乃是壓迫反動的開始」。將近二十年後，在題為〈五四與三一八〉的回憶文中，他仍以一種極為清晰的思路寫道：

> 我真覺得奇怪，為什麼世間對於三一八的事件後來總是那麼冷淡或是健忘，這事雖然出在北京一隅，但其意義卻是極其重大的，因為正如五四是代表了知識階級對於北京政府進攻的成功，三一八乃是代表北京政府對於知識階級以及人民的反攻的開始，而這反攻卻比當初進攻更為猛烈，持久，它的影響說起來真是更仆難盡。……在三一八那年之前，學生與教授在社會上似乎保有一種權威和地位，雖然政府討厭他們，但不敢輕易動手……及至三一八那時，執政府衛隊公然對了學生群眾開排槍，這情形就不同了。對知識階級的恐怖時代可以說就此開始了。到了第二年裏，北大的教授就有兩個人遭了毒手，這即是李守常與高仁山。

此文寫於一九四五年（載《知堂乙酉文編》，係〈紅樓內外〉中的一節），周作人已經有了「漢奸罪」，正在「待捕」或已遭拘捕。寫這樣的回憶文章對他是很不利的，但他寫得一點都不留餘地。雖然「三・一八」開槍是段祺瑞的事，殺害李大釗（守常）是張作霖的事，但恐怕蔣介石國民黨也是包括在這抨擊的範圍內的，一句「對知識階級的恐怖時代可以說就此開始了」，就決非僅指短命的軍閥政府。且文中還有一小節云：「假如是五十歲的人，從二十歲時即民國七八年起，留心看下來，到了現時來總結一下，一定都有同感，覺得這期間的知識階級運動的興衰史的書頁是很暗淡的——自然，這是中國現代全面史的一頁，其暗淡或者不足為奇，不過這總是可悲的一件事。」這分明是對整個國民黨統治的否定了。而其中最黑暗最可悲的，對周作人本人刺激最大的，除了「三・一八」外，無疑就是李守常的被捕被殺，以及幾乎同時的南方國民黨的「清黨」（亦即「四・一二」）。

李大釗與周作人有很深的友誼，李被害後，周作人竭盡了保護烈士遺孤與保存遺稿的責任，這是眾所周知的事實，與魯迅在瞿秋白被害後編輯《海上述林》一事，同為現代文壇的美談。李大釗的死對周作人來說至為慘痛，還因為他正巧擔負著向烈士遺孤報告其生父死訊的重任，生性溫厚平和的周作人害怕這樣的場面，打電話請來了沈尹默和「明君」，最後還是不忍說出口，終於由較有主張的沈尹默代他說了。同李大釗一起被害的張挹蘭，係北大女生，周作人認識她的兄弟張君，事後「每看見張君，常覺得難過，想安慰一兩句話，可是想不出話來，覺得還不如不說好，所以始終不曾提及一個字，雖然在那一年內遇見的次數並不少」。[10] 讀這樣的文字，令人心頭酸酸的，常能聯想起魯迅的〈為了忘卻的記念〉。

這時候所謂「清黨」正愈演愈烈，南方的國民黨和北方軍閥彷彿開展了一場殺人比賽。最使周作人不能容忍的，是一些著名的知識份子，竟也會支持當局的這種大屠殺。在收入《談虎集》的〈怎樣說才好〉一文中，他極為激憤地點了他的幾位老朋友的名：「最奇怪的是智識階級的吳稚暉忽然會大發其殺人狂，而也是智識階級的蔡胡諸君身在上海，又視若無睹，此種現象，除中國人特嗜殺人說外，別無方法可以說明。」這裏的「蔡胡」，也即是「五四」先驅蔡元培和胡適之，他們的立場和態度使周作人震驚。當時，頭腦最為清醒，因此內心最為痛苦的，恰恰是身在北京的周作人和遠在廣州的魯迅。批判「國民性」中的「看客」心理，是魯迅作品中的一個重要主題。而這時，周作人把對於這類看客的鄙視推向了極端。《談虎集》裏的〈詛咒〉一文，是他當時心境的最好寫照——

《古城週刊》第二期短評裏說前此天津要處決幾個黨案的犯人，轟動了上萬的人在行刑地點等候著看熱鬧，而其主要原因則因為其中有兩個是女犯。短評裏引了記者在路上所聽見的一段話：

甲問，「你老不是也上上權仙去看出紅差嗎？」

乙答，「是呀，聽說還有兩個大娘們啦，看她們光著膀子挨刀真有意思呀。」

這實在足以表出中國民族的十足野蠻墮落的惡根性來了！我常說中國人的天性是最好淫殺，最兇殘而又卑怯的。——這個，我不願外國流氓來冷嘲明罵，我自己卻願承認；我不願帝國主義者說支那因此應該給他們去分吃，但我承認中國民族是亡有餘辜。這實在是一個奴性天成的族類，兇殘而卑怯，他們所需要者是壓制與被壓制，他們只知道奉能殺人及殺人給他們看的強人為主子。我因此覺得孫中山其實迂拙得可以，而口講三民主義或無產階級專政以為民眾是在我這一邊的各派朋友們尤為其愚不可及——他們所要求於你們的，只有一件事，就是看光著膀子挨刀很有意思！

（十六年九月）

瞭解周作人當時的激烈態度非常重要，因為經過這段使他最悲憤最反感的血腥時期，他覺得自己已將許多問題徹底看透。他後來的文學道路、藝術走向，以至後來在民族衝突中失足落水，都與此有著直接和間接的關係。

正如周作人看出了「國民性」中的「最好淫殺」的變態的殘忍一樣，魯迅也多次無情地揭示了這種中國特有的黑暗。他的有些文章，與周作人不獨神似而且形似。寫於一九二八年四月的〈鏟共大觀〉，也在文章起首處引了一段「斬決」人犯的通訊：

……是日執行之後，因馬（淑純，十六歲；志純，十四歲）傅（鳳君，二十四歲）三犯，係屬女性，全城男女往觀者，終日人山人海，擁擠不通。加以共魁郭亮之首級，又懸之司門口示眾，往觀者更眾。司門口八角亭一帶，交通為之斷絕。……我一讀，便彷彿看見司門口掛著一

> 顆頭，教育會前列著三具不連頭的女屍。而且至少是赤膊的——但這也許我猜得不對，是我自己太黑暗之故。而許多「民眾」，一批是由北往南，一批是由南往北，擠著，嚷著……。再添一點蛇足，是臉上都表現著或者正在神往，或者已經滿足的神情。在我所見的「革命文學」或「寫實文學」中，還沒有遇到過這麼強有力的文學。……
>
> 我臨末還要揭出一點黑暗，是我們中國現在（現在！不是超時代的）的民眾，其實還不很管什麼黨，只要看「頭」和「女屍」。只要有，無論誰的都有人看，「拳匪」之亂，清末黨獄，民二，去年和今年，在這短短的二十年中，我已經目睹或耳聞了好幾次了。

將魯迅臨末的這段話，同周作人的〈詛咒〉對照一下，再將前面的話同〈婦女問題與東方文明等〉作一對照，我們就不難理解魯迅與周作人在思想和心靈上是怎樣地相通了。當然，魯迅要說得更積極一些，相信這種黑暗的「國民性」還有改造之希望，它們只是「現在」的而非「超時代的」，周作人則只是一味地失望以至絕望了。

在《中國小說史略》中，魯迅論《紅樓夢》，曾說：「悲涼之霧，遍被華林，然呼吸而領會之者，獨寶玉而已。」那麼，對於當時中國社會這種沉重的黑暗，魯迅與周作人則是共同「呼吸而領會之」的。

自「四・一二」之後不久，張作霖又從北方打進來。《語絲》被封，周作人與劉半農被迫逃難，避往菜廠胡同一日本友人家。熱愛家中舒適生活的周作人有家歸不得，朋友也不能往來，只好與劉半農相對枯坐，或共用一個硯臺低頭寫文。這是周作人繼張勳復辟之後的又一次逃難，這種悽惶的心境，一定也是他終生所難忘的。——所以，十年之後，當日本侵略者進入華北，北平的教授紛紛南撤時，周作人偏偏不肯一同去逃難。有人給他送來旅費，胡適以詩代信勸他「遠遊」，郭沫若寫了感人肺腑的〈國難聲中懷知堂〉，茅盾、郁達夫、老舍等十八位作家在《抗戰文藝》刊出〈給周作人的一封公開信〉，居然都不能最後打動他的心，使他逃離敵佔區。除了別的原因之外，一個未能引起人們注意的原因是，這位曾親見國民黨與軍閥殺人，並在它們的迫害下有過逃難經歷的人，再也不願意隨著這樣的中國政府一起去逃難了。他內心充滿著未被時間的流逝而沖淡的深深憎厭！

當年「北伐」軍開進北京時，有些教授扯著青天白日旗去歡迎國民黨，周作人卻對這場在「清黨」中「由清轉渾」的北伐徹底失望。他掩飾不住自己對國民黨的厭惡，並且終生牢記著他的好友，忠厚的馬幼漁教授當時說過的一句話：「看這回再要倒楣，那便是國民黨了！」這也是他的心裏話，從此以後他就一直在盼著這個失盡民心的政府倒楣。[11]一九三七年七月二十九日，北平陷落，人心惶惶，周作人卻在家裏埋頭寫作。一周後的八月七日，他完成了那篇長達十五頁的散文〈野草的俗名〉（後收入《藥味集》），此文寫得嚴謹而冷靜，是頗能代表他後期風格的真正的「美文」。文末由野草的俗名談到方言的研究：「中國方言亟待調查，聲韻轉變的研究固然是重要，名物訓詁方面也不可閒卻，這樣才與民俗學有關係，只怕少有人感興趣。不單是在這時候沒有工夫來理會這些事也。」別人「沒有工夫」，他偏是有工夫，偏能閒閒淡淡地繼續弄自己的「雜學」和「美文」。在這種略顯誇張的冷漠和超脫中，不也反映了這位知堂老人對行將垮臺的國民黨政府的幸災樂禍的心情麼？

觀察周作人的一生，他對國民黨的憎厭是執著的，自他見過血腥的屠殺以後，他再也沒有與這樣的政府合作過。他後來的失足落水，一方面也由於他決不以為蔣介石的政府會比日本的更好些。在後來給周恩來的信中，他也寫有這樣的話：「譬如受國民政府的委託去做『戡亂』的特務工作，決不能比在淪陷區維持學校更好。」然而，他將同樣是你死我活的民族矛盾虛無化了，將反國民黨的希望寄託在日本侵略者的身上，這就不免顯得糊塗之至。當然，如果沒有各種強大的壓力，這位清醒的人是不會落水的吧；所以說他是為苟全性命而甘裝糊塗，也未始不可。儘管原因複雜，但他的失足歸根結蒂還是要由他自己負責的。不管對於現代文壇，還是對於周作人自己，這都是千秋恨事。——這不是本書研究範圍，此處順便帶過，按下不表。

經過自「三・一八」到「四・一二」這段血腥的歲月以後，周作人與魯迅的思想都發生了一些變化，他們都看到了屠刀的威力與文字的無用。他們面臨著新的選擇。

魯迅經歷著他一生中極重要的痛苦的掙扎。他感到：「現在倘再發那些四平八穩的『救救孩子』似的議論，連我自己聽去，也覺得空空洞洞了。」他發現：「我先前的攻擊社會，其實也是無聊的。社會沒有知道我在攻擊，倘一知道，我早已死無葬身之所了。試一攻擊社會的一分子的陳源之類，看如何？而況四萬萬也哉？我之得以偷生者，因為他們大多數不識字，不知道，並且我的話也無效力，如一箭之入大海。否則，幾條雜感，就可以送命的。民眾的罰惡之心，並不下於學者和軍閥。」他感到極度的疲勞：「我再鬥下去，也許會『身心交病』。然而『身心交病』，又會被人嘲笑的。……」〔12〕這以後，魯迅的主要精力不放在發「四平八穩」的議論上，也不放在對於民眾（亦即對「國民性」，對社會）的「攻擊」上，他希望能切實有利於解決中國的問題，他由一個投身於思想革命的大文化人轉而成為一個投身於集體的政治革命的戰士。雖然如此，他仍保持著自己獨立的豐富複雜的內心世界，保持著對於黑暗（包括民眾身上的黑暗）的深刻的洞察力。並且，對於他所投身的政治革命的目標他決不像別人似的抱一種淺薄的樂觀的態度，他仍如自己筆下的「過客」在摸索著前行：

翁——那麼，我可以問你到哪裏去麼？

客——自然可以。——但是，我不知道。從我還能記得的時候起，我就在這麼走，要走到一個地方去，這地方就在前面。我單記得走了許多路，現在來到這裏了。我接著就要走向那邊去，（西指）前面！

……

翁——那麼，你（搖頭），你只得走了。

客——是的，我只得走了。況且還有聲音常在前面催促我，呼喚我，使我息不下。

那在前面呼喚的聲音，也就是他所奮鬥的目標，也就是遙遠的希望。對於希望，他仍然保持著「吶喊」時期的基本態度：「希望是在於將來，決不能以我之必無的證明，來折服了他之所謂可有」。他就是抱著這種「寧可信其有」的態度，以一種「天日曷喪，吾與汝皆亡」的決心，來反抗周圍的黑暗及自己內心的黑暗的。所以在後期他雖被視為集體中的一名戰士，其實仍是一名很特殊的戰士，他的獨立而深刻的思想遠不是周圍的戰友所可比擬的。

如果說魯迅是從一位思想家轉而成為一位革命家，那麼，周作人則是從一位思想家轉而成為一位安心的學問家。「五四」時期思想界的巨人就這樣地分化了。然而，要當時的每一個知識份子都作出像魯迅一樣的選擇，都成為不顧身家性命的蓬頭垢面的「過客」，這實在是一種過左的不切實際的要求。當時的左翼隊伍中的不少人就是用這樣的要求來對待周作人的，直到後來很長一段時間我們在評論落水前的周作人時也是持這樣一種要求的，於是就得出「消極」、「沒落」、「無聊」、「自甘涼血」等等簡單化的評價。這樣的教訓是應該為我們牢牢記取的。

周作人並沒有墮落。他走上了陶淵明的路，但正如曹聚仁在〈從孔融到陶淵明的路〉中所說：「朱晦庵謂『隱者多是帶性負氣之人』，陶淵明淡然物外，而所嚮往的是田子泰、荊軻一流人物，心頭的火雖在冷灰底下，仍是炎炎燃燒著。周先生自新文學運動前線退而在苦雨齋談狐說鬼，其果厭世冷觀了嗎？想必炎炎之火仍在冷灰底下燃燒著。」他雖然努力當一名隱士或紳士，但卻是心緒鬱結的紳士，其內心仍與蓬頭垢面的魯迅相通。

多年後，周作人曾寫有〈關於寬容〉一文（載《立春以前》），其中描述的紳士，頗見意趣：「我在北京市街上行走，嘗見紳士戴獺皮帽，穿獺皮領大衣，銜紙煙，坐包車上，在前門外熱鬧胡同裏岔車，後邊車夫誤以車把叉其領，紳士略一回顧，仍晏然吸煙如故。……紳士固不喜有人從後叉其領，但如叉者為車夫，即不屑與之計較，或其人亦為紳士之戴皮帽攜手杖者，則亦將如傭之歇擔大罵，總之未必肯干休矣。……大度弘量，均是以上對下而言，其原因大抵可歸於我慢，若以下對上，忍受橫逆，乃是無力反抗，其原因當然全由於怕，蓋不足道……」周作人自那血腥的年代之後，同魯迅一樣，不再致力於「攻擊民眾」，其原因卻是對「國民性」的改造失去信心，覺得自己遠遠高出於民眾之上，已不屑於攻擊了。他還希望自己停止一切攻擊，只致力於將文章寫得好，這恐怕也不是妥協，而仍是一種傲慢不屑的表示。他對於政治喪失信心，對於時局與統治者也不再品評，但決不與國民黨合作，即如他在《燕知草・跋》中所說：「文學是不革命，然而原來是反抗的」，他把不介入也作為反抗的一種表示。這裏當然有「怕」的成分，為苟全性命而著想；但更多的恐怕還是「慢」，是一種連眼珠子也不轉過去的藐視。在他看來，這「我慢」是比「歇擔大罵」或返身攻擊更為嚴峻的一種態度，因為後者畢竟還抱有幾分平等和誠懇：「這一班傲慢的仁兄們的確也並不見得可喜，而爭道互毆的挑夫倒反要天真得多多……」（〈關於寬容〉）——他在經過痛苦的思想掙扎後，最後作出的就是這種傲慢的選擇。

與此同時，他仍在「積極」地生活和工作著。他後來所寫的〈過去的工作〉和〈我的雜學〉兩文，可以當作很好的佐證。他仍在研究中國問題，為文學和學術建設不斷奉獻出別人無可替代的勞作，事實上也還在做著改造「國民性」的工作，只是主觀上不再考慮實效，只求「自勵」，只求有「三二同道者」讀了能有「會心」之處，也就心安了。但值得注意的是，這一段時期，恰恰是他創作和著述最豐富的年代，也是他在知識份子中影響最大的時期。他的性心理研究、婦女研究、兒童研究，文藝學、民俗學、翻譯學、文化人類學、佛學、古代筆記、日本與古希臘研究……等等，都不斷有引人注目的成果發表出來。他這種在修身養性、埋頭讀書的同時，不停地做著切實有益於文化事業的工作的態度，與「打打麻將白相相，國事管他娘」的人生哲學，是決不可同日而語的。在某種意義上說，中國需要魯迅式的知識份子，也需要周作人式的知識份子。要全體知識者都成為革命家與批判家，對國家民族未必有利。這道理也適合於每一個知識份子自身的人生選擇：既要有魯迅式的「過客」精神，又要有周作人式的學者態度，既有「兼濟天下」之心，又通「獨善其身」之道，這才能應付各種情勢，也才能盡其職責而又不至夭折和埋沒。

當然，周作人的選擇，也包含著「養生」的目的在內。他決不願意像魯迅說的那樣再鬥下去而弄得「身心交病」。魯迅在哀悼英年早逝的韋素園時也曾說過：「認真會是人的致命傷的麼？至少，在那時以至現在，可以是的。一認真，便容易趨於激烈，發揚則送掉自己的命，沉靜著，又齧碎了自己的心。」[13]雖是論說已逝的年輕戰友，卻未必不是魯迅的一種自況。周作人不再「認真」對待自己反對的一切，不再趨於「激烈」而「送掉自己的命」，他也不相信這樣「發揚」下去會有實際的效益，因而寧可兩耳不聞窗外事，躲到苦雨齋中寫他的美文，做他的學問。這無疑是他的自我保全之策。

通過上述的比較研究，我想我們是可以較為深入地瞭解了周作人的思想性格和人生道路的，這也將有助於對於他的藝術的領會。因為我們至少可以看得見它們是在怎樣的心境下創作出來的，而不至於只在那裏捧著作品愣讀。

在藝術上，魯迅與周作人也有很深刻的共通之處。過去的論者往往更著重於分析他們之間的「異」，最著名的是郁達夫在《中國新文學大系．〈散文二集〉導言》中的那段話：「魯迅的文體簡煉得像一把匕首，能以寸鐵殺人，一刀見血。重要之點，抓住了之後，只消三言兩語就可以把主題道破——這是魯迅作文的祕訣……與此相反，周作人的文體，又來得舒徐自在，信筆所至，初看似乎散漫支離，過於繁瑣！但仔細一讀，卻覺得他的漫談，句句含有分量，一篇之中，少一句就不對，一句之中，易一字也不可，讀完之後，還想翻轉來從頭再讀的。」「兩人文章裏的幽默味，也各有不同的色彩：魯迅的是辛辣乾脆，全近諷刺，周作人的是湛然和藹，出諸反語。」這確是不刊之論。但他們的風格上的不同之處，並不能掩蓋他們相同的一面。在他們剛剛登上文壇時，所用的常常是同一個筆名，而人們並不能將其分辨開來。據倪墨炎的考證，現在的魯迅全集中仍收有周作人的少量作品。[14]如果不光是將魯迅的雜文來同周作人的散文小品相比，而是以他們的全部作品來作比較，那相同之點也就更明顯了。

首先，是話題的相同。就魯迅的小說來看，收在《吶喊》、《彷徨》兩本集子中的，大體可分成五大類：

一、涉及「禮教吃人」的。有〈狂人日記〉、〈長明燈〉、〈白光〉、〈孔乙己〉、〈肥皂〉等。其中有些是揭示了禮教的衛道士的本性。

二、涉及知識份子思想與出路的。有〈頭髮的故事〉、〈在酒樓上〉、〈孤獨者〉、〈端午節〉、〈一件小事〉及〈鴨的喜劇〉等；還有些寫沒落的舊知識份子，如〈白光〉與〈孔乙己〉；也有揭露等而下之的知識份子的，如寫衛道士的〈肥皂〉與寫披著知識份子外衣的市井流氓的〈高老夫子〉。

三、反映「國民性」的麻木，同時兼及到辛亥革命未能影響國民現狀的。有〈阿Q正傳〉、〈風波〉、〈藥〉、〈示眾〉等。

四、涉及婦女問題的。有〈明天〉、〈祝福〉、〈傷逝〉、〈離婚〉。

五、涉及兒童生活的。有〈社戲〉、〈貓和兔〉、〈鴨的喜劇〉及〈風波〉等。

這不是嚴謹的分類，而況小說中的話題常常是相互交疊而不是單一的，所以有些篇目就在幾個類中同時出現了。但我們一看便知，這些話題，也正是知堂散文談得最多、最集中的。

由於魯迅的許多小說以鄉村為題，有濃郁的鄉村氣息且深刻體現了中國農村現狀與本質，因而一直被史家稱為「鄉土文學」的鼻祖。而周作人的散文，除了大量談讀書（往往涉及禮教、知識份子問題、「國民性」及有關婦女、兒童的種種「雜學」）、談人物（幾乎都是談知識份子）而外，很大的一個方面就是談故鄉的日常生活，如《烏篷船》、《故鄉的野菜》、《石板路》、《雨的感想》等名篇都是。在一些夾敘夾議的散文中，也每每穿插有關故鄉的記憶，如《關於寬容》中寫了一大段外祖母家的親戚姚君用手指挑某甲尾閭骨使之翻出塘外的故事，就是一例。

他們常常是運用不同的體裁，寫著相近的主題，讀之每能由彼及此，由此及彼，在藝術感受上往往是相通的。

其次，是調子的相同。周作人的心態是陰鬱苦悶的，文章的情調總是陰沉沉的。魯迅呢？其實也是陰鬱深沉的。在一九三四年四月三十日寄曹聚仁的信中，談到他的《南腔北調集》的調子，有一段很發人深省的話：「……多傷感情調，乃知識份子之常，我亦大有此病，或此生終不能改；楊村人卻無之，此公實是一無賴子，無真情，亦無真相也。」雖然他稱此為「病」，卻推想終身「不能改」，而無此病者恰恰是「無真情」的「無賴子」，可見傷感情調是一種個性和真情的流露。事實上，如真的脫盡這種傷感和深沉，魯迅也就不成其為魯迅了。即使在早期的自云「增加點亮色」的小說中，比如在〈藥〉的結尾，雖說「平空添上一個花環」，但總的色調還是陰沉甚至可怖的：

他們走不上二三十步遠，忽聽得背後「啞——」的一聲大叫；兩個人都竦然地回過頭，只見那烏鴉張開兩翅，一挫身，直向著遠處的天空，箭也似的飛去了。

這種令人顫慄的意象，在周作人的作品中是找不到的。也就是說，雖然兩人有著相似的陰沉和感傷，但周作人性格溫厚「中庸」，不願有過於強烈的表現；魯迅則如其自稱的「性頗酷忍」，又強調作品的「攖人心」，所以往往將陰沉的內心推向了藝術表現的極致。到了《彷徨》時期，魯迅的「重壓之感」又比《吶喊》時代加重了許多，這已是眾所周知的事實了。而在他的後期雜文中，深刻與感傷仍是相互交織的兩大要素。他最後的幾篇作品，諸如〈關於太炎先生二三事〉，甚至以較為欣喜的心情寫下的《曹靖華譯〈蘇聯作家七人集〉序》等，都極為自然地流溢出世態蕭條和傷時感事的文字與心情來。這正合於他「或此生終不能改」的斷言。

說到底，魯迅與周作人的這種陰沉感傷，其實是與深刻的理性相平行的一種感性形態。只有對世事有透徹洞察的人才會有這種深刻的大感傷（而不是故作多情地玩弄小小的悲哀）。錢鍾書先生曾有「刻薄人能作文」的論說，金克木先生最近也說：「寫小說還得學壞些。軟心腸能寫散文。心不狠，寫不成悲劇。狠不下心把『他』寫成活人……」[15]這樣看，魯迅與周作人各選擇了小說雜文與小品散文、書話散文等不同的形式，是頗具必然性的；而內在的大感傷則是共同的。相比之下，梁實秋、豐子愷、林語堂等就難以與之比肩了。

其三，是語言追求上的相同。周氏兄弟語言之不同是一目了然的，但仔細分辨，卻可以在不同中看出同來。我認為，在追求「澀味與簡單味」的「雜糅調和」上，他們兩人作過同樣多的努力。魯迅也反對將文章寫得一覽無餘而不耐看，但在行文上他又追求一種簡樸平實（甚至帶點童稚氣）的雅趣，比如〈秋夜〉的開頭：

我家的後園，可以看見牆外有兩株樹，一株是棗樹，還有一株也是棗樹。

這是最具「簡單味」的，而同時又最具「澀味」——試想，有多少研究家研究到現在，還沒有把這兩句話吃透呢！這多少有點像佛教禪宗的「公案」，而周作人的「澀味與簡單味」合一的語言理想，在一定程度上確是受著禪宗的影響的。他後來的多抄書而少用自己的文字作文，更合於南禪的「不著一字，盡得風流」的作派。這是後話，按下不表。

事實上，魯迅小說的白描，是更符合「澀味與簡單味」合一的原則的。白描簡潔，不動聲色，有時還相當樸拙，但確是「略具筆墨而神情畢肖」，達到一種傳神的效果。「神」有時就是「澀」，它供你無窮無盡地玩味和想像，怎麼也發掘不完它那祕藏的內涵。而魯迅的白描，有時與李健吾譯的福樓拜，還頗有相似之點，如：

黑漆漆的，不知是日是夜。趙家的狗又叫起來了。

又如：

早上，我靜坐了一會。陳老五送進飯來，一碗菜，一碗蒸魚；這魚的眼睛，白而且硬，張著嘴，同那一夥想吃人的人一樣。……

相比之下，周作人的語言更為腴潤肥厚，魯迅則更為蒼韌瘦硬：周作人的「簡單味」更重，魯迅則往往是「澀味」更重（在《野草》中尤其如此）。周作人擅於娓娓地細細地敘說；魯迅更長於一針見血的剖白，或見神見骨地描寫人物情節細節。同是運用描寫的手法表現兒時在鄉間看戲的往事，周作人的〈村裏的戲班子〉就遠不如魯迅的〈社戲〉精彩。但平心靜氣地寫喝茶、吃乾絲、談烏篷船的層層構制，談「青燈有味似兒時」的青燈的原型及所用的油，魯迅就決沒有那份耐心了。——他們的這種不同的擅長，與他們語言風格的特徵是相一致的，語言風格的特徵又是他們的性格（即魯迅所說的「真情」與「真相」）流落筆端的真實體現。而在追求「澀味與簡單味」的調和上，他們則是一致的。

魯迅與周作人還有一個共同的語言特徵，即他們都很自然地習慣於用回環曲折的文句組成自己的文章。在抒情，尤其是議論性的文章裏，多是如此。「文似看山不喜平」，二周兄弟的文章縝密有致，有味而又有說服力，看似平平常常的一段話卻不由你不愛咀嚼，與這種且進且退、變幻詭譎、在不動聲色中不斷有小小的出人意料處的組成方式，看來是大有關係的。

我們隨便舉兩個並不相關的例子。一是收在《談龍集》中的周作人的〈文藝批評雜話〉的開頭：

> 中國現代之缺乏文藝批評，是一件無可諱言的事實。在日報月刊上儘管有許多批評似的文字，但是據我看來，都不能算是理想的文藝批評。我以為真的文藝批評，本身便應是一篇文藝，寫出著者對於某一作品的印象與鑒賞，決不是偏於理智的論斷。現在的批評的缺點大抵就在這一點上。

短短一節文章，至少有五個曲折。第一句是否定的，到第二句的前半句（「儘管……」）稍作肯定，進而再否定；第三句別開一種生面，談自己所肯定的新看法，此句末了（「決不是……」）又對自己所反對者作否定；最後一句則是將自己的肯定與否定同前述的事實與現狀合在了一處。

再看魯迅《且介亭雜文末編》中〈「這也是生活」……〉裏的一段：

> 我沒有當過義勇軍，說不確切。但自己問：戰士如吃西瓜，是否大抵有一面吃，一面想的儀式的呢？我想：未必有的。他大概只覺得口渴，要吃，味道好，卻並不想到此外任何好聽的大道理。吃過西瓜，精神一振，戰鬥起來就和喉乾舌敝時候不同，所以吃西瓜和抗敵的確有關係，

但和應該怎樣想的上海設定的戰略，卻是不相干。這樣整天哭喪著臉去吃喝，不多久，胃口就倒了，還抗什麼敵。

這一節文章一波三折，內容就更豐富了。大致可分八層：自己不是戰士——設問——自答——設想——斷言不會在吃時想到大道理——但吃西瓜確與抗敵有關——但和必須在吃西瓜時想到抗敵無關——結論：吃西瓜時想抗敵反而會弄得抗不了敵。這裏的每一層，都是一個由正到反或由反到正的轉折，讀來饒有趣味，令人忍俊不禁。作者不僅讓對立的觀點存在，而且主動忍讓，幫其發揮，這好比誘敵深入，其實是將它的邏輯錯誤置於高倍望遠鏡之下了，於是道理自明。

當然，這種組合方式，只能是在靈感的驅使下自然形成的，而決不是按照這種一波三折的原則填寫而成的。如果說語言表現方面不同的擅長是他們各自性格的體現，那麼同樣，這種回環曲折的文思正是周氏兄弟共同的思維方式在寫作中的表露。

為要進一步瞭解魯迅與周作人，對於他們思想性格及藝術表現上的共通點，是需要我們予以更為充分的關注的。——我想，這也許是推進周作人研究的一把甚為有效的鑰匙吧。

【注釋】

1 《中國現代小說史》第五章。香港友聯出版社一九八二年版。

2 詩中「主婦」，即周作人祖父之妾；姚氏乾女兒楊三姑，即周作人心目中初戀的情人。文載《知堂乙酉文編》，上海書店一九八五年影印。

3 〈脫逃〉，《知堂回想錄》之二十六。湖南人民出版社一九八〇年版（時更名為《周作人回憶錄》）。

4 〈兒童劇〉，載《自己的園地》。

5 〈周作人致周恩來總理信〉，載唐弢文論集《西方影響與民族風格》（人民文學出版社一九八九年版）。

6 《苦口甘口・自序》。上海太平書局一九四四年版。

7 此文收入《苦雨齋序跋文》時題為《空大鼓序》，實誤。《空大鼓》是此書再版的書名，再版另有一序，亦收入《苦雨齋序跋文》中。上海天馬書店一九三四年版。

8 〈青蓮閣〉，《知堂回想錄》之三十。

9 魯迅所引與周作人略有文字出入：「臺上群玉班，台下都走散。連忙關廟門，兩邊牆壁都爬塌（平聲），連忙扯得牢，只剩下一擔餛飩擔。」

10 〈圖書館長李守常〉，也是〈紅樓內外〉中的一節，載《知堂乙酉文編》。

11 參見〈清黨〉，《知堂回想錄》之一五四。

12 〈答有恆先生〉，載《而已集》。

13 〈憶韋素園君〉，載《且介亭雜文》。

14 《中國的叛徒與隱士：周作人》。

15 〈八旗女兒心〉，《讀書》一九九二年第一一期。

第三章 作為文體探險家的周作人（上）

——「牛山體」詩與知堂雜著

前文曾經說到，周作人是一個「文體探險家」。要論述他的藝術，我想是決不能忽略他那自覺的文體意識的。對於在「五四」氛圍中挺立起來的那一群文化巨人來說，這也許是他們較為突出的文化品格。

本書的中心論題是散文，但我們不妨先看看知堂的「雜詩」。在《知堂雜詩抄・前序》中，周作人有一段看似謙虛，其實頗為自負的坦白：「也就只有一點散文的資料，偶爾想要發表罷了。拿了這種資料，卻用限字用韻的形式，寫了出來，結果是一種變樣的詩，這東西我以前稱之曰打油詩，現今改叫雜詩的便是。稱曰打油詩，意思是說遊戲之作，表示不敢與正式的詩分庭抗禮，這當初是自謙，但同時也是一種自尊，有自立門戶的意思，稱作雜詩便心平氣和得多了。……有如散文中的那種雜文，彷彿是自成一家了。」在《雜詩題記》中也說：「反正我所寫的原不是道地的打油，對於打油的名字也並不真是衷心愛好，一定非用不可，當初所以用這名稱，本是一種方便，意在與正宗的舊詩表示區別，又帶一點幽默的客氣而已……」其實，周作人這種「自立門戶」、「表示區別」，所體現的正是他的文體意識——他要在發展了幾千年的舊詩傳統的長河裏，開出他自己的河道，創立自己的新文體。

這種創新，建立在他對舊傳統的否定上。他頗不滿意舊詩常常只在「載道」與音律節奏上著眼的傾向。在〈春在堂雜文〉中，他借俞曲園先生的詩論，流露了自己的看法：「《秦膚雨詩序》引楊子雲言，詩人之賦麗以則，論詩中有偏麗偏則兩派，《擊壤》遺音，《香奩》流弊，均所不取。」他的弟子張中行在〈再談苦雨齋〉中論及知堂雜詩，也說：「他沒有也不喜歡風月香奩的感情和馳騁才華的作法。」另據周作人自己說，他的詩「並不一定照古來的幾種軌範，如忠愛、隱逸、風懷、牢騷那樣去做」。[1]這樣，他幾乎把古人做詩的一些主要的套路都排斥了。那麼他要走一條怎樣的路呢？且從他的《兒童雜事詩》中選兩首一讀：

瓜皮滿地綠沉沉，桂樹中庭有午蔭。
躡足低頭忙奔走，捉來幾許活蒼蠅。

——〈蒼蠅〉

紅燭高香供月華，如盤月餅配南瓜。
雖然慣吃紅綾餅，卻愛神前素夾沙。

——〈中秋〉

這裏最招眼的，無疑是「素夾沙」、「活蒼蠅」、「瓜皮滿地」等詞語，這在正統的詩歌裏是絕對找不到的。這使人想到周作人早年與梁實秋關於「醜語」的爭論，朱自清曾在《中國新文學大系・〈詩集〉導言》中介紹說：「這時期作詩最重自由。梁實秋氏主張有些字不能入詩，周啟明氏不以為然，引起一場有趣的爭辯。但商務印書館主人卻非將〈將來之花園〉中『小便』刪去不可。」到一九二六年，周作人又寫了〈違礙字樣〉一文，對於連「子宮」二字都不敢（或不准）使用的作法，進行了嘲諷。看來，周作人作詩是百無禁忌，不避俗字俗詞的。不但不避，而且有意識採用，這使他的詩句充滿了新鮮感和「簡單味」。

不避俗詞的目的，歸根結蒂是要給作品帶來更為濃郁的世俗氣息；而古詩往往是迴避這種氣息的。且看《兒童雜事詩》中的另外兩首：

新年拜歲換新衣，白襪花鞋樣樣齊。
小辮朝天紅線紮，分明一隻小荸薺。
——〈新年〉

書房小鬼忒頑皮，掃帚拖來當馬騎。
額角撞牆梅子大，揮鞭依舊笑嘻嘻。
——〈書房一〉

讀這樣的詩，立即把人帶入他們那一時代的世俗生活中去了。這種時代氣氛、日常生活氣氛上與古人的不同，也是知堂雜詩與傳統舊詩間的重要區別。

知堂雜詩的另一顯著特色，是它那淡淡的滑稽。比如〈作詩〉的前幾句：

> 寒暑多作詩，有似發瘧疾。間歇現緊張，一冷復一熱。轉眼嚴冬來，已過大寒節。這回卻不算，無言對風雪。……

既是實情，又是自嘲，誇張而又鮮有人為痕跡，這正是苦雨齋所特有的含而不露的幽默。〈玩具〉詩也有同樣之妙：

> 往昔買玩具，吾愛填填鼓。亦有紙叫雞，名曰吹嘟嘟。架上何累累，泥人與泥虎。光頭端然坐，哈喇挺大肚。（彌勒佛俗稱哈喇菩薩。）……

這裏的滑稽味，全靠各類玩具的世俗名稱本身來傳遞。周作人又運用了「不著一字，盡得風流」的寫法，但卻給我們帶來特殊的親切的感覺。他不是為滑稽而滑稽，所有一切，都環繞著表達普通的日常生活與他那普通的、恬淡的心境。——當然，這樣的心境中自有「澀味」存焉。

知堂雜詩也並非一味地「簡單」、樸拙、滑稽，它同時具有豐腴甚至肥厚的一面（是一種歸於清淡的肥厚）。尤其是寫到他所熟悉的名物或故鄉的景物時，他的詩筆就更變得有滋有味、流連忘返起來。比如〈河與橋〉：

往昔居越中，吾愛河與橋。城中多水路，河小劣容舠。曲折行屋後，捨櫓但用篙。夏日河水乾，兩岸丈許高。洞橋如虹亙，石樑橫空。亦常有過樓，步屧聲非遙。（板橋上有屋通兩岸人家，名曰過樓，亦曰過橋，為住民所私設者，唯城內有之。）行行二三里，橋影相錯交。既出水城門，風景變一朝。河港俄空闊，野阪風蕭蕭。試立船頭望，爐峰干雲霄。

此中的「畫意」，與古詩頗有接近處；但「詩情」卻仍是知堂獨家的，我想，這是因為作者所表現的心境特別恬淡、平靜的緣故吧。在聲調上也力求平靜，不使抑揚高亢。另外，他對於世俗的、日常的（甚至瑣細的）景物所特有的興趣，也不是自命高雅的士大夫所能具備的。其他如〈中元〉、〈秋蟲〉、〈茶食〉、〈炙糕擔〉等詩，都有相似的特色。如硬要在古詩中尋找相類的作品，那麼，大約只有陶淵明的雜詩、閒居詩與農事詩，庶幾近之。

當然，如果知堂老人在感情特別複雜的時候下筆，打破了平淡的氣氛而偏於感傷，文句又打破了樸拙而偏於飄逸典雅，那麼，他的詩也會接近於傳統舊詩的情調。如作於一九三八年的「禹跡寺前春草生，沈園遺跡欠分明。偶然拄杖橋頭望，流水斜陽太有情」。除了一個「欠」字和一個「太」字，別處就很難找到作者「自立門戶」的文體特徵了。

由此可見，知堂雜詩與古人的區別，主要是情調與趣味的不同，是他這樣一個關心民俗學、人類學、性心理學……喜愛普通的日常生活，「嘉孺子而哀婦人」的現代學人，與古詩人之間的區別。同時也區分在詩的表現手法上。他那不避俗字、「吟詩即說話」的樸拙滑稽的「簡單味」，以及這「簡單味」與「澀味」的奇妙糅和，都是古代詩人所不常具備的。說到「澀味」，只要想想他作為「打油詩」始作俑的〈知堂五十自壽詩〉發表後引起幾多誤讀，而只有魯迅體察出此中微意，便可見其含藏之深了。在〈打油〉一詩中還有「騙盡老實人，得無多罪戾。說破太行山，亦復少風趣」的句子，可見他是要將這「澀味」深藏到底，而出之以簡單滑稽的。讀他的詩，須得不被他那風趣的外表「騙」過才好。

正如對新文學中的散文，周作人竭力要在文學史上找出它的根據來一樣，在創立自己這一新的詩體的過程中，周作人也一直努力在漫長的古代尋找它們的「祖宗」。

他首先找到的，是南朝的志明和尚。早在一九二七年三月，他就寫過一篇題為〈牛山詩〉的短文：

> 志明和尚作打油詩一卷，題曰〈牛山四十屁〉，這是我早就知道的，但是書卻總未見到，只在《履園叢話》卷二十一中看見所錄的一首。近來翻檢石成金的《傳家寶》，在第四集中發見了

一卷〈放屁詩〉，原來就是志明的原本，不過經了刪訂，只剩下四分之三，那《履園叢話》裏的一首也被刪去，找不著了。我細看這一卷詩，也並不怎麼古怪，只是所謂寒山詩之流，說些樂天的話罷了。裏邊也有幾首做得還有意思，但據我看來總都不及《履園叢話》的一首，——其詩曰：

春叫貓兒貓叫春，聽他越叫越精神。
老僧亦有貓兒意，不敢人前叫一聲。

我因此想到，石成金的選擇實在不大可靠，恐怕他選了一番倒反把較好的十首都刪削去了。

過了六、七年，周作人所寫〈五十自壽詩〉的前一首，就曾題為〈二十三年一月十三日偶作牛山體〉。以後，周作人就一直將自己的打油詩稱作「牛山體」。仔細地辨析起來，周作人與志明和尚的詩都顯得直白而有滑稽意味，詩裏也常蘊寓著反抗，但志明和尚的反抗是辛辣而外在的，有時表現出激憤，甚至故意的負氣。〈牛山四十屁〉這個總標題，就顯示出一種負氣的情緒。除了上引的那一首，其他如：「秦時寺院漢時牆，破破衣衫破破床，感激開壇新長老，常將語錄賜糊窗。」「閒看鄉人著矢棋，新興象有過河時，馬兒蹩腳由他走，我只裝呆總不知。」就不僅是一般的嘲諷，簡直是且笑且罵了。周作人詩中的反抗，卻更講究「藏」與「澀」，不是讓人一眼就看得出來的。所以他的渾厚澹然的「牛山體」，與志明和尚本來的「牛山詩」，並不完全是一回事。周作人只是「姑且當作打油詩的別名」罷了。

周作人所找的另一位詩國的前賢，即唐代的和尚寒山子。他受寒山的影響也許比牛山更甚。他在晚年憶及〈五十自壽詩〉時曾說：「那時對於打油詩使用還不很純熟，不知道寒山體的五言之更能表達，得到十二三年之後這才摸到了一點門路。」〔2〕他後期的詩作，除了《兒童雜事詩》中的短章外，篇幅稍長的，幾乎都是寒山式的五言詩。不過相比之下，寒山詩雖比牛山詩含蓄平和，也多一些優遊瀟灑的超然，但畢竟還有幾分外在的火氣。如：「何以長惆悵？人生似朝菌。那堪數十年，親舊凋落盡。以此思自哀，哀情不可忍。奈何當奈何，托體歸山隱。」「誰家長不死，死事舊來均。始憶八尺漢，俄成一聚塵。黃泉無曉日，青草有時春。行到傷心處，松風愁殺人。」〔3〕其中像「奈何當奈何」、「松風愁殺人」那樣的激越的長歎，像「哀情不可忍」、「行到傷心處」一類對於悲戚情感的自我形容，在知堂的雜詩中確是不易找見的。而寒山詩中還不免時有圖解佛理的說教，這也是知堂詩中絕不會出現的。

所以，除了寒山、牛山這類詩僧，周作人分明還吸取了另一種古詩的傳統，那就是淡泊渾成的陶詩。周作人對陶詩極有研究，在〈陶集小記〉（作於一九四三年十一月，載《苦口甘口》）一文中，一氣介紹了二十種自藏的陶集版本。他在此文一開篇時即說：「我平常很喜歡陶淵明的詩。說到陶詩，差不多不大有人不喜歡的，這難道確是雷同附和麼？也未必然。陶詩大概真有其好處，由我個人看來，當由於意誠而辭達乎。」到收尾時，他又重述「鄙人固是真心愛好陶公詩文」，足見其愛慕之深了。在〈關於陶筠廠〉（載《藥味集》）一文中，他也說：「不佞讀陶詩見古今人評語不少，只喜歡兩人的話，即是蘇東坡陸放翁的題跋。」蘇軾題跋中將陶淵明詩集比作治病的妙藥：「每體中不佳輒取讀，不過一篇，惟恐讀盡後無以自遣耳。」陸游則是以陶詩代飯食了：「……偶見藤床上有淵明詩，因取讀之，欣然會心。日且暮，家人呼食，讀詩方樂，至夜卒不就食。今思之如數日前事也。」知堂的感受與東坡、放翁是相去不遠的。陶詩平淡、蘊藉、豐腴，這正是知堂雜詩所追求的風格。周作人大部分五言雜詩作於一九四三年後，其風格的形成與他研讀陶集恐怕不會沒有關係。但陶詩的平淡是走向飄逸的，他的「心遠地自偏」是通向「悠然見南山」的縹緲境界的，他所津津樂道的荊扉、桑麻、飲酒、歸眠等，有時是作為與喧囂官場的對比物而存在的，所以曹聚仁嘗引朱熹的話說「隱者多是帶性負氣之人」。周作人的平淡中也寓著反抗，這是與陶詩相同的一面；不同的一面則是：他不走向飄逸，他沒有那麼多的飄逸之氣，他是走向實實在在的普通日常生活。周作人對瑣細的日常生活，對各種風俗和名物確實有濃郁的興趣，這大約與他所受到的日本文學與文化的影響有關，也因為他畢竟是一個視野開闊心地恬淡的現代人，而不再是陶淵明式的歸隱的士大夫了。所以周作人對陶詩也只是吸收其營養，並非模仿其「陶彭澤體」。何況陶詩裏也沒有知堂雜詩中那些俗詞與滑稽意味。

此外，周作人還受到了取意於民間的風俗詩的影響。他寫於後期的〈北京的風俗詩〉（載《知堂乙酉文編》），很值得注意。其中說到：「如《棹歌》之十八云，白花滿把蒸成露，紫椹盈筐不取錢。又五十二云，不待上元燈火夜，徐王廟下鼓咚咚。這裏加入歲時風物的分子，都是從來所少的。這不但是好詩料，也使竹枝詞擴充了領域，更是很好的事。」這說的是題材的擴大，突破了傳統詩歌的範圍。周作人後來的《兒童雜事詩》，在題材和寫法上，與上引的詩句是有幾分相似之處的。但風俗詩對於詩歌史的主要貢獻更在於表現方式上的突破：「這是風俗詩，平鋪直敘不能詩好，拉扯故典陪襯，尤其顯得陳腐，餘下來的辦法便只有加點滑稽味，即漫畫法是也。所以這一類竹枝詞說大抵是諷刺詩並無不可，不過這裏要不得那酷儒莠書的一路，須得有詼諧的風趣貫串其中，這才辛辣而仍有點蜜味。可惜中國歷來滑稽的文字與思想不很發達，漫詩的成績與漫畫一樣的不佳，實在是無可如何的。」把這些評析看作知堂作詩的藝術宣言，亦無不可。在收入《秉燭談》的〈浮世風呂〉一文中，他也對郭堯臣著《捧腹集詩抄》等「嘉道以後的打油詩」表示了相當的重視。周作人正是將這類風俗詩、打油詩與釋詩、陶詩的長處雜糅調和，用以表現自己獨特的性格和趣味，這才創立了自己的詩體。所以「牛山體」者，其實應稱作「知堂體」才對。

詩分唐宋。自北宋「江西派」的時候起，唐宋詩之爭就時起時伏，延續不絕。宋詩派宗杜甫，宗韓愈，提倡「以文入詩」，因此受到過很多批評。最嚴厲的批評莫過於清末民初以柳亞子為代表的「南社」詩人對於「同光體」的批判了。柳亞子認為「同光體」詩多為窮愁抑鬱之作，寫詩者多為清室遺老，有復辟之思；而民國既立，詩界應大唱「堂皇矞麗」的唐音，「朗然有開國氣象」。在〈斥鵷雛〉一文中更有這樣的話：「今之鼓吹同光體者，乃欲強共和國民以學亡國大夫之性情，寧非荒謬絕倫耶？」」這顯然已是一種政治批判了。但實在地說，國事興盛發達，詩人愉快少牽掛時，易有盛唐之音；國破家亡，悲愁盈懷時，宋詩派往往就占上風了。當然還有藝術追求上的原因，魯迅說「我以為一切好詩，到唐已被做完……」聞一多說「但是詩的發展到北宋實際已經完了」，主要都是就藝術形式的發展上立論的。但宋詩派對唐詩派的批評也往往十分尖銳有力。我以為「同光體」主要詩人陳衍在《石遺室詩話》卷十三中的一段話，是頗平心靜氣而又能服人的：「昔尤袤《全唐詩話》引高仲武云：『長卿員外，詩體雖不新奇，甚能飾煉；十首以上，語意稍同，於落句尤甚。』余謂明、清兩代詩人墨守唐賢者，往往如此。聲情激越，是其所長，差少變化耳。」這話對於我們下文分析周作人散文體裁的衍變，也會有一定啟迪。周作人自己多次說過他是以散文入詩的，他的心境又多愁悶抑鬱，這都使他與宋詩派更為接近；而他在理論上也是傾向於宋詩派的。他在〈唐詩三百首〉一文中寫道：「但詩的格調並不限於『唐詩』，有些宋詩也是膾炙人口，可供參考。而宋人的詩另有意境，也有與唐人不同的地方，是很可貴的。……我們不必硬來叫唐宋人比短長，但總之宋詩比唐詩又有一進境，便是可以發議論了。照王漁洋的說法，唐詩之佳在於神韻，發議論便不韻了，不過這種過時的言論，現在並無拘泥之必要。……我看學做的詩與其說學唐人，還不如說是宋人倒相像一點。」〔4〕這不僅說了宋詩對於唐詩的發展，而且從創作實際出發，點明了後人乃至今人所作多為「宋詩」一派，詩人們已不大能回復到盛唐時的心境了。在現代作家學人中，朱自清也持相近的論點，認為宋詩是創新，是進步，是時代的產物，「宋詩是新詩」。〔5〕錢鍾書則在《宋詩選注》的序文中寫了如下這段名言：

宋人能夠把唐人修築的道路延長了，疏鑿的河流加深了，可是不曾冒險開荒，沒有去發現新天地。

那麼，從某種意義上可以說，宋人沒有做到的事，現代詩人周作人做到了。他以自己創立的樸拙、滑稽、淡泊、豐腴而蘊藉的詩體，運用自己的思想、學問和趣味，將詩情滲透到世俗的、瑣細的日常生活中去，完成了「自立門戶」的藝術冒險，開闢了舊體詩中的新天地。

也可以說，如果不是從自己獨特的情感與趣味出發，意識到「自立門戶」的必要，如果沒有這種「自立門戶」的自覺的文體意識，就不會有現在這本《知堂雜詩抄》。

通過剖析知堂雜詩，我們可以發現周作人創立自己文體的一些基本的特徵。由於他的舊體詩在數量上比散文少得多，而詩又比散文易於分析（事實上好散文總是最難分析的，恐十之七八屬隔靴搔癢），所以我們其實是將上文作為一個「楔子」，目的則是過渡到對於散文文體的研究。

我以為，在散文創作上，周作人至少創立了三種基本的文體，它們是：

一、知堂雜著；

二、知堂小品；

三、知堂書話。

下文逐一試析之。

知堂雜著

這裏的「雜著」，主要是指雜文，但又不止於雜文。對雜文概念現在有了越來越明確的理解，即指那些具有一定文藝性的短篇議論文，通常帶有社會批評或論戰的性質，常用的方法則是諷刺。周作人也寫有大量這樣的文章。在早期的筆墨生涯中，它們占了他創作的大半。即使到了中後期，他的「雜文店」關門大吉了，他那最具戰鬥性的、已經作過廣告宣傳的《真談虎集》（內收大量批評孤桐先生等人的文章）因他自行取消出版計畫而弄得有目無書之後，他仍然寫了許多這種性質的雜文。甚至到了一九四九年之後，在《亦報隨筆》中，還可以找到帶有少許社會批評性質的雜文，諸如〈辛稼軒詞句〉、〈籍貫問題〉、〈鹹魚的名字〉、〈回憶的文章〉、〈小孩的反感〉等等都是，不過那語氣已變得極為雅淡而含蓄了。這裏有年齡與氣質的因素，更有他當時的特殊身份在起著決定的作用。此外，他還在《人民日報》上發表過直陳己見的關於「香花」與「毒草」的雜文〈談毒草〉（一九五七年四月二十五日，署「啟明」）。

但周作人還有大量不帶有批評性質的溫厚的議論文，後期這樣的文章更多。把這樣的文章歸入雜文裏去，今天的讀者也許會感到不習慣。然而奇妙的是，這些文章和他早期尖銳的戰鬥性的雜文，具有許多很突出的、共同的特徵。所以此處將它們歸為同一文體，統稱為「知堂雜著」。

既然知堂雜著是議論性的文字，而周作人又是思想家與學問家（其早期為學問家型的思想家，中後期則為思想家型的學問家），所以他的雜著首要的特徵，便是他那獨特而深刻的思想與學問。從他最初展露頭角的〈人的文學〉、〈平民文學〉等文章看，他就是以突出的理性精神和縝密的說理讓人耳目一新的。但以後他似乎不屑於再作這種層層推進、邏輯嚴密的說理了。他以自己那種鶴立雞群般的清高的心態，認定自己作文時沒有必要再去考慮說服什麼人，而只要表達自己的內心就足可以了。在〈情書寫法〉一文中，他引用了北平法院複審劉景桂、逯明一案時逯明的一段答詞：「愛情的事，無經驗的人是不明白的，普通情書常常寫言過其實的肉麻話，不如此寫不能有力量。」他進而發議論道：「竊見文學上寫許多言過其實的肉麻話者多矣，今乃知作者都在寫情書也。我既知道了這祕密，便於讀人家的古今文章大有幫助，雖然於自己寫文章沒有多少用處，因為我不曾想有什麼力量及於別人耳。」此文作於一九三五年九月，這時的他不僅看不慣肉麻的過頭的文章，而且也反對文章中隱含的「英氣」；他主張文風的淡然自在，對於以文章影響民眾一類的事早已徹底失望。所以他的議論文中的思想，常常只是「點到即止」。這樣的寫法使他的雜著離「論文」的模式更遠，而文學性、藝術性卻更強了。雖然如此，它們的思想的價值並不降低。周作人其實很明白他的文章中的思想價值，多年之後他又在《苦口甘口》的自序中說了一段回顧和總結性的話：「近時寫〈我的雜學〉，因為覺得寫不好，草率了事，卻已有二十節，寫了之後乃益瞭解，自己歷來所寫的文章裏面所有的就只是這一點東西，假如把這些思想抽了去，剩下的便只有空虛的文字與詞句，毫無價值了。我一直不相信自己能寫好文章，如或偶有可取，那麼所可取者也當在於思想而不是文章。」此處對於「文章」的自我否定，倒未必是出於自謙，而與當時的心境有關。但關於「思想」的評價，卻是合乎實際的。在周作人的全部作品中，除了一部分小品，可說大多是具備了獨特而深刻的思想的，它們常常在不知不覺間給人以新的感悟。這些思想在他的大量作品中相互映證和闡發，所以，只看一兩篇，有時就不能體會到他的博大與深透。如〈致溥儀君書〉，就是一篇看去通篇是平平常常的調侃，其實卻處處佈滿深刻思想的妙文。一九二四年溥儀被趕出故宮，周作人寫此文致賀，表達了自己過去對他的歉意。他與溥儀有什麼關係，又有何「歉」可道呢？這不能不讓人感到新奇。原來他將過去的溥儀視作「監禁在城堡裏」的青年，這正如「張國燾君住在衛戍司令部的優待室裏，陳獨秀君住在警察廳的優待室裏，章太炎先生被優待在錢糧胡同，每月的五百元的優待費，但是大家千辛萬苦的營救，要放他們出來。為什麼呢？因為人們所要者是身體與思想之自由，並非『優待』——被優待即是失了自由了。」這種將自由看得至高無上的價值觀念，不可謂不深刻；但更感人的，卻是他看到這個國家裏有人被「圈禁」，便由衷地產生抱歉與不安的心理。這其實是一種以天下為己任的公民意識，和一種博愛的同情心。雖然周作人對當時的政府已極為反感和失望，但作為個人，他那內心的公民意識（或曰「主人意識」）

仍然悄悄地存在。這反映著他思想與情感的深度。他的這些話看起來有點玩笑味，其實卻是真情。他的這種心理曾多次流露在自己的文章裏。在那篇很有名的〈天足〉中，他也寫到每出門遇見「一蹺一拐」的纏足女人時，就會產生一種強烈的恥辱感：「倘若她是老年，這表明我的叔伯輩是喜歡這樣醜觀的野蠻；倘若年輕，便表明我的兄弟輩是野蠻：總之我的不能免為野蠻，是確定的了。這時候彷彿無形中他將一面盾牌，一枝長矛，恭恭敬敬的遞過來，我雖然不願意受，但也沒有話說，只能也恭恭敬敬的接受，正式的受封為什麼社的生番。我每次出門，總要受到幾副牌矛，這實在是件不大愉快的事。唯有那天足的姊妹們，能夠饒恕我這種榮譽……」所以他「最喜見女人的天足」，對天足的姊妹們「表示喜悅與感激」（以上二文均載《談虎集》）。他將這個民族中所有不自由、不自然、不合理的現象，全都與自己聯繫起來，並將自己的憤懣與憂傷化為苦澀的文章。他這種獨特的思維方式所達到的深度，的確不是其他「閒適派」的作家所能企及的。但對於溥儀，他並不只是談談自己歉疚的心情就作罷了，他還為這位下臺皇帝的未來著想。他為溥儀設計的未來道路是：補習一點功課，考入高中，大學畢業後再往外國留學。學什麼呢？——「據我的愚見，你最好是往歐洲去研究希臘文學。」這實在讓人感到新鮮而有趣。不料臨末還有這樣的話：「到了學成回國的時候，我們希望能夠介紹你到北京大學來擔任（或者還是創設）希臘文學的講座。」因為溥儀的現狀與周作人的設計反差如此之大，讀來難免有調侃的意味；但周作人卻認真地聲明：「我決不是在說笑話。」他從中道出了一個很嚴肅也很有創見的思想：「中國人近來大講東方文化和西方文化，然而專門研究某一種文化的人終於沒有，所以都說的不得要領。所謂西方文化究竟以哪一國為標準，東方文化究竟是中國還是印度為主呢？現代的情狀固然重要，但是重要的似乎在推究一點上去，找尋他的來源。我想中國的，印度的，以及歐洲之根源的希臘的文化，都應該有專人研究，綜合他們的結果，再行比較，才有議論的可能，一切轉手的引證全是不可憑信。」他的這一意見對今天的學術界也仍有重大價值。這是周作人的一個很重要的思想，在寫於一九三〇年末的〈北大的支路〉中，他又一次闡述了自己的這一觀點。至於何以要讓溥儀去研究古希臘，他解釋說是今天的中國人都忙於生存不知享受，而「文明本來是人生的必要的奢華」（這又是一個很獨到的見解），「設法叫大家有飯吃誠然是亟應進行的事，一面關於茶食的研究也很要緊，因為我們的希望是大家不僅有飯而且還有能賞鑒茶食的一日。」正因此他便想到了溥儀，「我想你至少該有瞭解那些精美的文明的可能——因為曾做過皇帝。」所以，讓多少瞭解中國文明的溥儀去研究希臘文明，自然會有不少便利之處。關於「茶食」的重視與研究，以及關於文明的享受等問題，周作人也曾在很多文章中提及，〈北京的茶食〉就是其中較有名的一篇。本來，「思想」應屬於內容的範疇，與形式範疇的文體沒有直接的關係。但知堂雜著的重要特徵即是由無數新鮮獨到而又相互映證、自成系統的思想，鋪成了一篇篇看似平凡的文章。這些思想既是形成內容的材料，又是知堂自己的這一文體形式所規定的必不可少的材料；如抽去這些若隱若現地遍佈於文章各處的思想，它們也就不再像周作人的作品，也就不成其為知堂雜著了。於是這些思想的存在也就成了文體的重要特徵。

周作人的思想還與學問緊緊地連在一起。他許多重要思想正是由學問支撐起來的，如關於漢民族文化的看法，對於「國民性」的批判（即魯迅自稱為「攻擊民眾」的），等等，就都離不開他關於中華文明與浩瀚典籍的潛心研讀。而他的另一些重要思想，本身就是學問——即他之所謂「雜學」。在知堂雜著中，當他表述某種見解時，常常會廣徵博引一些別人意想不到的中外作品。他文章中的引文不僅量多，而且質高，這是他將思想與學問相結合的一種重要的方式。引文的量與質成了區別周作人與別人的文章的一個顯著特徵，因此它也可以看成是知堂雜著的一種文體特徵了。作為一個讀者，看到不少早已熟悉的引文不時出現在別人的文章裏，是很容易產生一種膩煩感的；如果看到別人將這些不甚稀奇的材料當成稀世珍寶似地在那裏炫耀、賣弄，那就更會激起難以抑制的厭惡。周作人的引文則全無此病，一是因其材料新，二是因其用得出人意料，總之能在平淡無奇毫無誇飾的語氣中時時隱伏奇筆險筆，讓你面對平淡文章卻總是欲罷不能，這是他作文的特殊本領。在〈裸體遊行考訂〉一文（載《談虎集》）中，為批駁「日本帝國主義的機關報」《順天時報》謊稱武漢出現裸體遊行，並言此舉「真為世界人類開中國從未有之奇觀」，周作人提綱挈領地說了一句：「在中國是否從來未有我不能斷定，但在世界人類卻是極常見的事。」隨後便提到了近代日本兩部筆記中的有關記載——

> Yare-tsuke，Sore tsuke的故事，現在的日本人大抵還不會忘記罷？據《守貞漫稿》所記，天保末（一八四一年頃）大阪廟會中有女陰展覽，門票每人八文：

「在官倉邊野外張席棚，婦女露陰門，觀者以竹管吹之。每年照例有兩三處。展覽女陰在大阪唯此（正月初九初十）兩日，江戶則在兩國橋東，終年有之。」明治十七年四壁庵著《忘餘錄》（Wasure-nokori）亦在「可恥之展覽物」一條下有所記錄，本擬並《守貞漫稿》別條移譯於此，唯恐有壞亂風俗之虞，觸犯聖道，故從略。總之這種可笑之事所在多有，人非聖賢，豈能無過……如忘記了自己，專門指摘人家，甚且造作或利用流言，作攻擊的宣傳，我們就要請他自省一下。俗語云，人沒有活到七十八十，不可便笑人頭童齒缺。

此處既引生僻的外文書籍，又引盡人皆知的俗語，但都顯得新鮮而又貼切。看得出，正是這些引文在文章的邏輯推進中起了關鍵的作用。全文結束後，他又針對所謂裸體遊行時「唯自肩部掛薄紗一層籠罩全身」的話，補錄了兩段西語書籍中的材料：

在北歐的古書呃達（Edda）裏有一篇傳說，說亞斯勞格（Aslang）受王的試驗，叫她到他那裏去，須是穿衣而仍是裸體，帶著同伴卻仍是一個人，吃著東西卻仍是空腹；她便散髮覆體，牽著狗，嚼著一片蒜葉，到王那裏，遂被賞識，立為王后。（見《自己的園地》五〇）又羅伯著《歷史之花》（Rope of Wendover，Flowers of History）中也有一條故事，伯爵夫人戈迪娃

（Lady Godiva）為康文忒利市民求免重稅，伯爵不允，強之再三，始曰，「你可裸體騎馬，在眾人面前，通過市街，回來之後可以允許。」於是夫人解髻散髮，籠罩全身，有如面幕，騎馬，後隨武士兩名，行過市場，除兩條白大腿外不為人所見云。故事的結末當然是伯爵欽服，下諭永遠蠲免該市的苛稅。這種有趣雖然是假造的傳說可見很是普通，其年壽也很老了。現在不過又來到中國復活起來，正如去年四月「克復北京」後各報上津津樂道的所謂〈馬懲淫〉的新聞，一看就可以知道是抄的一節舊小說。……

即使不看署名，光讀這一類轉引的材料，也能斷定這是周作人的文章。引文竟能和文章本身一樣也充滿著個性，這是很不容易的。究其原因，其一是他學問之大，讀書之多，知識面之廣，確為一時無兩，因而他能在數量驚人的閱讀範圍內選擇最合己意的引文；其二是許多外文書籍中的引文是他發現後自己譯成中文，然後引入文章的，中國古籍中的引文也往往是久被埋沒而由他獨家發掘的，所以它們本身都帶上了「周氏」的印記；其三，也因為他將思想與學問結合得貼切自然，致使學問的發揮成了他的文章的有機組成部分。他還有許多文章，幾乎全是由「學問」組成的。例如〈死法〉（載《澤瀉集》），便是一一列出「死於非命」的種種方法，有古羅馬處置奴隸的十字架——「把他釘在架子上，讓他活活餓死或倦死」；有中世紀衛道者對付異端的「茶毗」，亦即烤刑；有外國貴族受死時的斷頭機；有中國的吞金、喝鹽鹵、吃鴉片煙，或「懷沙自沉」；有曾為日本文人所主張的上吊，據說

「英國古時盜賊處刑，便讓他掛在架上，有時風吹著骨節珊珊作響……」最後才轉到「槍斃」一法，將文章落在「三・一八」慘案上，寫到他為中法大學學生胡錫爵的追悼會送去的那副著名的對聯：「什麼世界，還講愛國？如此死法，抵得成仙！」並說：「這末一聯實是我衷心的頌辭。」全文侃侃而談，顯得冷靜而又淵博，但在冷靜與淵博之中卻壓抑著過度的悲憤。〈娼女禮贊〉也是這一類的作品，所不同的，是幾乎通篇全是引文，其中有《水滸傳》中白秀英的四句定場詩，德國人柯祖基（Kautzky，今譯考茨基）關於資本主義制度下賣淫問題的論述，美國現代批評家門肯（Mencken）《婦女辯護論》中的有關段落，德國醫學博士哈耳波倫（Heilborn）《異性論》中的話，法國小說家路易菲立（Louis Philippe）對於妓女的「可憐的小聖女」的虔敬稱呼，以及日本作家石川啄木在《陀螺》一書中的一番感歎。此文作於一九二九年，是〈啞吧禮贊〉、〈麻醉禮贊〉等系列文章（均載《看雲集》）中的一篇。這也是他在有了一九二七年的血淋淋的閱歷之後，經過痛苦的沉默和內心掙扎，較早寫出的一組文章。文中所蘊含的憤懣是十分強烈的。我們發現，周作人往往是在最容易激動的時候，寫這種最為冷靜而淵博的文章。也許，沉入學問之中的侃侃而談，正是他平抑內心痛苦的一種方法吧。〈野草的俗名〉所用的也是這一寫法，雖然我們是將它歸入「小品」而不是「雜著」，那外表的冷靜也可能正源於他當時（七七事變後）內心的不平靜。周作人的這種通篇以學問鋪就——或乾脆以淵博的引文鋪就的寫法，發展到後來，就形成了他的另一種獨創的文體——夜讀抄，即他自詡為「文抄公」的抄書之作。

知堂雜著的又一個特徵，是語言的曲折多變，進退自如。在上一章中，在同魯迅的文學語言進行對比時，我們已經指出過他們的這一共同特徵。所謂「共同」，自然是「異中之同」，但同時又有著「同中之異」：魯迅的時退時進，常常是為著一種論辯的需要，如同誘敵深入，幾經迴環，便將論敵置於一目了然的無可退讓之地，這體現了一種戰士的風格；周作人的且進且退，則是為著體現他的平和與公允，為著顯示他文章的縝密與他那不急不躁的自信和智慧，這使他的行文有一種充滿餘裕的從容感，他所追求的正是這種紳士的風度。張中行在說到周作人散文的特點時，曾有這樣幾句概括：「話很平常，好像既無聲（腔調），又無色（清詞麗語），可是意思卻既不一般，又不晦澀。話語中間，於堅持中有謙遜，於嚴肅中有幽默。處處顯示了自己的所思和所信，卻又像是出於無意，所以沒有費力。」[6]這是十分精到、一針見血的評說。周作人這種「於堅持中有謙遜，於嚴肅中有幽默」的回環曲折的文風，在下面這段文章中體現得很是充分，而這樣的段落在他的雜著裏是隨處可見的，它們看似「饒舌」，其實相當耐讀：

我的浙東人的氣質終於沒有脫去。我們這一族住在紹興只有十四世，其先不知是哪裏人，雖然普通稱是湖南道州，再上去自然是魯國了。這四百年間越中風土的影響大約很深，成就了我的不可拔除的浙東性，這就是世人所通稱的「師爺氣」。本來師爺與錢店官同是紹興出產的壞東西，民國以來已逐漸減少，但是他那法家的苛刻的態度，並不限於職業，卻彌漫及於鄉間，彷佛成為一種潮流，清朝的章實齋李越縵即是這派的代表，他們都有一種喜罵人的脾氣。我從小知道「病從口入禍從口出」的古訓，後來又想溷跡於紳士淑女之林，更努力學為周慎，無如舊性難移，燕尾之服終不能掩羊腳，檢閱舊作，滿口柴胡，殊少敦厚溫和之氣；嗚呼，我其終為「師爺派」矣乎？雖然，此亦屬沒有法子，我不必因自以為是越人而故意如此，亦不必因其為學士大夫所不喜而故意不如此：我有志為京兆人，而自然乃不容我不為浙人，則我亦隨便而已耳。

——《雨天的書》自序二（作於一九二五年十一月）

知堂雜著的再一個特徵，是他經常而嫻熟地運用一種既鋒利又別致的武器——反諷。這是他獨家的劍法，沒人能同他比，即使模仿也難以學得像。如前文提及的〈死法〉，在論到「槍斃」時，便有這樣的話：「這在現代文明裏總可以算是最理想的死法了。他實在同丈八蛇矛嚓喇一下子是一樣，不過更文明了，便是說更便利了，不必是張翼德也會使用，而且使用得那樣地廣和多！在身體上鑽一個窟窿，把裏面的機關攪壞一點，流出些蒲公英的白汁似的紅水，這件事就完了：你看多麼簡單。簡單就是安樂，這比什麼病都好得多了。」隨後又道：「倘若說美中不足，便是彈子太大，掀去了一塊皮肉，稍為觸目，如能發明一種打鳥用的鐵砂似的東西，穿過去好像是一支粗銅絲的痕，那就更美滿了。我想這種發明大約不會很難很費時日……」讀這樣的文字，當然也會發笑，但一面笑一面就感到一種殘忍，其效果介乎於契訶夫的「帶淚的笑」與陀思妥也夫斯基的殘酷的解剖之間。這笑中的殘忍的感覺，初看似覺來自於作者，仔細辨別，其源則在於作者諷刺的對象。——作者其實還是用了放大的手法，將對象的內在的殘忍延伸出來，冷靜地、細細地鋪展開來，用了讚頌式的冰冷的反話，使其無處逃匿——無法再「謙虛」。所以這武器的鋒利是出乎一般人預料的，而被它刺傷的敵人則是「啞吧吃黃連」。當年下令向愛國學生開槍的段祺瑞執政府的官僚們，不會讀不出這反話裏的真意。如果說魯迅的〈記念劉和珍君〉是用一種地獄般的毒焰燒灼這群劊子手的有罪的靈魂，那周作人的反諷則迫使其因一種深入骨髓的寒冷而顫慄。周作人的這類反話，有些說到後來便將真意點破，而有些直到文章結束也不點破。如〈上下身〉（載《雨天的書》）便是點破的。作者在文中嘲弄了那種將人的肉體強分割為上下身的「吾鄉賢人」：「上下本是方向，沒有什麼不對，但他們在這裏又應用了大義名分的大道理，於是上下變而為尊卑，邪正，淨不淨之分了：上身是體面紳士，下身是『該辦的』下流社會。這種說法既合於聖道，那麼當然是不會錯的了，只是實行起來卻有點為難。不必說要想攔腰的『關老爺一大刀』分個上下，就未免斷送老命，固然斷乎不可，即使在該辦的範圍內稍加割削，最端正的道學家也決不答應的。平常沐浴的時候（幸而在賢人們這不很多），要備兩條手巾兩隻盆兩桶水，分洗兩個階級，稍一疏忽不是連上便是犯下，紊了尊卑之序，深於德化有妨，又或坐在高凳上打盹，跌了一個倒栽蔥，便是本末倒置，大非佳兆了。由我們愚人看來，這實在是無事自擾，一個身子站起睡倒或是翻個筋斗，總是一個身子，並不如豬肉可以有裏脊五花肉等之分，定出貴賤不同的價值來。吾鄉賢人之所為，雖曰合於聖道，其亦古代蠻風之遺留歟。」這段文章，自「我們愚人看來」之後，便全是點破了。「反話」如用一種通俗的說法，無非就是「裝傻」；到點破的時候，猶如演戲演到火候，演員跳出角色，直接面對觀眾來一番痛快淋漓或畫龍點睛的道白。凡是點破的文章，那諷刺往往比較尖銳，鋒芒更外露些，這時他的風格與魯迅就很接近了。如講到人的身子「並不如豬肉可以有裏脊五花肉等之分」，令人忍俊不禁，大有「掐臂見血」之妙。文章到了點破的時候，作者總要多少流露出幾分激憤，顯出一點兒熱來；而始終不點破的文章，則是一冷到底，「裝傻」裝到底，顯得更為含蓄，也更耐得咀嚼。〈死法〉便是一篇不點破的文章，這樣的作品猶如「風月寶鑒」一般，正照反照是大有講究的。〈碰傷〉與〈前門遇馬隊記〉（均載《談虎集》）也都是不點破的文章，前者始終在為「碰」人者開脫：「因此可以知道，碰傷在中國實是常有的事。至於完全責任，當然由被碰的去負擔。譬如我穿著有刺鋼甲，或是見毒的蛇，或是劍仙，有人來觸，或看，或得罪了我，那時他們負了傷，豈能說是我的不好呢？」後者則只說追趕民眾的「馬」不好，而對馬上的「人」，他卻很說了些好話：「那兵警都待我很好，確是本國人的樣子，只有那一隊馬煞是可怕。那馬是無知的畜生，他自然直衝過來，不知道什麼是共和，什麼是法律。但我彷彿記得那馬上似乎也騎著人，當然是個兵士或警察了。那些人雖然騎在馬上，也應該還有自己的思想和主意，何至任憑馬匹來踐踏我們自己的人呢？我當時理應不要逃走，該去和馬上的『人』說話，諒他也一定很和善，懂得道理，能夠保護我們。我很懊悔沒有這樣做，被馬嚇慌了，只顧逃命，把我衣袋裏的十幾個銅元都掉了。」兩篇文章的鋒芒所向，其實是不難看出的，連愚蠢的警察也明白了「風月寶鑒」反看的奧祕，差一點到《語絲》編輯部來找作者的麻煩。〈前門遇馬隊記〉寫於一九一九年，與七年之後所寫的〈死法〉相比，它還殘留著不少激憤的「火氣」，如「那馬是無知的畜生，他自然直衝過來，不知道什麼是共和，什麼是法律」等句子，顯見得是壓抑不住內心的激動，在那裏「指著和尚罵禿賊」了。如果遇到的是他後來那種火氣內潛、冰冷徹骨的文章，那些兵警恐怕也只有目瞪口呆的份了。就思想來看，周作人分明是中國思想史上一位有獨創見解的「異端」；就內容看，他的許多文章應該是相當激烈的，但他偏能將這一切出之以沖淡平和。我想，嫻熟地運用這種不點破的反話，便是他化激烈為平淡的作文金針吧。當然，即使是他的不點破的文章，也並不是只要一味「反照」就能讀懂的，那還得動用自己的智慧甚至才力才行。知堂雜著是多變、多樣而不單一的，它們往往是既需反照有時還需正照的「寶鑒」，如〈碰傷〉的最末一段，恐怕就不能反讀了：「聽說，這次碰傷的緣故由於請願。我不忍再責備被碰的諸君，但我總覺得這辦法是錯的。請願的事，只有在現今的立憲國裏，還暫時勉強應用，其餘的地方都不通用的了。例如俄國，在一千九百零幾年，曾因此而有軍警在冬宮前開炮之舉，碰的更厲害了。但他們也就從此不再請願了。……我希望中國請願也從此停止，各自去努力罷。」這與五年之後魯迅在〈記念劉和珍君〉中關於請願的看法，是完全一致的。所以，在知堂雜著中，常常是真話、假話、正話、反話巧妙地雜糅在一起的，並非只用一種方式就能組成一篇精緻的短文。

知堂雜著的最末一個特徵，最能體現他熱愛日常生活、溫厚而又富於諸多情趣的性格，也最能區分他的雜著與別家雜文的差別，那就是：他的文思並不總是順著邏輯的線索發展，他會不時地穿插一些十分細微樸素，充滿世俗氣息的感性體驗，使你從抽象的理性思維中跌落到世間的人情物理中來；而他的許多結論，也並不是邏輯推理的結果，而是他獨到的、充溢著感性色彩的實際體驗的表達。這一特色在他的嚴格意義的雜文中時時可見，但在他那些不帶戰鬥性批評性的溫厚淡然的議論文中就出現得更為普遍；在他早期的作品中也存在這一特色，但在中後期及晚期的作品中，它就變得更為顯著了。試以《談虎集》中的文章為例。〈王與術士〉的開頭是：「在『此刻現在』這個黑色的北京，還有這樣餘裕與餘暇，拿五、六塊錢買一本茀來則（J.G.Frazer）的《古代王位史講義》來讀，真可以說有點近於奢侈了。但是這一筆支出倘若於錢袋上的影響不算很輕，幾天的燈下的翻閱卻也得了不少的悅樂。」這便是從自身經驗出發的侃侃而談。在行文中間，他也時時引入自身的經驗，如〈男子之裹腳〉中就插入了他自己的日常所見：「北京的男子也似乎好穿緊鞋，而且對於自己的腳特別注意，每見他們常用布條撣子力拂其鞋，而對於坎肩上瓜皮小帽上的灰土毫不措意……」在〈拈鬮〉一文中，則引入了他祖父所記的一件舊事：「今日在抽屜底裏找出祖父在己亥年（一八九九）所寫的一本遺訓，名曰《恒訓》，見第一章中有這樣一節：『少年看戲三日夜，歸倦甚。我父斥曰，汝有用精神為下賤戲子所耗，何昏愚至此！自後逢歌戲筵席，輒憶前訓，即托故速歸。』我讀了不禁覺得慚愧，好像是警告我不要多同無聊人糾纏似的。無論去同正人君子或文人學士廝打，都沒有什麼意思，都是白費精神，與看戲三日夜是同樣的昏愚。雖然我不是什麼賢孫，但這一節祖訓我總可以也應該身體力行的。讓我離開了下賤戲子，去用我自己的功罷。」——這是周作人生命途中很重要的一段精神經歷，在一九二五年秋、一九二七年春和初冬（當時正和甲寅派文人「廝打」），以及一九四四年夏所寫的〈遇狼的故事〉中，他幾次談到這段感受，甚至將其一再抄入自己的文中。上面所舉的都是所謂雜文，通常所說的知堂散文的「豐腴」，不僅體現在小品中，也體現在他的雜文裏，而不斷插入自己真實的感性的體驗，正是使他的雜文豐腴起來的一個主要的途徑。在他晚期的平和的短文中，這一特色就更其突出了。比如寫於一九五〇年初的〈吃酒〉：

> 在城裏與鄉下同樣的說吃酒，意義則迥不相同。城裏人說請或被請吃酒，總是大規模的宴會，如不是有十二碟以上的果品零食（俗名會餞，寧波也有這句話）的酒席，也是豐滿的一桌十碗頭，若是個人晚酌，雖然比不上抽大煙，卻也算是一種奢侈的享樂，下酒的東西都很講究，鳥肉臘燉與花紅蘋果，由人隨意欣賞，到了花生豆腐乾，那是頂寒酸的了。鄉下人吃酒便只是如字的吃酒，小半斤的一碗酒像是茶似的流進嘴裏去，不一忽兒就完了，不要什麼過酒胚，看他的趣味是在吃茶與吃旱煙之間，說享樂也是享樂，但總之不是奢侈的。……中國的知識階級大都是城裏人，他們只知道城裏的吃酒法，結果他們的反應是兩路，一是頹廢派的贊成，一是清教徒的反對。頹廢派也就算了，清教徒說話做文章，反對鄉下人的奢侈的享樂，卻不知他們的

茶煙酒是一樣，差不多只是副食物的性質，假如說酒吃不得，那麼喝一碗澀的粗茶，抽一鍾臭灣奇，豈不也是不對麼。

下半部分的議論且不去管它，單看上半部分那關於城鄉「吃酒」的對照，雖寥寥數筆，卻是娓娓道來，頗具興味，充滿世俗人情的氣息。如沒有實際的體驗和知識，沒有對於日常生活中每一小枝小節的濃郁興趣，是寫不出這種文章的。它使我們記起了知堂雜詩，感受到了如閱讀〈河與橋〉、〈炙糕擔〉、〈中元〉、〈茶食〉等詩作時的那種瑣細、溫潤、樸拙的美。這樣的議論文章，當然是「豐腴」的，它同「知堂小品」已經沒有多少差距了。不過，我讀後最為感動的，還是知堂雜著中那些純從自己經驗出發的坦誠的告白或結論，它們往往與通常的時興的說法相左，卻真正稱得上是深刻、精闢或可靠的，光從書本或理性的推演無法找到這些忠告，它們只能是幾十年讀書經驗與人生經驗的總結，而且分明帶著知堂老人獨家的印記。《談虎集》中的一篇〈三天〉，論及學外語能否速成的問題，他肯定了戴季陶的話：「他說用功三年，可以應用，要能自由讀書，總非五年不可。這實在是經驗所得的老實話，我願有志學外國文的人要相信他這話才好。」知堂雜著之所以可讀而又可貴，我想，也正因為我們在他平實親切的侃侃而談中，能不時聽到這種令人耳目一新的由「經驗所得的老實話」吧。我們不妨再看看他寫於一九四四年的〈談翻譯〉（載《苦口甘口》），其中沒有關於世俗生活細節的敘述，但他的議論同樣讓人感到豐腴，大概由於這議論恰恰是從他厚實的人生經驗中昇華出來的緣故了。他在文中談到了翻譯的文言與白話之分：

據我看來，翻譯當然應該用白話文，但是用文言卻更容易討好。自從嚴幾道發表宣言以來，信達雅三者為譯書不刊的典則，至今懸之國門無人能損益一字，其權威是已經確定的了，但仔細加以分析，達雅重在本國文方面，信則是與外國文有密切關係的。……正當的翻譯的分數似應這樣的打法，即是信五分，達三分，雅二分。假如真是為書而翻譯，則信達最為重要，自然最好用白話文，可以委曲也很辛苦的傳達本來的意味，只是似乎總缺少點雅，雖然據我說來白話文也自有其雅，不過與世俗一般所說不大同，所以平常不把他當作雅看，而反以為是俗。若是要想為自己而翻譯的話，那麼雅便是特別要緊，而且這還是俗受的雅，唯有用文言才能達到目的，不，極容易的可以達到目的。上邊的話並非信口開河，乃是我自己從經驗上得來的結果。……這種譯文不能純用八大家，最好是利用駢散夾雜的文體，伸縮比較自由，不至於為格調所拘牽，非增減字句不能成章，而且這種文體看去也有色澤，因近雅而似達，所以易於討好。這類譯法似乎頗難而實在並不甚難，以我自己的經驗說，要比用白話文還容易得多，至少是容易混得過去，不十分費力而文章可以寫得像樣，原意也並不怎麼失掉，自己覺得滿足，讀者見了也不會不加以賞識的。……

可以想見，如果沒有長期扎實的翻譯經驗，沒有以文言與白話兩種文體從事翻譯的豐富的實踐，是斷然寫不出這些獨特而坦白的話來的。知堂雜著看似隨意寫來，毫不費力，卻是有著切切實實的知識與經驗在那裏墊底，所以不是別人所能輕易企及的。後面談到翻譯的三種性質，更為精彩：

> 這裏大概可分三種，一是職務的，二是事業的，三是趣味的。職務的翻譯是完全被動的，因職務的關係受命令而翻譯，這種人在日本稱為通譯，中國舊稱通事，不過從前只重在傳話，現在則改為動筆而已。……此種工作要有極大語學能力，卻可以不負責任。用在譯書上也正是如此，時代有時很需要他，而人才難得，有些能力的人或者不大願意做通事的生意，因此這類工作難得很好的成績，至於讀者方面之不看重還是在其次了。事業的翻譯是以譯書為其畢生的事業，大概定有一種範圍，或是所信仰的宗教，或是所研究的學術，或是某一國某一時代的文藝，在這一定的範圍內廣泛的從事譯述紹介。中國自晉至唐的譯經事業是一個好例，最值得稱讚……這是翻譯事業的正宗，其事業之發達與否與一國文化之盛衰大有關係。可惜這在我國一直就不很發達。至於趣味的翻譯乃是文人的自由工作，完全不從事功上著想，可是其價值與意義亦仍甚重大，因為此種自動的含有創作性的譯文多具有生命，至少也總是譯者竭盡了心力，不是模糊敷衍之作，那是無疑的。……即是對於所譯的書譯者衷心的愛好，深切瞭解作者的思想，單是自己讀了覺得可惜，必須把它寫出來多給人看才為滿意，此是一種愛情的工作，與被

> 動的出於職務關係者正是相反也。不過這樣的翻譯極不容易，蓋因為知之深，愛之極，故著筆也就很難，不必等批評家來吹毛求疵，什麼地方有點不妥當自己早已知道，往往寫不到一半，就以此停滯，無法打通這難關因而只好中止者，事常有之。要想翻譯文學發達，專來期待此項作品，事實上本不可能，但是學術文藝的譯書中去找出有生命的，大抵以此項為多，此亦是自然的事。

如果說，上半段談「職務的」與「事業的」翻譯，所憑藉的主要還是「知識」的話（這知識也體現了獨創性），那麼下面談「趣味的翻譯」這一「愛情的工作」時，則十分自然地發揮了他自己的豐富的體驗。如因「知之深，愛之極」反而終於譯不下去的事實，沒有實際經驗的人是怎麼也編不出來的。那關於有生命的譯作多出於趣味的翻譯的結論，更是讓人豁然開朗，越推敲越覺其妙。知堂雜著之所以多有這類耐得咀嚼的細部，也正是以他那厚實的知識與經驗墊底的結果。這篇〈談翻譯〉從散文的角度看，是有個性有內容隨意而談的好散文；從翻譯學的角度看，也是一份極有創見的好材料，但卻未能引起今人的注意。現選家雖多但大都相互抄搬選目，幾乎都未選入這篇，甚為可惜。總而言之，知堂雜著的豐腴是在於「實」而不在於「虛」的，它不以色彩的豐富取勝，而依憑於它的厚實與實在，依憑於他累積多年的實情實感。

上述幾個主要特徵，不可能體現在周作人的每一篇雜著中；但如一氣讀它幾十篇，就不難發現，它們還是比較普遍地存在於他的這一文體中的。

【注釋】

1 《知堂雜詩抄．雜詩題記》。岳麓書社一九八七年版。

2 《知堂回想錄．打油詩》。

3 《全唐詩》卷二十九。中華書局一九七九年版。

4 周作人未刊稿《木片集》中的一篇，今取自《知堂書話》。岳麓書社一九八六年版。

5 參見〈新詩的進步〉、〈經典常談〉、〈論以文為詩〉等。見《朱自清全集》，江蘇教育出版社一九八八年版。

6 《負暄瑣話》。

第四章 作為文體探險家的周作人（下）

——知堂小品與知堂書話

知堂小品

在現代文學史上，周作人會首創白話小品這一新文體，帶頭寫出了那些雋永的小品的名篇，這是一點不奇怪的。早在一九二一年五月，即在他寫了〈人的文學〉、〈平民文學〉的兩年多後，他就發表了那篇可以看作他小品創作的精神準備或理論宣言的著名短論——〈美文〉：

外國文學裏有一種所謂論文，其中大約可以分作兩類。一批評的，是學術性的。二記述的，是藝術性的，又稱作美文，這裏邊又可以分出敘事與抒情，但也很多兩者夾雜的。這種美文似乎在英語國民裏最為發達，如中國所熟知的愛迭生，蘭姆，歐文，霍桑諸人都做有很好的美文，近時高爾斯威西，吉欣，契斯透頓也是美文的好手。讀好的論文，如讀散文詩，因為他實在是詩與散文中間的橋。中國古文裏的序，記與說等，也可以說是美文的一類。但在現代的國語文學裏，還不曾見有這類文章，治新文學的人為什麼不去試試呢？我以為文章的外形與內容，的確有點關係，有許多思想，既不能作為小說，又不適於做詩，（此只就體裁上說，若論性質則美文也是小說，小說也就是詩，《新青年》上庫普林作的〈晚間的來客〉，可為一例，）便可以用論文式去表他。他的條件，同一切文學作品一樣，只是真實簡明便好。我們可以看了外國的模範做去，但是須用自己的文句與思想，不可去模仿他們。《晨報》上的浪漫談，以前有幾篇倒有點相近，但是後來（恕我直說）落了窠臼，用上多少自然現象的字面，衰弱的感傷的口氣，不大有生命了。我希望大家捲土重來，給新文學開闢出一塊新的土地來，豈不好麼？

此文雖短，涉及的方面卻很多：既談了美文的文體範疇；又例舉了英國近代與當代的美文作家，中國古代的美文，以及中國現代文壇的相近似的文章；還談到美文的詩化的性格；形式與內容的關係；如何借鑒國外的美文；並強調了真實簡明的文風，而不提倡那種綺麗、柔弱、落入窠臼、缺乏生命力的寫法……在所有這一切中，最重要的，我以為便是詩化的性質，因為這是新文學的散文中正缺乏的。當然這種「詩」不是清詞麗句，不是纏綿感傷，而是一種高雅的文學性。周作人文中的「詩」這一詞語的內涵，我們正可以參照知堂雜詩的特徵和藝術追求來作理解。在《中國新文學大系・〈散文一集〉導言》中，周作人也曾全文引入他的這篇〈美文〉，而所放的位置，正是在批評了當時的一些文章只能「說得理圓」，「沒有什麼餘情」之後。所謂「詩化的性質」，最根本的，也就是在文章中容納這種真實的「餘情」吧。

周作人早就有將心中的餘情化為文章的欲望。在本書第二章中我們所引的他早年的求學日記中，已經不難看出他不同於魯迅的閒適的趣味了。一九二一年，周作人還同魯迅一起積極撰寫戰鬥的雜文，並且繼續為《新青年》投稿，但他同時就發表了〈美文〉（此文後收《談虎集》），隨後又積極付諸實踐，寫出了系列散文〈山中雜信〉，以及以日文發表的〈西山小品〉。〈西山小品〉包括兩篇雋永的散文：〈一個鄉民的死〉和〈賣汽水的人〉，它們後經周作人自己譯成中文，發表於《小說月報》，又收入他的新詩集《過去的生命》中。這些作品可以看作他創立「知堂小品」這一新文體的發端。趙景深在評論〈西山小品〉時，認為「周先生究竟是情勝於理的人」[1]。其實周作人始終是一位學者型、思想家型的作家，他始終保持著冷靜的理智，趙景深之所以會有這樣的印象，那是因為周作人在進行小品創作時，有意將理性斂起，而一味以他心中的「餘情」為文的緣故吧。這以後，周作人不斷有小品問世，他的這種純文學的興趣和才華引起了文壇的普遍關注。但他大量的小品名篇都創作於一九二四年或更晚些的時候，這是有很複雜的原因的。

一九二四年前後，中國的思想界處於一種十分沉悶的時期。「五四」的激情早已退潮，新的出路又不知在哪裏。魯迅的《彷徨》和《野草》中的許多代表作品，包括淒冷的〈秋夜〉、〈影的告別〉和心景黯淡的〈在酒樓上〉，就都寫於這一時期。我們在第一章曾引用過周作人〈徐文長故事小引〉

中的話，那也是他寫於一九二四年的文章，他在其中發出了「中國反正是一團糟」的哀歎。至於為什麼要寫這類被他自嘲為「不負責任的笑話」的原因，他說是：「十分之一由於想供傳說學的資料，十分之二由於覺得很是好玩，十分之三由於想不再講俏皮話，以免招怨，十分之四——最重要的是怕得罪了人，法庭追問時，被報館送了出去，雖然是用著別號或匿名。」〔2〕可見，他既是為著文化積累與自己的興趣，也是為著看不到以往的戰鬥的實際效益，顯出了厭倦和失望，而更是因為當時黑暗環境下的言論不自由。正是在同樣的心境下，他寫出了〈北京的茶食〉、〈故鄉的野菜〉、〈蒼蠅〉、〈苦雨〉、〈吃茶〉等影響深遠的小品傑作。這一時期，他的作品在藝術上的獨創性和完整性超過了他先前的戰鬥的時期，正如魯迅的《彷徨》在藝術性上大大超越了先前的《吶喊》時期一樣，也許它們在一般民眾中的「轟動效應」不如先前，但在文學建設上的影響卻更其深邃，這裏是存在著許多值得探討的規律的吧。

在〈拈鬮〉、《談虎集．序》等文章中，周作人一再聲稱他不能「太自輕賤」，不願再與「下賤戲子」、「『文明』的野蠻」相糾纏，這不是與他的敵人妥協，而是表示了一種更強烈的鄙視和藐視。然而他像當年似的同魯迅一起吶喊的聲音畢竟是越來越少了，他的寫作動機也愈益轉向了自我的心境的排遣和興趣的表達。在〈有島武郎〉一文的結尾，他寫了一段散文詩式的話，「有島君死了，這實在是可惜而且可念的事情。日本文壇邊『海乙那』（Hyaena）將到他的墓上去夜叫罷，『熱風』又將吹來罷，這於故人卻都已沒有什麼關係。其實在人世的大沙漠上，什麼都會遇見，我們只望見遠遠近近幾個同行者，才略免掉寂寞與空虛罷了。」這幅悲涼曠遠的圖畫，正是周作人心中人間與文壇的縮影。他的文章不再為敵人而寫，也不再為民眾而寫，而只為自己，並為少數幾個能使其免掉寂寞和空虛的、心靈相通的「遠遠近近」的「同行者」而寫了。他以後談到讀書和寫作時，多講「趣味」、「會心」、「可喜」，原因正在於此。寫於一九二三年末的《雨天的書・自序一》中，他描摹了一種最合於自己的氛圍：「……在江村小屋裏，靠玻璃窗，烘著白炭火缽，喝清茶，同友人談閒話，那是頗愉快的事。」這也正是他創作知堂小品時的氛圍，或希圖通過他的小品所創造的氛圍了。

一九二六年初，他還寫過一篇〈《憶》的裝訂〉（收入《談龍集》），其中有一段談中日漫畫的話，也正可以與他創立知堂小品這一文體的努力相照映：「……裏邊有豐子愷君的插畫十八幅，這種插畫在中國也是不常見的。我當初看見平伯所持畫稿，覺得很有點竹久夢二的氣味，雖然除零碎插繪外我只見過一本《夢二畫集》春之卷。……日本的漫畫由鳥羽僧正（《今昔物語》著者的兒子）開山，經過鍬形蕙齋，耳鳥齋，發達到現在。夢二所作除去了諷刺的意味，保留了飄逸的筆致，又特別加上豔冶的情調，所以自成一路，那種大眼睛軟腰支的少女恐怕至今還蠱惑住許多人心。……中國有沒有這種漫畫，我們外行人不能亂說，在我卻未曾見到過，因此對於豐君的畫不能不感到多大的興趣了。」中國的漫畫正如中國的新散文，在創始之初確是少有那種極富個性的純審美的作品的。豐子愷所畫的《憶》的插圖溫婉天真，也「除去了諷刺的意味」，這與周作人嘗試著以自己溫厚雋永的小品從戰鬥的雜文中脫略出來的努力，正相合拍，這也正是周作人讚賞這些插圖的原因吧。當然，知堂小品沒有「豔冶的情調」，筆致並不怎麼「飄逸」，更不會去寫「大眼睛軟腰支的少女」。正如知堂雜詩是美在「實」而不是美在「虛」，知堂小品也是以它的厚實、淳樸的情調建立了它那獨特的文學地位的。

那麼，知堂小品具有哪些最根本的特色呢？

不妨先讀一讀他的小品〈吃茶〉〔3〕中的兩段話：「茶道的意思，用平凡的話來說，可以稱作『忙裏偷閒，苦中作樂』，在不完全的現世享樂一點美與和諧，在剎那間體會永久，是日本之『象徵的文化』裏的一種代表藝術。」「喝茶之後，再去繼續修各人的勝業，無論為名為利，都無不可，但偶然的片刻優遊乃正亦斷不可少。」這裏的前提是「苦」，是現世的「不完全」，即不如人意，不美好，甚至是醜惡；而所得的美，是「剎那間」的，是「偶然的片刻優遊」。這正是知堂小品追求的美，它不能改變外界的現實，也不指望能改變它，而只想給能夠「會心」的二三友人以一點安慰，一絲「可喜」，一陣短暫的休憩。一個作家面對黑暗的現實，是可以有幾種不同的文學選擇的。他可以與這黑暗作頑強的抗爭，可以將這黑暗寫入作品以「引起療救的注意」，魯迅就是這樣的作家，他的《野草》正因為充滿這種黑暗的陰影而變得分外沉重。當然也可以與黑暗的現實妥協，顯出一種在黑暗中如魚得水般的媚態，在當時和後來，乃至永遠，恐怕都不乏這樣的作家。知堂小品則又有不同，他既不同黑暗妥協，也不同黑暗抗爭，他藐視這黑暗，卻只寫那些雖被黑暗籠罩卻仍保持著自己獨立的美的事物，哪怕這事物再小、再瑣碎也無妨；而他表現的這種美，又不與黑暗相對抗，只是人們從他這種靜靜的玩味中，能體會到外界的強大的黑暗的存在，能感受到他那苦澀的心境罷了。可以說，這種「苦中作樂，樂中含澀」的滋味，正是知堂小品的第一個基本的特徵。

那麼，在周作人看來，世間又有哪些事物，在如此濃重的黑暗的籠罩下，既不與黑暗相對抗，又能保持自身的獨立的美呢？我以為，周作人的注意力主要集中在如下兩個方面：

首先，他對普普通通的人生表現了一種瑣細的關懷。試看〈吃茶〉中的這類描寫——

江南茶館中有一種「乾絲」，用豆腐乾切成細絲，加薑絲醬油，重湯燉熱，上澆麻油，出以供客，其利益為「堂倌」所獨有。豆腐乾中本有一種「茶乾」，今變而為絲，亦頗與茶相宜。在南京時常食此品，據云有某寺方丈所製為最，雖也曾嘗試，卻已忘記，所記得者乃只是下關的江天閣而已。學生們的習慣，平常「乾絲」既出，大抵不即食，等到麻油再加，開水重換之後，始行舉箸，最為合適，因為一到即罄，次碗繼至，不遑應酬，否則麻油三澆，旋即撤去，怒形於色，未免使客不歡而散，茶意都消了。

又如〈故鄉的野菜〉（載《雨天的書》）中所寫「挑菜」的事——

日前我的妻往西單市場買菜回來，說起有薺菜在那裏賣著，我便想起浙東的事來。薺菜是浙東人春天常吃的野菜，鄉間不必說，就是城裏只要有後院的人家都可以隨時採食，婦女小兒各拿一把剪刀一隻「苗籃」，蹲在地上搜尋，是一種有趣味的遊戲的工作。那時小孩們唱道：「薺菜馬蘭頭，姊姊嫁在後門頭。」後來馬蘭頭有鄉人拿來進城售賣了，但薺菜還是一種野菜，須得自家去採。關於薺菜向來頗有風雅的傳說……但浙東人卻不很理會這些事情，只是挑來做菜或炒年糕吃罷了。

這些平凡的小事被他寫來，津津有味，歷歷如數家珍，充滿了鄉土的世俗的氣息。他是懷著一種真摯的興趣來寫這一切的，這在自命高雅的文人堆中是很特別，也極難得的。在他後期的散文〈遇狼的故事〉（載《苦口甘口》）中，引了他自己的一段舊文，對多年前的一頭老狼也表現了自己的關懷，這就更顯得有點離奇了——

仲賢先生的回憶中的那山上的一隻大狼，正同老更夫一樣，他也是我的老相識。我們在校時每到晚飯後常往後山上去遊玩……走到一處十字路口，我們看見左手橫路上伏著一隻大狗，照例揮起我們的棒，他便竄入麥田裏不見了。我們走了一程，到了第二個十字路口，卻又見這只狗從麥叢中露出半個身子，隨即竄向前面的田裏去了。我們覺得它的行徑有點古怪，又看見它的

> 尾巴似乎異常，才想到它或者不是尋常的狗，於是便把這天的散步中止了。後來同學中也還有人遇見過它，因為手裏有棒，大抵是它先迴避了。原來過了多年之後它還在那裏，而且居然傷人起來了。不知現今還健在否，很想得到機會去南京打聽一聲。

此中的「健在」和「打聽」，難免也有玩笑的成分，但他的關懷又似乎是真的。他將自己真切的關懷投注到了普通生活的各個角落，在人們熟視無睹的地方，發掘出了許許多多「人人筆下所無」的好文章。他的這種關懷和表達，是不避瑣屑的。知堂論詩，常有「瑣細可愛」的提法，可見瑣細對於他非但不是缺點，倒是一種美學追求了。好在他的這種瑣細不是囉嗦，而是一種趣味橫生的工筆的描摹，充滿著新鮮感和人情味，因而是很受讀者歡迎的。他對於普通日常生活的興趣，也許與所受日本文化的影響有關。他是極欽慕日本文化中「故意往清茶淡飯中尋其固有之味」的審美傾向的。對此我們將在本書的最末一章再作探討。總之，他的這些小品處處體現了作者對於日常平凡的生活的熱愛，體現了一種恬淡的有滋有味的心境。雖然明知這心境只能是暫時的，當目光離開這些瑣細之處，便立刻會感到周圍黑暗的逼壓。然而，恰恰因為在這樣的令人沉悶煩躁的惡劣現實之中，這種恬淡的心境就更流溢出它那獨立的美來。

其次的一個特色，便是他體味名物的細切。在《藥味集》中，有一篇〈關於朱舜水〉，講到他原來對朱氏的文章不感興趣，後來卻改變了自己的看法：「近來偶閱新井白石的《東雅》，見其中常引舜水說，以關於果蓏樹竹，禽鳥鱗介各門為多，有些注明出於《朱氏談綺》，我這才知道他對於名物大有知識，異於一般的儒者，於是重複找書來讀，十年耽誤雖是可惜，唯炳燭之明，終勝於終身牆面，則亦正復可喜耳。」又有一處寫道：「《談綺》卷上關於信函箋疏的式樣，神主棺木的製法，都詳細圖解，卷中說孔廟的構造，大有營造法式的派頭，令人不得不佩服。」由此可見周作人對於名物知識的重視。他是將此遠看得比「正經文字」為重的，認為這種「瑣屑細微處乃更可見作者之為人，是很有意思的資料。」談名物，當然離不開知識，周作人的小品中也充滿這類既不玄奧艱深，又為別人所不注意的有趣的知識，有人因此將他的許多散文稱為「知識小品」，這其實是一個很大的誤解。知識在他的文章裏，已經化成了一種材料，它們和其他材料一起，經過知堂老人的語言文字，調製成了一種截然不同於黑暗現實的恬靜閒適的情調，他正是以此來驅遣侵入自己內心的黑暗的。正如他「曾勸告青年可以拿一本文法或幾何與愛人共讀，作為暑假的消遣」，這裏的「文法或幾何」當然仍是知識，但「與愛人共讀」時，它們主要用以提供共同的話題，創造戀愛的氣氛，雖然也增進知識，更多則是為著「消遣」。（《髮鬚爪・序》）所以知堂小品雖包含有大量名物知識，卻畢竟還是文學藝術作品，它們所提供的主要是審美，而不在於知識的傳遞。將這麼多瑣細的知識用於作品，和他提倡戀人們讀文法幾何一樣，確是與眾不同的，它反應著周作人獨特的性格和思維。因為外界的黑暗無論如何濃重，知識總還是能保持自身的獨立性的，而它又不與黑暗現實形成直接的對抗。周作人的一些後起者和模仿者也紛紛將知識引入文章，不少專門家的文章裏更是佈滿著專業知識，但他們大多達不到周作人那樣的文學成就，因為他們不具備周作人式的獨特的思維與苦澀的心境。在〈談酒〉（載《澤瀉集》）中，周作人有滋有味地談起了他兒時所知道的製酒的知識：

做酒的方法與器具似乎都很簡單，只有煮的時候的手法極不容易，非有經驗的工人不辦，平常做酒的人家大抵聘請一個人來，俗稱「酒頭工」，以自己不能喝酒者為最上，叫他專管鑒定煮酒的時節。……據他說這實在並不難，只須走到缸邊屈著身聽，聽見裏邊起泡的聲音切切察察的，好像是螃蟹吐沫（兒童稱為蟹煮飯）的樣子，便拿來煮就得了；早一點酒還未成，遲一點酒就變酸了。但是怎樣是恰好的時期，別人仍不能知道，只有聽熟的耳朵才能夠斷定，正如骨董家的眼睛辨別古物一樣。

在後期的散文〈關於寬容〉中，談到兒時的海濱的見聞，則又因有些名物知識當時未能掌握而深感遺憾：

山陰縣西界錢塘江，會稽縣東界曹娥江，北為大海，海邊居民駕蜒船航海，通稱船主為網司，網或作江，無可考定。其時我年十三四，姚君年約四十許，樸實寡言，眼邊紅潤，云為海風所吹之故，能技擊，而性特謙和，惟為我們談海濱械鬥，挑起鸚哥燈點兵事，亦復虎虎有生氣，可惜那時候年少不解事，不曾詢問鸚哥燈如何挑法，至今以為恨。

從他關於鸚哥燈的憾恨，談論煮酒過程時的有滋有味，以及前文所引關於幾十年前的一匹狼的關心懷念，是可以看出周作人獨特的性格心情來的。他的筆一旦寫到家鄉的野菜野花、草木蟲魚、羊肉粥薄荷葉等食品、竹製手藝及烏篷船的構造等，他的名物知識就發揮得更其淋漓酣暢，此處再引他的散文〈莧菜梗〉（載《看雲集》，為〈草木蟲魚〉之四）為例：

莧菜梗的製法須俟其「抽莖如人長」，肌肉充實的時候，去葉取梗，切作寸許長短，用鹽醃藏瓦壇中，候發酵即成，生熟皆可食。平民幾乎家家皆製，每食必備，與乾菜醃菜及螺螄霉豆腐千張等為日用的副食物，莧菜梗鹵中又可浸豆腐乾，鹵可蒸豆腐，味與「溜豆腐」相似，稍帶枯澀，別有一種山野之趣。

前文曾說到知堂雜著的一大特色是「豐腴」，而其雜著畢竟還是議論性的文字。在知堂小品中，通篇都是用以表達作者自己的「餘情」的，這種餘情往往通過作者對平凡的日常生活的瑣細關懷，和對於各種名物的細切體味與介紹，很自然地表達出來。所以說，對於日常生活與各類名物的描寫，正是知堂小品達到「豐腴」的主要途徑。

作為思想家的周作人，在小品中往往是很自覺地迴避其思想的，盡可能不發或少發大論，「王顧左右而言他」。〔4〕這使他的小品渾厚淡泊，不落言筌，讀者被其中的描寫和情趣所吸引，卻很難直接找到他的思想用意。——這應該說是他的成功之處，因為在這種描寫和情趣之中，那苦澀的意味畢竟還是讓人時時體會到的。而作為學問家的周作人，則不必在小品中迴避他的學問，只要這學問用得自然貼切有味，不要過於學究氣就行了。在知堂小品中，學問的巧妙運用大致有兩種方式：一是不露痕跡地將學問溶化在行文中，其二則是在敘述與描寫的間隙穿插他所特有的那些生僻而又新鮮的引文。〈吃茶〉一文的末尾，所用的就是前一種方法：

日本用茶淘飯，名曰「茶漬」，以醃菜及「澤庵」（即福建的黃土蘿蔔，日本澤庵法師始傳此法，蓋從中國傳去，）等為佐，很有清淡而甘香的風味。中國人未嘗不這樣吃，唯其原因，非由窮困即為節省，殆少有故意往清茶淡飯中尋其固有之味者，此所以為可惜也。

短短幾行字裏，有日語與日本文化習俗的知識，又有日本文化史、中日文化交流與中日文化對比的學問，有些看法甚為獨到，但卻舉重若輕，輕輕巧巧地化入行文，確有「清淡而甘香的風味」。而他用得更多的，則是第二種手法，即在小品中安排引文。引文用得不好，會打斷文氣，破壞閱讀的興味；但知堂小品中的引文常常是引人入勝的，它們增加了文章結構的變化，不使其單一呆板，同時也增添了小品的書卷氣。如〈故鄉的野菜〉在寫到挖薺菜的事時，就插入兩部古書中的有關記載：

《西湖遊覽志》云，「三月三日男女皆戴薺菜花。諺云，三春戴薺花，桃李羞繁華。」顧祿的《清嘉錄》上亦說，「薺菜花俗稱野菜花，因諺有三月三螞蟻上灶山之語，三日人家皆以野菜花置灶陘上，以厭蟲蟻。侵晨村童叫賣不絕。或婦女簪髻上以祈清目，俗號眼亮花。」

這些引文與前文的童謠「薺菜馬蘭頭，姊姊嫁在後門頭」，與後文的浙東人只知將薺菜挑來做菜炒年糕等，安排在同一段落裏，顯得錯落有致，而又渾然一體，十分好看。〈唁辭〉（載《雨天的書》）是周作人為悼念孔德學校十年級女生齊可而寫的一篇小品，在論說自己的哀痛時，他插入日本詩人小林一茶在〈俺的春天〉裏哀歎自己的女兒聰女之死的一首十分特別的短歌：

露水的世呀，
雖然是露水的世，
雖然是這樣。

周作人隨後寫道：「雖然是露水的世，然而自有露水的世的回憶，所以仍多哀感。……」這種引文與行文之間的銜接，就有了一種內在的詩的、甚或音樂的節奏感了。在知堂書話中，有些引文的插入，顯得相當生澀，這也許是故意為之的；但在小品裏，引文往往是圓潤而「合群」的，這無疑是作者精心選擇與安置的結果，目的則是為著保持小品的純文學的性質。在他中期的小品如「草木蟲魚」系列中，引文的比例明顯增加；後期的小品如〈野草的俗名〉等，引文竟要占一半以上。——這時的小品，與知堂書話，與他的那些「夜讀抄」，已經沒有太大的區別了。但它們仍具有小品的審美特性，仍屬他所提倡的「美文」的範疇。如果說，前面提到的有關名物的知識，主要是指作者採自民間，或自己從日常生活中發掘體味而來的；那麼這裏所說的「學問」，則主要指從書本（大量的古書，以及為中國讀者所不熟悉的外文書）中得來的知識。他那淵博的學問，和伴隨這學問而來的厚重的書卷氣，正是知堂小品的又一顯著的特色。

知堂小品作為一種文體的另一個重要特徵，是它那溫潤渾厚的中間色。它那文字的色調，既不過於高亢亮堂，也不過分明麗嫵媚。正如他的雜詩既不偏於豪放也不偏於婉約，卻是另闢了一條樸實瑣細而有諧趣的蹊徑一樣，他的小品也處處保持著自己的特色，其文字風格便是人們平時說得很多的沖淡平和。周作人常常稱自己為「中庸」，這也體現在他為文的選擇上。一九三七年四月，他寫過一篇〈談俳文〉（載《藥味集》），有一處談到了日本的這種散文的分類：「其實俳諧文字也經過好些變遷，俳文的內容並不一樣，有的閒寂幽玄，有的灑脫飄逸，或怡情於花鳥風月，或留意人生的滑稽味，歸結起來可分三類，一是高遠清雅的俳境，二是諧謔諷刺，三是介在這中間的蘊藉而詼詭的趣味……」如將這段話比之於中國現代散文，那麼冰心、徐志摩、朱自清、郁達夫的有些作品近似於第一類，魯迅及梁實秋、林語堂和後來的錢鍾書等可歸入第二類，周作人則分明合於「介在這中間」的以「趣味」為主的第三類了。這樣的內容的選擇規定了他文字形式上的中間色調。讓我們再來找一個有趣的比照。當代義大利畫家喬治・莫蘭迪（Giorgio Morandi，一八九〇——一九六四），現在已是世界公認的藝術大師了，他生性平和寬厚，淡泊高簡，有人評價其作品云：「他幾乎從來不用鮮亮的顏色：在他的畫作中，每一個色塊都是灰暗的中間色。然而，經他的巧妙擺弄，不但不髒不悶，反而熠熠生輝，顯得高雅精緻，渾然天成。色彩上脫盡火氣，造成視覺上的寧謐溫潤效果，顯示出畫家溫文爾雅的修養和恬淡超逸的品格。這正是莫蘭迪內心世界的色相。我們讀來，不僅覺得賞心悅目，而且會有超塵拔俗的感應。」〔5〕這雖是在談論一位異國大師的繪畫語言，卻實在與知堂小品的文學語言有奇妙的相通之處。我想，如今後的世界文壇能真正領略中國散文小品之美的話，那麼，周作人的文學地位，也許正相當於畫壇的喬治・莫蘭迪吧。

通常人們認為，周作人的小品創作主要是在前期，到後期便文思枯竭，只能靠抄抄古書過日子，再也寫不出優美的小品來了。這其實是不確的。即以出版於四〇年代初的《藥味集》為例，其中共收文章二十二篇，可以稱為小品的，至少有〈野草的俗名〉、〈賣糖〉、〈上墳船〉、〈禹跡寺〉、〈撒豆〉、〈緣日〉、〈蚊蟲藥〉、〈炒栗子〉等十餘篇，約占一半左右，在藝術上也更顯老辣枯澀，別有一番滋味。雖然他後期的創作以書話而不以小品為主，但小品畢竟還是他筆下的一個重要的品種（介乎於書話與小品這兩種文體之間的作品也很不少）。甚至在解放以後，他仍然寫出了不少優秀的小品，儘管其時他處境比較尷尬，文中的苦澀意味有明顯的收斂，致使有的文章不如原先那麼靈氣充盈，卻還是留下了一些十分可讀的篇章。此處抄錄一則刊發於一九五〇年八月的〈墮民的生活〉（載《知堂集外文・〈亦報〉隨筆》），其一貫的小品風格猶可見一斑，雖是平淡，卻很經得回味咀嚼：

小時候買玩具，最普通的是爛泥菩薩，一種戴紗帽的是官，還有一種女的是老嫚，即是墮民的婦女。墮民俗稱墮貧，是紹屬特有的被差別待遇的階級，據說起於明初，規定不准應考試，不准與平人通婚，這禁令在前清雍正時已經取消，民國元年再度聲明，可是一般生活大概還是沒有更變。他們聚族而居，在郡城的中心部分，總稱三埭街，男的專業做吹手，做戲，以炒豆麥糖（俗稱墮貧糖）換取雞毛破布爛鐵，釣田雞似乎也是他們的事，因為兒歌中有滿天月亮一顆星，田雞來亨釣墮貧之語，雖係反話亦是一證。俗諺又云，人生路不熟，看見墮貧叫阿叔，這種經驗卻是許多人都有過的。有一次往木柵山送長輩的葬，船抵埠後有好些山路，我同幾個本家少年不願坐山轎，便自走去，走了好久看看情形不對，山窩裏又無處問路，好容易才遇到對面來的一個人，正挑著換破布的擔子，由同行叔輩中年長的出頭去請教，才知道再下去要到破塘了，謝謝他的指點趕緊回轉，才及時走到墳頭。（這裏所說是三四十年前的事情，現在情形如何卻不知道了。）

知堂書話

從周作人創作的總量來看，小品所占的比重的確不是很高。儘管他曾熱心提倡，但進入了三〇年代後，所寫的大量都是書話而不是小品。這是有多方面原因的。

首先，他其實並不如趙景深先生所說，是情重於理的人，而恰恰是理重於情的人。雖說生性溫厚而敏感，但他遇事更愛作冷靜而細密的思考。在《夜讀抄．後記》中，他對自己作了這樣的判斷：「自己覺得文士早已歇業了，現在如要分類，找一個冠冕的名稱，彷彿可以稱作愛智者，此只是說對於天地萬物尚有些興趣，想要知道他的一點情形而已。」愛智者的名稱源出於周作人所崇仰的古希臘，原意也就是哲學家。周作人不喜多談玄學，他當然不會致力於哲學研究，可是他的「愛智」卻分明顯示了他性格中理性的一面。一篇小品與一篇書話，其實都是理與情的相互融合。當「餘情」大於理趣時，是頗適於做小品的，這時的「理」隱藏在「情」的背後，於是造成了苦澀的滋味；而當理性或理趣大於餘情時，則更適於作書話。一九二七年後中國社會變得更加黑暗，周作人不可能再像過去那樣將餘情侃侃地安置於一篇篇優美的小品中，他的心中充塞著煩悶。他在〈閉戶讀書論〉中說，激烈一點,「想出一口鳥氣」,就會「同逃兵之流一起去正了法」;「忍耐著不說呢,恐怕也要變成憂鬱病,倘若在上海,遲早總跳進黃浦江裏去」。「所以最好是從頭就不煩悶」,但這不可能辦到。「其次是有了煩悶去用方法消遣。抽大煙,討姨太太,賭錢,住溫泉場等,都是一種消遣法,但是有些很要用錢,有些很要用力,寒士沒有力量去做。我想了一天才算想到了一個方法,這就是『閉戶讀書』。」此文寫於一九二八年十一月,載《永日集》。這也可以看作他後來大量從事書話創作的一份宣言。

其次,從周作人的生活範圍來看,讀書也越來越成為他日常生活的主要內容了。他在《風雨談・小引》中寫道:「不佞故人不多,又各忙碌,相見的時候頗少,但是書冊上的故人則又殊不少,此隨時可晤對也,不談今天天氣哈哈哈,可談的物事隨處多有……得聽一夕的話,已大可喜,若再寫下來,自然更妙……」他是只能在書本中討生活了,於是所寫的也就是這類讀書的文章。五年之後,他在《書房一角》中闢出一輯「讀書回想記」並作「引言」一篇,那裏邊的話就說得更為淒涼苦澀:「近幾年在家多閒,只翻看舊書,不說消遣,實在乃是過癮而已,有如抽紙煙的人,手嘴閒空,便似無聊,但在不佞則是只圖遮眼也。」書中另有一輯謂「看書偶記」,也有「小引」曰:「近兩年無事可做,只看雜書遣日,外國書既買不起,也沒有興趣,所以看的只是些線裝書。看了之後,偶然有點意思,便記了下來,先後已有幾十條……」他後期有關中國古書的書話越來越多,其原因即在於此。

再次，小品創作如未能不斷擴大題材範圍，是很容易趨於雷同的。林語堂所辦《論語》、《人間世》等雜誌，初時新鮮，隨後很快就出現了這一問題。據云魯迅當年就曾對郁達夫說過：辦詩刊物和幽默刊物是最難的，因為這兩者都不容易產生，要每天都「詩」一下或「幽默」一下，到後來弄不好就成為硬擠了。這也讓人聯想到「同光體」詩人批評唐詩派的創作時所說的：「昔尤袤《全唐詩話》引高仲武云：『長卿員外，詩體雖不新奇，甚能飾煉；十首以上，語意稍同，於落句尤甚』。余謂明、清兩代詩人墨守唐賢者，往往如此。聲情激越，是其所長，差少變化耳。」現代散文小品雖非「聲情激越」，但對那些思想特別豐富而複雜，亦即理重於情的作者來說，如一味避開思想，不涉理路，也會使其個性得不到完整的顯現，創作中「差少變化」的可能性相應地就會大一些。而周作人在創作中是從不願硬擠的；於是他就更多地運用書話而不是小品來展示自己的生活、思想和個性了。

但從某一方面看去，書話其實也是一種小品；或者說，書話中也可以容納小品的某些特色，而同時又可以容納為小品所不具備的特色。所以對周作人來說，知堂書話是更合乎他的素養、趣味與文化品格的一種形式。

知堂書話總的特徵，可說是：寓心境於讀書，寓思想於學問，寓熱切於冷門。

寓心境於讀書，也就是在讀書與書話創作中，寄託他的「餘情」，而這正是書話與小品的相通之處。在〈笠翁與隨園〉（載《苦竹雜記》）中，談到袁枚的「印貪三面刻，墨慣兩頭磨」時，周作人流露了自己那種很獨到的反感：「用墨者不但取其著紙有色澤，而並能賞其形色之美，磨而漸短，正如愛莫能助人之漸老耳，亦不得已也，兩頭磨之無乃不情，而況慣乎。印昔以文重，但自竹齋用花乳石後，質亦成為可愛玩之物，刻鈕寫款皆是錦上添花，使與其文或質相映發，非是蛇足，更非另畫蛇頭也，印三面刻——其實應當說六面，限於平仄故云三耳，則是畫了三個蛇頭了，對於印石蓋別無興趣，只講經濟而已……」批評隨園無趣的同時，所表達的正是知堂自己關於墨與印的雅趣。尤其是談到墨「磨而漸短」，正如「愛莫能助人之漸老」，所表達的分明是一個長年用墨的多情文人的真切體驗，讀來十分感人。這差不多可視為插入書話的一整段小品了。這樣的片斷在知堂書話中是很多的。

《書房一角》中有篇總共才五十六字的〈題王氏刻《蕘圃藏書題識續錄》〉，談及用紙，也很有味：

此《續錄》兩冊價奇昂，在此時尚有人刻木板印連史紙，已屬難得，價昂可原諒也。唯其紙乃橫折，觸手即知，余最所不喜。能刻書而不知用紙，何耶？

此外如收入《談龍集》的〈《憶》的裝訂〉，談到了木版與石印的區別：

以我近來的「車旁軍」的見解來講，我還希望能用木刻才好，倘若現在還有人會刻。石印總是有點浮光掠影，墨色也總是浮薄，好像是一個個地擺在紙上，用手去一摸就要掉下來似的。我對於《憶》也不免覺得這裏有點美中不足，雖然比鉛印自然要有趣得多了。

這種關於用紙和墨色的細膩的感受，可說是知堂老人獨家的，為旁人所難以取代的。我們從中感受到的美，正與讀小品時相似，只是小品多從俗中求美，書話則多從雅中求美。後者有更多的書卷氣，此即「寓心境於讀書」也。

寓思想於學問，就是將有關中國問題的許多嚴峻的思索轉入「雜學」中去。雜學自然也有嚴肅的一面，但相對來說，終究是逃離了漩渦的中心，要閒適和超脫得多了。有關雜學的種種發明闡說，大多是從讀書中引發而來，又散見於他的大量書話作品中的。在收入《談虎集》的〈拈鬮〉中，周作人稱他眼前的敵人——正人君子或文人學士們為「下賤戲子」，不願再與他們「廝打」，可見他在一九二五年就已有轉入學問中去的願望了。他對自己今後的走向作過反覆的思考：「我的工作是什麼呢？只有上帝知道。我所想知道一點的都是野蠻人的事，一是古野蠻，二是小野蠻，三是『文明』的野蠻。我還不曉得是哪一樣好，或者也還只好來拈鬮。……倘若是他的意思，叫我拈到末一個鬮，那麼南無三寶！我又得回到老局面裏去，豈不冤哉。……我總希望不要拈著第三個鬮，因為那樣做是昏愚。」到了一年半後，他的思考彷彿定局了：「鬮呢，還得重拈。這回我想揀出那第一個來，若是做得到。」他的沉入雜學，其實所針對的仍是中國問題，只是不願直接面對當前的野蠻（即所謂「『文明』的野蠻」），而寧可去靜心研究「古野蠻」（人類學與神話學等）或「小野蠻」（兒童學及兒童文學等），這也便是「寓思想於學問」了。在寫於一九三四年的《夜讀抄・後記》中，他明確表示自己這時的書話雜文作品「從表面看來或者與十年前的略有不同，但實在我的態度還與寫《自己的園地》時差不多是一樣」。又引了自己的一封信說：「不佞自審日常行動與許多人一樣，並不消極，只是相信空言無補，故少說話耳。大約長沮桀溺輩亦是如此，他們仍在耕田，與孔仲尼不同者只是不講學，其與仲尼同為儒家蓋無疑也……」這確是理解知堂雜學與書話的一面鏡鑒，他雖不投入正面的戰鬥了，「仍在耕田」則是無疑的；他的大量書話當然是一種自娛自遣，但它們同時又常常是頗有價值的研究成果，是大有益於民族文化發展和積累的思想資料。——能將自娛與研究合為一體，能在艱深的研究中愉快勝任而臻於「消遣」的地步，沒有極高的文化修養是不可能辦到的。這正是周作人獨特的成功之處。

寓熱切於冷門，是說周作人雖一頭鑽入了故紙堆，雖盡可能將他的書話及小品寫得冷靜乃至冷漠，卻畢竟還是蘊藏著一點兒熱切在內的。三〇年代初，曾有人撰文記述到苦雨齋訪問周作人的事，有一段談到：「為了這地方特別清靜而又沒有外人聽到的原故，我們更放肆地談到了近年來青年被屠殺以及一切一切現社會的罪惡都給他一一暴露出來。起初我以為作人先生只是一個學者，他不會和我們談到政治問題的，而不知他對於這問題倒很感興趣，無怪乎國民革命軍初起時，張大帥說他是××（作人先生親自說出的）。我這時對於他的印象更深一層……知道作人先生一直到現在還是始終同情革命，擁護革命的。」〔6〕一九三五年五月，周作人與俞平伯「講到現在中國情形之危險，……八百年前事，卻有昨今之感，可為寒心」。「平伯聽了微笑對我（按：指周作人，下同）說，他覺得我對於中國有些事情似乎比他還要熱心，雖然年紀比他大，這個理由他想大約是因為我對於有些派從前有點認識，有過期待。」〔7〕周作人身上長存著這樣的熱心，只是輕易不肯表露出來罷了。曹聚仁說他：「其果厭世冷觀了嗎？想必炎炎之火仍在冷灰底下燃燒著。」看來這是深知其人的剖析。當時好多人稱周作人寫書話是「抄書」，而且是「越抄越冷」，愈益脫離了時代和人生。其實，周作人是在冷中寓熱，在冷門書中寓含了他的那份難以排遣的「積極」和熱心（他曾多次感歎自己「太積極了」、「不夠消極」）。他那些冷漠超脫的書話看了會讓人感到一種隱隱的苦悶，感到有澀味存焉，說到底，正是它們的作者心地深處那冷與熱相衝撞相調理的結果。

知堂書話作為一種獨創的文體，有一個發生、發展和成熟的過程。也可以說，在「書話」這一門類中，其實還可細分為幾種不同的文體——它們可分別以《自己的園地》，以《夜讀抄》與《苦竹雜記》，以《書房一角》與《藥堂語錄》為標誌。

《自己的園地》是周作人的第一本集子，一九二三年初版，內中所收大多是書話。（一九二七年再版時，他又將其中二十篇雜文抽去，補入二十三篇「茶話」，亦即讀書隨感或劄記一類的文字，這就使之更成為一本很純粹的書話集了。）其中的作品儘管很有個性，但就文體來說，與知堂雜著還相去未遠，或曰大多可歸入雜著中去。它們的優點也就是知堂雜著的優點，即：具備周氏獨到的思想與學問，寫得豐腴而又細微實在，充滿著自己深刻真切的感性體驗。他這時的許多書話，嚴格說來也就是現在之所謂「書評」，雖然其成就在當時是無人可及的。如〈阿麗思漫遊奇境記〉一文，評的是趙元任先生的譯本，他在其中寫道：

這部書的特色，正如譯者序裏所說，是在於他的有意味的「沒有意思」。英國政治家辟忒（Pitt）曾說：「你不要告訴我說一個人能夠講得有意思；各人都能夠講得有意思。但是他能夠講得沒有意思麼？」文學家特坤西（De Quincey）也說，只是有異常的才能的人，才能寫沒有意思的作品。兒童大抵是天才的詩人，所以他們獨能賞鑑這些東西。最初是那些「無意味不通的好例」的抉擇歌，如《古今風謠》裏的「腳驢斑斑」，以及「夾雨夾雪凍死老鱉」一類的趁韻歌，再進一步便是那些滑稽的敘事歌了。英國兒歌中《赫巴特老母和她的奇怪的狗》與《黎的威更斯太太和她的七隻奇怪的貓》，都是這派的代表著作，專以天真而奇妙的「沒有意思」娛樂兒童的。……散文的一面，始於高爾斯密的《二鞋老婆子的歷史》，到了加樂爾（按：今譯卡洛爾，即《阿麗絲》的原著者）而完成，於是文學的滑稽童話也侵入英國文學史裏了。歐洲大陸的作家，如丹麥的安徒生在《伊達的花》與《阿來鎖眼》裏，荷蘭的藹覃在他的《小約翰》裏，也有這類的寫法，不過他們較為有點意思，所以在「沒有意思」這一點上，似乎很少有人能夠趕得上加樂爾的了。然而這沒有意思決不是無意義，他這著作是實在有哲學的意義的。……我們姑且不論任何不可能的奇妙的空想，原只是集合實在的事物的經驗的分子綜錯而成，但就兒童本身上說，在他想像力發展的時代確有這種空想作品的需要，我們大人無論憑了什麼神呀皇帝呀國家呀的神聖之名，都沒有剝奪他們的這需要的權利，正如我們沒有剝奪他們衣食的權利一樣。人間所同具的智與情應該平勻發達才是，否則便是精神的畸形。

如此精彩的文章──充滿著豐富的學問，又有精闢獨到的學術見解──除了周作人，恐怕是沒人做得出來的。它對於當時以至今天中國兒童文學理論的發展，產生著難以估量的影響。此外，如評說郁達夫小說的〈沉淪〉一文，對所謂「不道德的文學」作出了三種不同的分類研究，並提出：「《沉淪》是一件藝術的作品，但他是『受戒者的文學』（Literature for the initiated），而非一般人的讀物。……明智的讀者卻能從這詩裏得到真正稀有的力。」這在現代文壇也激起不小的反響。在被周作人自行刊落未曾收入這本集子的《阿Q正傳》[8]一文中，也圍繞魯迅的小說提出了許多精警的見解，如：

……諷刺小說雖然與理想小說表面相反，其精神卻是一致，不過正負不同罷了；……理想家與諷刺家都著眼於人生的善或惡的一方面，將同類的事物積累起來，放大起來，再把它複寫在紙上，所以他的結果是一幅人生的善或惡的擴大圖。作成人生的「實物大」的繪圖，在善人裏表出惡的餘燼，在惡人裏表出善的微光，只有真正偉大的寫實家才能夠做到，不是常人所能企及，不然容易流入於傷感主義的小說，正如人家講中和的容易變為調停派一樣。所以不是因襲的諷刺文學也自有其獨特的作用，而以在如現代中國一般的昏迷的社會為尤甚。

又如：

但是國民性實是奇妙的東西，這篇小說裏收納這許多外國的分子，但其結果，對於斯拉夫族有了他的大陸的迫壓的氣分而沒有那「笑中的淚」，對於日本有了他的東方的奇異的花樣而沒有那「俳味」。這一句話我相信可以當作他的褒詞，但一面就當作他的貶詞卻也未始不可。多理性而少情熱，多憎而少愛這個結果便造成了Satyric satire（山靈的諷刺），在這一點上卻與「英國狂生」斯威夫德有點相近了。

不管怎麼說，像這種充滿敏銳的藝術感覺與深邃的藝術剖析的文字，在現代文學史與現代批評史上，是必然要留下不可磨滅的痕跡的。

儘管周作人早期的書話有如此高的成就，但作為一種真正獨立的文體，卻是後來的事。一九二七年《自己的園地》再版時，周作人加進去的那些「茶話」，大抵是一九二五—一九二六年間的作品，在風格上就與先前有很大的不同。它們不再是一書一評，或就某一題目出發所寫的文藝批評、文藝短論式的文字（如〈歌謠〉、〈謎語〉、〈論小詩〉、〈情詩〉等），而往往是就一本書談開去，寫得瀟灑隨意。如列於「茶話」首篇的〈抱犢固的傳說〉，從桂未谷著《札樸》卷九〈鄉里舊聞〉中的「豹子崮」一條說起，提出了「所謂民間的語源解說」雖然對於「史地的學術研究上沒有什麼價值，但如拿來作傳說看，卻很有趣味，而且於民俗學是有價值的」。隨後就記憶所及，說起了故鄉紹興的一條「躲婆弄」，據說與王羲之的故事有關；東郭門外還有一條很大的河名曰賀家池，民間也有傳說，說水下是因得罪了老龍而被淹的村莊，「聽說至今在天朗氣清的時候，水底還隱約看見屋脊。但是我於花辰月夕經過此地不下十次，憑舷默坐，既不見水底的瓦楞，也不聞船下的人語，只有一竹篙打不到底的一片碧水平灘眼前而已。」末了，又將這類無稽的傳說與《世說新語》、《齊諧記》等相比，「所不同者，只是《世說新語》等千年以來就寫在紙上，這些還是在口耳相傳罷了。……記錄一卷民間的世說，那也不是沒有趣味與實益的事罷」。可以說，這與早期書評式的書話的最大區別，在於早期的更接近於知堂雜著的作風，而現在卻更合於知堂小品了。

在《自己的園地》之後，周作人又陸續出版了《雨天的書》、《澤瀉集》、《談龍集》、《談虎集》、《永日集》、《看雲集》等，裏邊都包含著大量書話作品，其中有「雜著型」的，更有「小品型」的。我們不難發現他的書話風格的演變。當代書話大家黃裳先生，稱周作人為新文學中書話文體的開創者；他又說：「書話其實是一種隨筆，一種很有文學性、很有情趣的文字。這同古人的『讀書記』不一樣，像《義門讀書記》，主要是摘錄零星的資料或考訂。書話則更接近於清人黃蕘圃的題跋，他往往不多談書的內容，卻喜歡在題跋裏記瑣事，談買書的經過、書肆、書商、書價、藏家，包括日常生活，都隨手記下。」「書話並不好寫，它從一本書講起，卻又並不限於書，往往引申開去，談點別的，發點感慨和牢騷，很隨意，包含面很廣，但又不是漫無邊際。」[9]看來，黃裳所說的周作人開創新文學中的書話文體，至少是在「茶話」發表之後——這種「並不限於書」的隨意「引申開去」的寫法，顯然是他中後期書話的風格特徵。

我以為，真正奠定了知堂書話的文體地位的，是初版於一九三五年的《夜讀抄》。這裏的作品不僅寫得更隨意更多樣，而且出現了一個甚為顯著的特色，即如書名所示的那個「抄」字——周作人開始稱自己為「文抄公」了。將《夜讀抄》前半與後半相比，可見其「抄」的比重愈益增加；到稍後出版的《苦竹雜記》，這種文體就已基本定形了。《苦竹雜記》書前的那篇〈小引〉，就是一個很典型的好例：

> 寶慶《會稽續志》卷四「苦竹」一條云：
>
> 「山陰縣有苦竹城，越以封范蠡之子，則越自昔產此竹矣。謝靈運〈山居賦〉曰，竹則四苦其味，謂黃苦，青苦，白苦，紫苦也。越又有烏末苦，頓地苦，掉顙苦，湘簟苦，油苦，石斑苦。苦筍以黃苞推第一，謂之黃鶯苦。孟浩然詩，歲月青松老，風霜苦竹餘。」苦竹有這好些花樣，從前不曾知道，頓地掉顙云云彷彿苦不堪言，但不曉得味道與蕺山的蕺怎樣。嘉泰《會稽志》卷十七講竹的這一條中云：
>
> 「苦竹亦可為紙，但堪作寓錢爾。」案紹興製錫箔糊為「銀錠」，用於祭祀，與祭灶司菩薩之太錠不同，其裱褙錫箔的紙黃而粗，蓋即苦竹所製者歟。我寫札記，便即取這苦竹為名。《冬心先生畫竹題記》第十一則云：
>
> 「酈道元注《水經》，山陰縣的苦竹里，里中生竹，竹多繁冗不可芟，豈其幽翳殄瘁若斯民之餒也夫。山陰比日凋瘵，吾友舒明府瞻為是邑長，宜憫其凶而施其灌溉焉。予畫此幅，冷冷清

清，付渡江人寄與之，霜苞雪翠，觸目興感為何如也。」此藹然仁人之言，但與不佞的意思卻是沒有干係耳。

知堂後期的書話大多是這般模樣：黑壓壓一片引文，基本不分段，只在另一大塊引文的起首處每每另起一行，大段引文之後是少量的附記、附注或畫龍點睛式的評說，或根本沒有評說便續引另一段。上文總字數約四百餘字，引文及記錄引文的出處占去三百多字，真正自己發揮的僅一百字略多，只占全文的四分之一。但文章卻十分有味，煞是耐讀。首先，有關苦竹種種花樣的引文與議論，頗有知堂小品那如數家珍、瑣屑有趣的風致；寫紹興錫箔的用途與特徵，也有他談各種名物形制時的恬淡的興味；末了選引金農的題記，亦能透露出現實生活的沉重感與隱逸之士的清冷孤高的氣息。這篇短文可以當小品來讀，它是具備了知堂小品所特有的那種雅趣的。同時，文章又是很有意思的，經得起反覆推敲。在寫了「裱褙錫箔的紙黃而粗，蓋即苦竹所製者」後，立即點上一句：「我寫雜記，便即取這苦竹為名。」那言下之意，我想，既是說自己這些書話之「拙」（黃而粗）與「澀」（苦，甚而「苦不堪言」，「不曉得味道與蕺山的蕺怎樣」），亦即仍是他那「簡單味」與「澀味」的調和；同時也是指這些文章的「無用」（「與祭灶司菩薩之太錠不同」），至多只能作為一種心靈安慰之用；而以「錫箔」為喻，也許還隱含著他的「心死」吧。後文引金農的話，將「繁冗不可芟」的人生現狀與力圖療救「斯民之餒」的邑長，和畫中「冷冷清清」、「霜苞雪翠」的竹枝圖形成鮮明對照，那後者正是周作人清高、超脫、獨善其身的象徵，但他偏說「與不佞的意思卻是沒有干係耳」。這節文章詭譎迷離，然而聯繫前文細想之後，則不難發現，此處知堂老人又在說反話也。——如若真的全無干係，那這麼一大段文字，抄它作甚？莫非真是以此湊字數耶？真要湊字數，則不可能將文章寫得如此精短，完全可以拉得更長了。總而言之，《夜讀抄》之後的知堂書話，看上去滿眼引文，文章好似被引文牽著鼻子走，作者只配跟在引文後面匆匆指點一二；其實正巧相反，引文是經過作者精心挑選和安排的，是為作者的心情和思想牽動著的，它們是構織文章和表達作者心境意趣的一種特殊的材料和語彙。

人們在評論周作人中後期書話時，對其抄書往往大加否定，這恐怕不很有道理。抄書誠如周作人自己所說，決非易事，實在比他自己縱筆揮灑要難上許多倍：「……夫天下之書多矣，不能一一抄之，則自然只能選取其一二，又從而錄取其一二而已，此乃甚難事也。……我看書時遇見正學的思想正宗的文章都望望然去之，真真連一眼都不瞟，如此便不知翻過了多少頁多少冊，沒有看到一點好處，徒然花費了許多光陰。……不問古今中外，我只喜歡兼具健全的物理與深厚的人情之思想，混和散文的樸實與駢文的華美之文章，理想固難達到，少少具體者也就不肯輕易放過。然而其事甚難。孤陋寡聞，一也。沙多金少，二也。若百中得一，又於其百中抄一，則已大喜悅，抄之不容易亦已可以不說矣。故不佞抄書並不比自己作文為不苦，然其甘苦則又非他人所能知耳。」[10]在知堂小品中，周作人時時沉湎於對日常生活趣味的精細描述與對各種名物的介紹探討，以此來排解心中幽悶；知堂書話由雜著型轉向小品型，正是在他提出「閉戶讀書論」的前後，他也正是以沉湎於書本的方式來抵禦外界的黑暗。所以他的大段大段抄書，其性質正如他在小品中大段大段津津有味的描寫。所不同的是，日常生活與古今名物要作者自己組織語言來寫，書中的精彩段落則只需挑選而無煩改作的。周作人又是崇尚「簡」的，願意以少少許勝多多許，甚至「不著一字，盡得風流」，因此只要抄得過癮，抄得有味，他是寧可將自己隱在背後，儘量少寫幾行文字的。在《中國新文學史》中卷，司馬長風稱周作人的抄書為一種「超級服務」，可謂從另一角度指出了他抄書的意義：「當然，周作人的『散記清談』可絕不是隨便抄書，而是在讀書時摘出有聯想、有感見的片斷加以鋪陳和發揮，由於他讀得淵博，每將一部巨著的精華，用三五百字轉達給讀者，對知識份子來說，這自是超級服務……」現在看來，他這「超級服務」的對象面是並不寬的，真有耐心細讀這些書話的人畢竟極少。周作人其實是以零星隨感、積少成多的方式，通過書話散文，對中外典籍，尤其是對中國古代的筆記小品，作了一次系統而又極富個性的研讀和整理。張中行在〈再談苦雨齋〉一文中說，周作人「喜歡涉覽筆記，中國的，他幾乎都看過。如他的文集所提到，絕大多數是偏僻罕為人知的，只此一類，也可見數量是如何大」。周作人一生中，書話創作的數量最大，在這方面所化工夫最多，這些「抄書」之作，也許是他留下的最寶貴的遺產。對這些特殊的作品，就像對錢鍾書的《管錐編》一樣，如能真正鑽研下去，是必有驚人收益的。它們都是中國現當代文化史上少有的、值得開掘的富礦。

說到這些抄書之作的藝術價值，爭論就更大了。上面所引司馬長風的那段話後，緊接著就是：「但距離散文的要求，尤其是距美文的要求越看越遠。因此在這裏就沒有必要評介他的作品了。」這似乎是將周作人的這些作品開除出文學的範圍了。在李景彬的《周作人評析》一書中，將知堂小品與書話形成嚴格對照，褒前而貶後：「我們讀到周作人在本時期（按指「五四」後第二個十年，亦即本書所稱周作人創作的「中期」）所作的幾篇生活瑣記，不禁覺得分外爽快。因為他那沒有休止的『文抄』將人們帶進故紙堆中，感到非常氣悶。一旦看到他那取材於現實生活的小品，猶如走出了陰暗的書齋，眼前立刻亮堂起來。」甚至在倪墨炎的《中國的叛徒與隱士：周作人》中，也對這一時期的知堂書話作了相似的批評：「他在這個時期的絕大部分作品，都是連篇累牘地抄書。抄古人洋人的書猶嫌不足，還大段大段抄自己的書……連篇累牘地抄書，還怎麼『抒發性靈』呢？還怎麼『表現自我』呢？當然也更談不上什麼藝術性了。周作人的散文創作就這樣進入了它的末路。」對於他後期的書話散文，則批評更甚：「考察了周作人失足時期的八種集子，就總體而論，周作人的散文創作進入了衰敗時期。他的這時期的多數散文，幾乎都是同樣的模式：文章開頭是破題，接著就是大段大段的抄書，在引文的連綴中發表自己的意見，最後推出結論性的見解而結束。散文進入模式化，那就失去了藝術的活力和魅力。」其他種種批評，不一而足。

上述意見，有的是將文學的含義理解得過於狹窄；有的恐怕是由於一種先驗的氣悶感，而根本未將那些包含著艱澀引文的書話讀進去；也有的是眼見那一個個冒號過後另起一行的大片黑壓壓的引文，認定了它們在結構上的單一和呆板。由於周作人這些抄書之作除了新的引文出現時外，基本不分段（出現引文時另起一行其實並不是分段，而類似於古書中遇到人名頂格排列的一種格式），所以很難在文章分段上一眼看出它的活潑多樣來。他後來的《書房一角》及《〈亦報〉隨筆》中的短文，常常是全文一整塊，連另起一行的地方也找不到了。不分段的目的，恰恰是為了除盡人工的痕跡，使文章顯得更厚重，更渾成。而文章中佈滿了引文，未必就是模式化的確證。這種由引文連綴起來的文章佈局，有如美術館展廳的佈局：展廳可以是同一個，但在這一展廳中卻可以佈置出千變萬化各不相同的展覽，可以讓人得到極為豐富的美的享受。

在周作人同是黑壓壓一片的抄書之作中，其實也是曲盡變化之妙的。我們不妨試舉幾例——

〈老學庵筆記〉，載《秉燭談》，一九三七年三月作。全篇共有引文十四段，有十七個另起一行處，除開頭與文中兩個大段落外，均在引文起首處分行。文章從陸游近來「大有追贈國防詩人頭銜的光榮」開始，而作者推尊他卻不為此，其一是因為陸游是他的小同鄉，陸晚年所住魯墟，正是他祖母的母家所在地，題〈釵頭鳳〉的沈園即離他家不到半里。隨後抄引了自己五年前所寫〈惡姑詩話〉中有關沈園的一段文章，那是既有細緻的景物介紹又有真切獨到體驗的好文章，是知堂老人頗有代表性的小品文字。陸游三十二歲時在沈園遇其故妻，到七十五歲又有〈題沈園〉兩絕句，於是抄錄了第二首，併發了幾句議論。周作人推尊陸游的第二個原因是愛讀他的遊記隨筆，即《老學庵筆記》與《入蜀記》。這時抄《復堂日記補編》中有關《老學庵筆記》的評價，認為其「多瑣語，不足為著述」。

譚復堂的意思是必須「軼聞舊典往往足備考證」者才算好筆記，周作人的意思則與之相反，認為記軼聞舊典的屬野史的支流，「若好的隨筆乃是文章，多瑣語多獨自的意見正是他的好處，我讀《老學庵筆記》如有所不滿足，那就是這些分子之還太少一點耳」。接下去抄「筆記中最有意義也最為人所知的一則」，即李和兒與炒栗子的故事。又抄趙雲松（即趙翼）《陔餘叢考》一書中「京師炒栗」一則，這是從陸游那裏轉錄來的故事，內容略有出入。再抄郝蘭皋著《曬書堂筆錄》中的「炒栗」一則，此則更有風致，「敘述炒栗子處極細膩可喜，蓋由於對名物自有興味，非他人所可及」，周作人對郝氏評價是很高的。但郝、趙兩人雖寫同一故事，其感情與用心卻與陸游不同，所以再抄《放翁題跋》卷三〈跋呂侍講歲時雜記〉，其中講到承平無事之日故都節物與中州風俗似不必記，「自喪亂來七十年，遺老凋落無在者，然後知此書之不可闕」。可見陸游寫「炒栗」是有他那「故宮禾黍之思」的，這意思往往為後之讀者所不能解。接下去周作人又抄了《老學庵筆記》卷三和卷五的兩則也許同樣為後人所不解的故事，併發議論道：「這兩則在正統派看去當然是蕭鸕巴曾鶉鶺之流，即使不算清談誤國，也總是逃避現實了吧。但是仔細想來，這是如此的麼？漢子的語源便直戳了老受異族欺侮的國民的心，『只許州官放火，不許百姓點燈』的俗諺豈不是至今還是存在，而且還活著麼？」再接下去，又抄了卷一和卷七的兩則「冷雋可喜」、「有刀筆餘風」的關於詩文批評的筆記，這當然也是從它們為別人所「不甚可解」這一點上帶出來的。然後，因所引筆記中有「惡詩」兩字，就又抄引了卷八的一則筆記，內有「惡發」一詞，「惡發猶云怒也」。又抄卷二另一則，謂「吳音握惡相亂」，錢塘人稱錢王居處「握發殿」為「惡發殿」云云。這又都是從「惡」字帶出來的了。周作人稱自己如此抄引為「連類抄錄，亦頗有致」。的確，這些引文本身精彩紛呈自不待言，經作者如此一環扣一環地轉引，真是峰迴路轉，變化多端，令人趣味盎然，欲罷而不能。但這決不是毫無內在聯繫的任意閒扯，文章最後落在卷一的一則筆記上，引出上官道人的一段妙語曰：「為國家致太平與長生不死皆非常人所能然，且當守國使不亂以待奇才之出，衛生使不夭以須異人之至，不亂不夭皆不待異術，惟謹而已。」這用現在的話來理解，也就是求得平安與穩定吧，周作人對此大加讚賞，認為這話「最高妙也最切實」。又說，「所可惜的是不容易做，大抵也沒有人想做過，北宋南宋以及明的季世差不多都是存心在做亂與夭，這實是件奇事」。這自然是借古喻今的話。而他臨末又強調說：「但我這裏並不是說反話，真理原是平凡的東西，日光之下本無新事也。」統觀全文，周作人所流露的，是對統治者將國家弄得如此一團糟，卻又要人們去「愛國」的一種深深的不滿；同時也處處流露著他的亡國之憂，這從李和兒故事、「遺老凋落無在」及「漢子」的語源等引文釋文中都可見出。他雖是隨意抄轉，卻又處處忠實於自己，所引所說的都是他當時最想說的話，談陸游的思想和藝術也大多為其「夫子自道」，所以文章看上去東拉西扯，讀過之後卻只感到扎實和豐滿，有一種沉甸甸的滿足感，絲毫未覺其貧薄或鬆散。

這種「連類抄錄，亦頗有致」的寫法，在知堂書話中是比較多見的，但這並不成其為一種模式。正如「峰迴路轉」是山水景物的某一特徵，但峰如何「迴」，路如何「轉」，卻是可以千變萬化的，因而絕不會雷同。周作人的書話也往往從不同的「類」上連出截然不同的引文，以出乎意料的「環」相扣接，所以只要真正有耐心，並且真正鑽研進去，那是必能讀出其新鮮感和大趣味來的。同收於《秉燭談》的〈浮世風呂〉，也是一篇「連類抄錄」的書話，他從馬時芳所著《樸麗子》書中有關菜園的一段對話，轉入戶川秋骨隨筆集《樂天地獄》中有關隨便閒談的趣味的一節文章，文中提及《浮世床》與《浮世風呂》之所以為名著道理也在此，然後轉抄自己對於此兩書的評價，以及雙木園主人在《江戶時代戲曲小說通志》中的一段評語，最後又由《浮世風呂》中少男少女們很有人情味的對話，聯想到中國只有戲文中「還含有兒童描寫的一丁點兒，不知何以小說散文中會那麼缺乏」，因此抄錄好幾首清代《捧腹集詩抄》中描寫少年學子的滑稽詩，謂其「滑稽小說與散文缺少，姑且以詩解嘲，雖已可憐，總還聊勝於無」。全文環繞一種人生場景與趣味，以及文學對於它的表現或缺乏這種表現而展開，散而不散，讀來甚有情味。同是「連類抄錄」，它與《老學庵筆記》是決不雷同的。

當然，「連類抄錄」總是帶著較多的隨意性，往往順著作者情趣的線索而轉移。周作人還有大量書話，要比這嚴謹和規整得多，也是大量抄書，但所抄的內容不是縱向的單線的移動轉接，而是橫向的並列的比較。仍以《秉燭談》中的作品為例，《人境廬詩草》與《江都二色》即屬此類。在《人境廬詩草》中，周作人舉出了自己所藏的五種不同的版本，為找出各版本間的先後關係，將它們相互對照映證，這自然免不了要抄書，一氣抄下的計有：錢萼孫箋注本發凡之十五，高崇信尤炳圻校點本中尤編《年譜》光緒十六年項下的記載，錢萼孫所編《年譜》光緒十七年項下的記載，錢玄同所錄黃遵憲致胡曉岑書中的一段，及不同版本中被刪被改的詩作二十餘首等。在此文的〈附記〉中，又圍繞《日本國志》一書的作者問題，抄引了兩廣總督張之洞咨總理衙門文，原版《日本國志》後梁啟超的後序，《人境廬詩草》卷十〈三哀詩〉中的一段，錢編《年譜》所引黃遵憲從弟的一段話，梁啟超作黃遵憲墓誌中的文字，以及黃著《雜事詩》定本序。這都是就同一題目排列抄錄的內容。《江都二色》開篇即云：「我頗喜歡玩具，但翻閱中國舊書，不免悵然，因為很難得看見這種記載。」底下便將平生所見一一抄錄，也就是：《通俗編》卷三十一戲具條下引《潛夫論》的一句話，黃生著《字詁》中〈撫塵〉條裏的一段話，《義府》卷上〈毀瓦畫墁〉條裏的話，陶石梁著《小柴桑喃喃錄》卷上所引《大智度論》中的一節文字，以及趙與時著《賓退錄》卷六所記唐路德廷〈孩兒詩〉五十韻中描寫玩具及遊戲的詩句如「折竹裝泥燕，添絲放紙鳶」、「壘柴為屋木，和土作盤筵」。如此而已。隨後的結論是：「別的整篇就已難得見到，不要說整本的書了。」作為一種文化批評，這結論是十分有力的，而力量全來自於上面的抄書。

一般說來，橫向並列的抄書，需要更完整的學問和資料的積累，大多帶有考訂的性質。周作人這類書話不少，可貴處在於總能保持他那一點兒雅趣與可讀性，並不異變為一本正經的學術論文。這種「橫向並列」有時並不抄書，而只抄書目，使讀者一目了然。如《江都二色》的後半篇即抄錄日本有阪太郎著玩具書目十餘種，〈陶集小記〉抄錄了自己所藏陶淵明詩集二十種的書目。其他如〈讀《遊仙窟》〉等，則將不同版本中的脫誤之處一一抄出，同樣有一目了然之效。

除了上述兩種很基本的抄書法，周作人更多的是在別人的書中尋找自己，借別人的書說自己的話，所以抄書也成了他「表現自我」的極好途徑。他的文章大多是夾敘夾議的，有時候，所抄之書成了他文中「敘」的內容，與他的「議」天然地融成了一體。如《夜讀抄》中的〈一歲貨聲〉，實在是篇令人讀不厭的妙文。我們且看如下的段落：

……又如賣硬麵餑餑者，書中記其唱聲曰：「硬麵唵，餑啊餑……」，則與現今完全相同，在寒夜深更，常聞此種悲涼之聲，令人憮然，有百感交集之概。賣花生者曰：「脆瓤兒的落花生啊，芝麻醬的一個味來，抓半空兒的——多給。」這種呼聲至今也時常聽到，特別是單賣那所謂半空兒的……大約因為應允多給的緣故罷，永遠為小兒女輩所愛好。昔有今無，固可歎慨，若今昔同然，亦未嘗無今昔之感，正不必待風景不殊舉目有山河之異也。

其中引號內的都是抄書，引號外則是周作人自己的文字。從中可看出周作人的讀書法：他是將書作為真正的人生來讀的，目光流覽之處，充滿著自己對於人生的獨特體驗，時時引發出自己極真切的滄桑感。他從吆喝聲中聯想到的有關新詩的音樂性的議論，尤為精闢：

現在的文人只會讀詩詞歌賦，會聽或哼幾句戲文，想去創出新格調的新詩，那是十分難能的難事，中國的詩彷彿總是不能不重韻律，可是這從那裏去找新的根苗，那些戲文老是那麼叫喚，我從前生怕那戲子會回不過氣來真是「氣閉」而死，即使不然也總很不衛生的，假如新詩要那樣地唱才好，亦難乎其為詩人矣哉。賣東西的在街上吆喝，要使得屋內的人聽到，聲音非很響亮不可，可是並不至於不自然，發聲遣詞都有特殊的地方，我們不能說這裏有詩歌發生的可能，總之比戲文卻要更與歌唱相近一點罷。賣晚香玉的道：

「噯……十朵，花啊晚香啊，晚香的玉來，一個大錢十五朵。」什麼「來」的句調本來甚多，這是頂特別的一例。又七月中賣棗者唱曰：

「棗兒來，糖的咯噠嘍，嚐一個再買來哎，一個光板嘍。」此頗有兒歌的意味，其形容棗子的甜曰糖的咯噠亦質樸而新穎。……

可以說，沒有這些奇妙的、令人如臨其境如聞其聲的「貨聲」，就不會有周作人的這些議論；但如果沒有周作人的思想學問，沒有他那豐富的人生體驗與敏銳的藝術感覺，「貨聲」也僅是「貨聲」而已吧。這二者結合得如此巧妙，誰又能說他抄書抄得不好呢？他雖然時不時地抄引，其實仍是在創造。因為他在創造時很艱辛而又很討巧地吸收著古人的、洋人的或民間的瑰麗的創造成果，所以他的不少抄書之作，其審美價值，其給予人的充實感、豐富感與滿足感，是超出他早期的小品之上的。

在周作人的另一些書話中，所抄之書則成了他夾敘夾議的「議」。那其實是他自己想說而未說的話，這時便以抄代說了。這類話往往包含著很獨到的見解，不經周作人特意點出，讀者既不易讀到，即使讀到也很容易忽略。如《苦口甘口》中有一篇〈女子與讀書〉，其中大段譯抄了日本女作家與謝野晶子夫人的感想集，所論女子讀書的順序，正如周作人談翻譯的甘苦得失一樣，是從多年的實際閱歷中總結出的老實話，是值得每一個女子乃至男子仔細地聽一聽的：

> 關於所讀書籍的種類，最好還是多取硬性的書物。哲學、心理學、歷史、動植物學，這些書可以補這方面所缺的智識，養成細密的觀察與精確的判斷力，於今後的婦人均為必要。……我勸大家讀硬性的書，不大勸人讀軟性的文學書的緣故，便是因為先從文學讀起，則硬性的書便將覺得難讀，不大喜歡，不容易理解了。假如一面讀著可以磨煉理性，養成深銳的判斷力的書籍，再去讀軟性的文學書，就會覺得普通甜俗的小說有點兒無聊，讀不下去了，因此對於有高尚趣味的文學書加以注意，自能養成溫雅的情緒。本來女人容易為低級的感情所支配，輕易的流淚，或無謂的生氣，現在憑了硬性的學問，使得理性明確，自不至為卑近的感情所動，又因了高尚的藝術，使得感情清新，於是各人的心始能調整，得到文明婦人的資格……

周作人說，「以上的話雖是三十多年前所說，但是我覺得在現今還是都很對」。現在，離周作人說這話和抄這段書的時候，又過去了整整五十年，這話還是很對，並且在今天似乎更有強調的必要了。這也從某一角度說明了周作人所抄之書的價值。

周作人抄書還有各種抄法，每種抄法又可以有各不相同的運用，此處不可能再一一例舉了。不過，他所抄之書，往往是比較生僻的本子，是早經湮沒的古籍，不為人所注意的筆記，或為中國讀者所陌生的外國書，那是他花了大量勞動披沙揀金，親自發掘或翻譯出來的。如所抄只是通俗流行隨處可見的書，或只求生僻卻找些並無價值的書，那就決然達不到像他這樣的成就。後來模仿他抄書之作的人並不少，但真正得其精髓的卻幾無一二，道理正在於此。當然，周作人偶爾也抄很有名的書，如《秉燭談》中的〈讀《檀弓》〉就是，但那一定是對這樣的書有了十分獨到的見解，或將這書中的內容與別的內容作出了出人意料的比較。老材料經過新的排列組合後是會具有全新的性質的，所以它們一經抄入知堂書話後，所給人的仍是一種新鮮感。〈讀《檀弓》〉便是將其中曾子的故事與《論語》、戴望的注、孔穎達的《正義》及清代馬時芳的《樸麗子》等內容連類抄轉，頗出人意外。另一篇〈讀《列女傳》〉也是大段抄引俞正燮、李慈銘等的文章，從而使腐朽轉為神奇。

周作人後期的書話，在文體上又有一大變，那就是以整本的《書房一角》及《藥堂語錄》中的許多文章為代表的題跋式短文的出現。這類書話大抵只三百餘字，寫法極為自由，既談書，又談與書有關的人事、掌故、隨感，也有小考證等，無拘無束，灑脫有致，很是耐讀。如《書房一角》中〈黃晦聞〉一文，便是由書及人，由人及書，尺幅之內，氣象萬千：

> 翻閱明清人所作地方名勝詩集，看到高青丘的《姑蘇雜詠》二卷，乃是黃晦聞先生遺物。雜詠詩凡一百三十一首，已散編入《大全集》，此尚係原本，後有洪武三十一年周傳跋，蓋是青丘被害後二十四年也。前在隆福寺街得此集，卷首有印曰沈以恭印，敬齋，又曰陳天爵印，天士，兩冊首別有印曰黃節讀書之記。晦聞卒於民國廿四年一月廿四日，次日余送一聯輓之曰，「如此江山，漸將日暮途窮，不堪追憶索常侍。及今歸去，等是風流雲散，差倖免作顧亭林。」附以小注云，「近來先生常鈐一印曰如此江山。又在北京大學講亭林詩，感念古昔，常對諸生慨然言之。」晦聞沒後，藏書多散出，偶在書肆見此冊，遂以六元買得之，惜因蟲已蛀經裱過，稍嫌臃腫耳。青丘原書固不多見，無意中得到故人手澤，亦可紀念也。

讀這類書話，很容易讓人想到黃蕘圃的題跋。再早一些，則可推及宋人關於讀書藏書的筆記文，如蘇軾、陸游、歐陽修等，都有這方面的佳作。尤其是李清照的《金石錄後序》，既談人生遭際，也談成書經過，身世感、人情味與書卷氣並重，文字也淡雅真率，讓人著迷。李慈銘的《越縵堂讀書記》中說：「李易安〈後序〉一篇，敘致錯綜，筆墨疏秀，蕭然出町畦之外，予向愛誦之。」同樣，周作人《書房一角》中的這類文字，也一直為許多知識份子讀者所喜愛。這樣的作品，說是「書話」固無不妥，說是「小品」亦極恰當。因其雖是從書談開去，而讀書、買書、藏書正是其作者重要的人生內容。由關於版式、字行、序跋及鈐印的悉心翻檢與交代中，我們讀到的是作者的人生情趣；從對於每部書買得過程的有滋有味的回憶中，我們讀到的其實是對於以往人生的眷戀和慨歎。所以，將這些書話歸入「美文」中去，實在是當之無愧的。聯繫前文所說知堂抄書之作是否還屬於文學的問題，我想我們無疑應將文學的範圍看大。我以為，他的這些「夜讀抄」不僅是文學，而且還是聯繫古典文學與現代文學的橋樑，它們具有古典與現代這雙重的美，給人以雙重的閱讀滿足。

儘管《書房一角》與《藥堂語錄》中那些短小的書話在形式上接近於前人的題跋，但與這形式融為一體的思想和學問則是周作人自己的，那是古代的藏書家所不可同日而語的。另外，周作人的文章中雖有文言的成分，卻畢竟是經過「五四」新文學洗禮的文字。對此周作人曾有過一次略顯激動的說明：「假如這樣便以為是復古，未免所見太淺，殆猶未曾見過整本的古文，有如鄉下人見手杖以為是在戴紅頂了。還有一層，值得特別指出的是，現今的語體文是已經洗過了一個澡來的，雖然仍舊是穿的大衫小衫以至袍子之類，身體卻是不同了。這一點是應當看重的。……即使形式上有近似古文處，其內容卻不是普通古文中所有。」[11] 這是一段自我辯解的話，但卻說得相當中肯。試看下面這一節，委實不是古人所可能寫出來的。

……常怪後人筆記中稱人何以必須用官銜，若詩文話，尤無關係矣，而亦復如是，豈官職高卑乃與文字佳否有影響耶。外國文人盡有做官者，但培根不聞以水部稱，戈德亦不聞號相國也。……此等似是瑣屑，卻值得細想，都是中國人精氣之所在。花下喝道不為韻事，但偕某大令看花則是普通詩題矣，鄙人見之常覺不好過，有如看纏足女人也。〔12〕

這樣的文章雖用成套的文言虛詞，嚴格說卻還不是古文，只是白話加文言虛詞而已。虛詞對文句有影響，但還不致改變它的性質。文中的「常覺不好過」、「普通詩題」、「值得細想」等，都還是尋常白話口語。這正如周作人的打油詩，無論內容與形式，其實都已與傳統的舊詩不同。看似相似，事實上他已悄然創立了一種新體。

從這個意義上看，他的那些題跋式的書話，也是將古人題跋的形式引進了新文學；而這種引進本身也是一種創造，因為它們畢竟不同於古人的題跋。

周作人看上去沖淡平和，其實那種「浮躁凌厲」的精神，在他身上始終還是存在著的。這從他不斷創新，並頻頻在現代文壇鬧出重大反響的文體實驗中，不難看出來。我們不僅稱他為文體家，而且稱其為「文體探險家」，就因為對於新的文體的不斷探索，對他來說居然是那樣地重要。

周作人在自己長長的寫作生涯中，不斷改變著自己已經操作得十分熟練的文體。一會兒是「雜文店」關門，一會兒又是「文學店」關門，除了別的原因外，對不再具備「探險」性質的文體的興味逐漸淡然，不能不說也是原因之一。在《書房一角．原序》中，周作人回顧自己的三十六年寫作經歷時說：「這個期間可以分做三節，其一是乙巳至民國十年頃，多翻譯外國作品，其二是民國十一年以後，寫批評文章，其三是民國廿一年以後，只寫隨筆，或稱讀書錄，我則云看書偶記，似更簡明的當。」他這裏遺漏了對他來說相當重要的小品創作；並且，他的翻譯也一直不曾廢棄。準確地說，他所曾掌握的那些文體，他全都多多少少地一直使用著。只是，他自己委實有過多次比較自覺的重心的轉移，由「寫批評文章」（即本書所稱「知堂雜著」）轉向「只寫隨筆」（即「知堂書話」），便是一個顯而易見的大轉折。但漸漸地，他對這種「讀書錄」也表示了厭倦，甚至對自己的所有文章都感到了不滿。這很引起了人們的迷惑。到一九四四年七月，他乾脆這樣說了：「我一直不相信自己能寫好文章，如或偶有可取，那麼所可取者也當在於思想而不是文章。總之我是不會做所謂純文學的……」甚至堅稱自己願意不再做文人而只當「譯者」：「天下盡多好思想好文章，何必盡由己出……假如可以被免，許文人歇業，有如吾鄉墮貧之得解放，雖執鞭吾亦為之……」[13]這裏簡直是將文人自比為紹興古來被明文規定的「賤民」了（可參見本章上半所引〈墮民的生活〉）。這種對自己文章的厭倦和不滿，原因可說是相當複雜。但我以為，到了一九四四年，他所有的文體探險（除卻後來的「打油詩」）都已完成，這分明也是促成他興味索然的一個重要的內在原因。他的「讀書錄」一起自於三〇年代初，到一九三四年《夜讀抄》出版，尤其是一九三五年《苦竹雜記》出版時，早已成形，到一九四四年，這一文體已操作了整整十年。即使是《書房一角》中那種題跋式的書話，也是在一九三八年時成形的文體，到一九四四年也已有六年了。而這一文體主要是他在「下水」以前不想公開說話作文，躲在「苦住庵」內讀書消遣時隨手寫下的，寫了近二百則，就此罷手，以後運用得並不多（在五〇年代初的《亦報》隨筆中，才又偶或可見這種題跋式短文的影子）。對一個「文體探險家」來說，十年前或六年前已經完成的文體，實在是過於成熟了，很難再激起他更大的創作興趣。——回過頭來看，六、七年的時間，也許正是他操作某一文體的興趣極限吧。對於既是「文體探險家」，同時又是一個以「趣味」為主的作家來說，這種源於內在的生理與心理的時間局限，是會影響他的體裁選擇與創作歷程的。這是我們在過去的研究中常常忽略的方面。

周作人對於文體的重視，在討論別人的作品時，也經常體現和流露出來。如在《棗》和《橋》兩書的序文中，他說：「廢名君用了他簡煉的文章寫獨有的意境，固然是很可喜，再從近來文體的變遷上著眼看去，更覺得有意義。」他這「文體的變遷」，指的是清淺流麗的文章已存在多年，所以必有奇僻的文體出現，正如晚明的「公安」之後會有「竟陵」。亦即：「現代的文學悉本於『詩言志』的主張，所謂『信腕信口皆成律度』的律度原是一樣，但庸熟之極不能不趨於變，簡潔生辣的文章之興起，正是當然的事……」關於廢名與俞平伯，我們放到本書的末章去談，此處只想拈出「庸熟之極不能不趨於變」這句話——這不僅是知堂觀測文壇變遷的一種視角，而且是他自己文體變化的一個心理基因。正因為有這樣一種自覺的文體意識，他才為文學界貢獻出了那麼多既轟動（至少是「波動」）了當時的文壇，又以其深遠影響浸潤著後來的文學發展的新文體。這些文體的魅力也許是長存的。

【注釋】

1 〈周作人的西山小品〉，載《周作人論》。

2 見《苦雨齋序跋文》。

3 原載《雨天的書》（北新書局一九二五年版），題為〈喝茶〉，後收入《澤瀉集》（北新書局一九二七年版）時，改名為〈吃茶〉。

4 周作人於一九三五年初還曾寫有〈關於「王顧左右」〉一文，表露了當時苦澀的心境，足資今天的研究者參考。文載《苦茶隨筆》，北新書局一九三六年版。

5 嘯聲：〈洋「八大」莫蘭迪〉，《美術》一九九二年第一二期。

6 碧雲：〈周作人印象記〉，載《周作人論》。

7 《苦茶隨筆・後記》。

8 原載一九二三年三月十九日《晨報副刊》，署名仲密。後由阿英收入《中國新文壇秘錄》，上海南強書局一九三三年版。

9 黃裳：〈書林漫話〉（筆者與黃裳對話錄），《隨筆》一九九二年第五期。

10 《苦竹雜記・後記》。良友圖書公司一九三六年版。

11 《藥堂雜文・序》（北京新民印書館一九四四年版）。另在《藥堂語錄・後記》（天津《庸報》社一九四一年版）中，周作人也自稱「此種文字新陳兩非，不入時眼」，並不承認這便是古文。

12 〈詩話〉，載《書房一角》。北京新民印書館一九四四年版。

13 《苦口甘口・自序》。

第五章 結構、技巧與人的魅力

——對一個藝術難題的探討

不能說知堂散文無結構；然而，他從來不從既定的結構出發，也不願受任何結構的約束。結構的確不是他所重視的方面。

廢名是這樣描述周作人的創作過程的：「知堂先生待人接物，同他平常作文的習慣，一樣的令我感興趣，他作文向來不打稿子，一遍寫起來了，看一看有錯字沒有，便不再看，算是完卷，因為據他說起稿便不免於重抄，重抄便覺得多無是處，想修改也修改不好，不如一遍寫起倒也算了。他對於自己是這樣的寬容，對於自己外的一切都是這樣的寬容……」〔1〕與此相一致的，是距此六十多年後，蕭乾夫人文潔若回憶周作人晚年搞翻譯，也說他是一氣呵成，從不打草稿，也不回頭修改。他的這種寫作習慣，是可以和他的作品相互映證的，他的確不屬於結構嚴謹的那一派，他的文章總顯得鬆散而隨意。

周作人自己也多次講過，他作文的祕訣是「文不對題」。如為《長之文學論文集》所做的跋，在開首第一段中就說：「關於本題權且按下不表，我在這裏只能來說幾句題外的閒話罷了。」到了末了一段，又說：「李君的書是批評論文集，我這樣的亂說一番，未免有點文不對題。但是我早同李君說過，我寫序跋是以不切題為宗旨的。」這是他一九三四年時說的話。過了二十六年，即到他晚年的一九六〇年，在為遠在新加坡的鄭子瑜先生的選集寫序文時（這大概是他畢生為別人寫的最後一篇序跋文了），他又說了這樣的話：「因為我寫文章，向來以不切題為宗旨，至於手法則是運用古今有名的賦得方法，找到一個著手點來敷陳開去，此乃是我的作文金針。」〔2〕可見，這「不切題」、「敷陳開去」、說一通「題外的閒話」，當真是他運用了一輩子的作文法了。他文中的「賦得」二字，卻實在只是借用，並非該詞的原意了。所謂的「賦得方法」，無非是很隨意地發揮到題外去時，先要找到一個由頭，使這種發揮顯得順理成章，而不至有霸道與人為的痕跡。而在古文中，「賦得」就是從題目出發，緊扣題意鋪陳文章，這正是周作人所最厭惡的。周作人曾多次將新文學的特性歸納為「即興」二字，以此與「賦得」相對抗，他認為運用白話倒並非新文學的主要特徵，「白話文亦文體之一，本無一定屬性，以作偶成的新文學可，以寫賦得的舊文學亦無不可」〔3〕。他是信奉「偶成」的，寫了一輩子「偶成」的新文學，這「偶成」不僅體現在他總是憑藉自己的興趣，選擇想寫的題目，也體現在他寫作過程中那自由而隨意的揮灑上。這就難怪他們這一代人對於「草蛇灰線，伏脈千里」等結構技巧，以及按著既定結構作文的工匠式的做法，抱以無限的蔑視了。

周作人還喜歡稱自己的寫作為「跑野馬」，這是一個十分形象而傳神的比喻。在《知堂雜詩抄・序》中，提到他正寫著的《藥堂談往》（即後來的《知堂回想錄》）時，說了如下一段話：「我不想學名人寫自敘，一半扯謊，就是說真實之外還有詩，所以不免枯燥，但有時跑野馬，那也是難免的，只要野馬跑得好，不十分跑出埒外，原來是很好玩的，但是那很要費工夫去斟酌罷了。」這段話極為重要，我們不妨看作晚年周作人對於自己畢生作文的一番小結，它概括了知堂散文的幾個很基本的特徵：

首先是不喜歡在文中加入過多的詩情。正如他作詩也是以文為詩，不走「偏麗偏則」的詩情的路數；他的散文，即使是小品散文，也不以詩情取勝，而是在平實淡泊中透出豐腴多姿，以其外表樸拙與內涵鬱森奠定了自己在藝術上的地位。到暮年寫回憶錄時，他自然更不願意濫用詩情了。

其次，是他也有自己發揮「餘情」與「感興」的高招。在現代作家中，是他率先提出了「餘情」對於散文的重要性。在〈《老虎橋雜詩》自序〉裏，他也說：「這內容雖近於散文，可是既稱為詩，便與詩有一點相同的地方，便是這也需要一點感興。」這種「餘情」與「感興」，對周作人來說，便是一種趣味的展現與個性的自由發揮。在他的散文中，這展現與發揮的方法，也就是「跑野馬」。——「跑野馬」既顯得外表樸拙，又將人牽入了它那鬱森的內涵中。

再次，知堂作文是強調興趣與靈感的，他最不願意勉強自己。每當可以展示趣味與發揮個性時，靈感便會降臨，這時他的野馬便會跑得很歡，文章也就如行雲流水般地搖曳多姿了。所以他的文章結構，正是他那自由隨意的寫作心態的自然反映。他稱跑野馬「原來是很好玩的」，正是對這種寫作心態的帶點兒陶醉的自我評價。

復次，野馬也不能亂跑，而是要「跑得好」，「不十分跑出埒外」。這其實是極難掌握的，硬行規定，作繭自縛，勢必破壞了「感興」的自由發揮，影響了美好的寫作心態；一味放任，則又不成文章了。所以「跑野馬」的文章是最難寫的，它是對一個人的素養與藝術感覺的真正考驗。寫這樣的文章必須是「運用之妙，存乎一心」；「行於所當行，止於所不得不止」。——作者面對自己的作品，既是主動的，又確有幾分被動，彷彿冥冥之中有誰在悄悄牽引。這與詩人作詩時的「下筆如有神」實在相去未遠。

最後，知堂作文並不輕鬆，一篇篇短文他都認真對待，「要很費工夫去斟酌」。寫作中的「下筆如有神」，並不如一般人想像的那麼春風得意，一揮而就。靈感總是朦朧的，它常常只是一種誘惑，一種讓人躍躍欲試的好情緒；「神」也只是「牽引」，而決不能取代你的創造。所以，作家必須以巨大的熱情迎向這靈感，小心地琢磨它，一步一步地把握它，並一步一步把握自己的材料和自己的筆。這是一種十分艱苦而又極有興味的創造性勞動。經過緊張而繁複的思維活動，當清晰的文字一步步與朦朧的靈感相扣攏時，你會感覺到一種暗暗的欣喜與興奮。誰要是不曾有過這樣的心理經歷，那是不配被稱為作家的。周作人既說「跑野馬」的寫作「很好玩」，又說「要很費工夫去斟酌」，正是道出了此中的三昧。

知堂散文中也有不少結構看似緊湊集中的作品，如〈蒼蠅〉、〈蝨子〉、〈謎語〉、〈死法〉、〈故鄉的野菜〉、〈野草的俗名〉等，在書話中這類作品更多，它們往往是圍繞某一話題，一一鋪陳材料。但仔細讀讀這些文章，其實也是「跑野馬」的。如〈故鄉的野菜〉，從「我的故鄉不止一個，凡我住過的地方都是故鄉」寫起，由妻子買菜見到薺菜，引出「薺菜馬蘭頭」來，隨後又講黃花麥果，中國和日本都用它做點心；因為黃花麥果常在掃墓時作供品，便引出掃墓時常吃的另一種野菜——紫雲英。最後的尾巴很美：「浙東掃墓用鼓吹，所以少年們常隨了樂音去看『上墳船裏的姣姣』；沒有錢的人家雖沒有鼓吹，但是船頭上篷窗下總露出些紫雲英和杜鵑的花束，這也就是上墳船的確實的證據了。」然而，這尾巴和開頭實在沒有多少關係，要說首尾呼應，那是一點也呼應不上的。他只是順著文思寫下來罷了，這也是「跑野馬」，只是跑得並不十分遠：開頭講「故鄉」，末尾講上墳船上的「野菜」花，都還合於題意。

正因為他總是順著文思往下寫，並不把結構的原則放在眼裏，所以有時野馬就跑得很厲害了。如收入《苦竹雜記》的〈隅田川兩岸一覽〉，很多選本都選了這一篇，它是可以看作知堂「跑野馬」的代表作的。文章從「我有一種嗜好」起首，然後談煙，談酒，談茶，並一一否認，即它們都算不上嗜好，這樣就花去六、七百字。又從吃的談到看的聽的：舊戲、電影、中西音樂、書畫古董……又說了四百餘字。這才找出自己「極平常」的嗜好來——「喜歡找點書看罷了」，「我所喜歡的是能夠得到的新書……拿到手時很有一種愉快」。這又寫了三百多字，連上面幾節，占去了將近一半的篇幅。隨後才寫到「近來得到的一部書」，即三大冊的《繪本隅田川兩岸一覽》。這是葛飾北齋的畫集，每頁題有狂歌兩首或三首，係日本一百三十多年前的作品的重刻本。周作人抄引了卷末的久保田米齋的跋語和永井荷風在《江戶藝術論》中對此書的評介，最後發了一通感慨道：「為什麼中國沒有這種畫的呢？」他認為《十竹齋箋譜》與「姑蘇板」的民間的圖畫，「壓根兒同是士大夫思想，窮則畫五子登科，達則畫歲寒三友，其雅俗之分只是樓上與樓下耳。」更重要的是，日本受到西方影響後，畫家能畫出自己的風格來，「姑蘇板畫中也不少油畫的痕跡，可是後來卻並沒有好結果，至今畫臺階的大半還是往下歪斜的」。聯繫到「古文拳法湯藥大刀等事的興廢變遷，日本與中國都有很大的差異」，周作人自是感歎不已。全文至此結束。統觀後面寫到《隅田川兩岸一覽》的文字，也不過一千五百餘字，比前半的一千四百來字多不了幾行。且前文從談興趣嗜好開場，最後則落在對於繪畫發展及中日文化比較的思索上，首尾間距離很遙遠。可以想見，一個稍稍重視文章結構的作家，是不會這麼佈局的。——然而這一篇仍是好文章。作者寫得從容不迫，毫無自愧之意；讀者讀得津津有味，後來的選家們也都願意選它。這究意是為什麼呢？

這就牽涉到了我們所要探討的藝術難題。表層的問題是：結構究竟重要不重要？向裏掘進，那難題就成了：散文究竟以什麼取勝？或者說：讀者要從散文中得到的究竟是什麼？再往裏探討，就面臨一個更新的層面：在文章的結構之上，是不是還存在一個更籠統、更難把握、而又更高級更重要的結構？

文章結構可以被視為一種技巧。除了結構之外還有許多技巧，周作人對於它們的態度正如同他對待結構一樣。

我們同樣不能說知堂散文無技巧。比如，像他的得意之作〈碰傷〉、〈死法〉以及〈窮褲〉和後來的〈三禮贊〉等，所運用的通篇反話的寫法，分明就是一種很獨特也很嫻熟的技巧了。儘管周作人很喜愛這種技巧，但他並不多用，因為他不願意從技巧出發硬做文章，而只願意順從自己自由的寫作心態，亦即順從當時的靈感。他一九二一年六月發表了〈碰傷〉，事隔四十年，在《知堂回想錄》中談起這篇文章，還是津津樂道，頗為自得，然而他的寫作態度仍是一貫的，「我這篇文章寫的有點彆扭，或者就是晦澀，因此有些讀者就不大很能懂，並且對於我勸阻向北洋政府請願的意思表示反對，發生了些誤會。但是那種彆扭的寫法，卻是我所喜歡的，後來還時常使用著，可是這同做詩一樣，需要某種的刺激，使得平凡的意思發起酵來，這種機會不是平常容易得到的，因此也就不能多寫了。」這話正與前文所引有關「跑野馬」的話，一樣值得玩味。

也許有些人對自己講話與寫作時的心態的自我檢測比較麻木，這樣的人適於當演員——因為他們「能演」，而又不會因為自己「在演」而感覺不自然；但卻不能當大演員，因為大演員也需要真誠和對真誠的敏感。周作人則屬於另一種人，他對自己寫作心態的自我檢測和自我體驗，顯得異常敏銳。他曾這樣回顧自己的幾次講演：

> ……想來想去總覺得沒有什麼可講，勉強擬了幾個題目，都沒有十分把握，至於所講的話覺得不能句句確實，句句表現出真誠的氣分來，那是更不必說了。就是平常談話，也常覺得自己有

些話是虛空的，不與心情切實相應，說出時便即知道，感到一種噁心的寂寞，好像是嘴裏嘗到了肥皂。石川啄木的短歌之一云：

不知怎地，
總覺得自己是虛偽之塊似的，
將眼睛閉上了。
這種感覺，實在經驗了好許多次。……〔4〕

可以想見，有這樣一種敏感的心理體驗的人，在寫作中是怎麼也容不得「不與心情切實相應」的字句和段落落在紙上的。他之所以重視靈感，覺得「跑野馬」的「好玩」，正是因為這種隨意的「閒扯」，是最合於他的真性情的，只有這種寫法才能使他感到「句句確實，句句表現出真誠的氣分來」。即使是明顯運用了技巧的文章，這技巧的動用也必須是「同做詩一樣，需要某種的刺激，使得平凡的意思發起酵來……」這樣他的寫作心態也就與「跑野馬」時一般無二了。而這「刺激」的到來，又是可遇而不可求的，他寧可少得到這種機會也決不刻意強求。——這就是周作人對技巧的態度。

隨著年歲的增大，周作人愈益厭煩寫作中的矯揉造作乃至任何人工的痕跡，同時也就厭惡起一切技巧來。在《立春以前》的後記中，他說了這樣的話：「說到文章，實在不行的很，我自己覺得處處還有技巧，這即是做作，平常反對韓愈方苞，卻還是在小時候中了毒，到老年未能除盡，不會寫自然本色的文章，實是一件恨事。」這話中有兩個地方特別值得注意，它們具有美學理論的價值，並且反映出周作人對於散文藝術的獨到的見解：

第一，技巧即做作；

第二，他所追求的是截然不同於「唐宋八大家」與「桐城義法」的「自然本色」的文章。

技巧果真是那麼要不得麼？聯繫到前文涉及的結構章法，難道這一切當真是散文創作的大敵麼？

對於技巧的這種頗為決絕的反對的意見，我們不僅在周作人這兒讀到過，同在四十年代，在遠離周作人所處的「敵佔區」的桂林，一位與周作人的文學觀截然相反的詩人兼理論家胡風，也發表了十分激烈的看法：

「技巧」，我討厭這個用語，從來不願意採用，但如果指的是和內容相應相成的活的表現能力而要借用它，那也就只好聽便。然而，表現能力是依據什麼呢？依據內容底活的特質的性格。依據詩人底主觀向某一對象的，活的特質的擁合狀態。平日積蓄起來的對於語言的感覺力和鑒別力，平日積蓄起來的對於形式的控制力和構成力，到走進了某一創作過程的時候，就溶進了詩人底主觀向特定對象的，活的特質的擁合方法裏面，成了一種只有在這一場合才有的，新的表現能力而湧現出來。……因而，我詛咒「技巧」這個用語，我害怕「學習技巧」這一類說法，甚至我覺得一些「技巧論」的詩論家勢非毒害了詩以及誕生詩、擁抱詩的人生不止的。〔5〕

還有一位當時十分活躍的小說家巴金，也在後來說了一句流傳極廣的名言：

藝術的最高境界是無技巧。

這三位作家，一個說的是散文，一個說的是詩，一個說的是小說，而基本的結論卻是相似的。他們的文藝觀與政治傾向各不相同，但都對文學創作有著真切的體驗。當然，這三段話之間存在著細微的差別；人們對它們的理解也存在著許多不同。

對巴金的話，常有人解釋為：藝術創作不是不要技巧，但純熟地運用技巧時，也就看不到技巧的痕跡了。

胡風的話，則不妨理解為：技巧不可能孤立存在，不可以到處套用，它只是藝術家的創造能力在每一特定創作狀態中的具體體現。這也可以引申為：技巧只是平時的積累，只是平時練就的功夫，它只能在創作時自然地、下意識地顯現出來，而不應是一種人為的、有意的實現。記得作家王蒙也曾這樣解釋過技巧，並將技巧的運用比作體育比賽中運動員技能的下意識發揮。

周作人彷彿更徹底一些，他連胡風所肯定的「控制力」、「構成力」，連這些能力的自然顯現，也一概置於摒棄之列了。他寫《立春以前‧後記》中的那段話時，已是一九四五年初，而他這一時期的作品早已比較自覺地防止、迴避技巧的出現了，即如〈碰傷〉、〈死法〉那樣「通篇反話」的作品，也已不再寫。他這時的散文中即使還有技巧，也只可能是在順從靈感的寫作態狀中，所自然流露的那一點兒技巧了，而他對此也表示了厭惡和反感。

上述三種理解，各有各的道理。儘管這樣理解未必盡合作者的本意。例如巴金的那句話，我倒覺得其原意似與周作人的更為接近，他所追求的也是一種更為本色的文學，這不僅從他的小說，尤其從他晚年的《隨想錄》中可以看出來。但不管怎麼說，這樣三種理解畢竟是頗有代表性的。

這確是個藝術難題。它具有相當的普遍性，因為關於技巧的疑問，不光涉及散文，也涉及全部的文學，涉及所有的藝術創造。當然，即使僅僅為了理解周作人，我們也該對它作出解析。

我以為，如果我們極廣義地來理解技巧的概念，那麼，可以說是沒有哪個創作者能夠真正拋得開它的。比如，對作家來說，那最基本的句法（語法），最基本的操縱語言的習慣和能力；對畫家來說，最基本的調色和運筆的技法；歌唱家的發聲位置和運氣的技術；鋼琴家的基本的指法……雖然文學藝術的真生命是源於真情實感的即興的創造，但哪部作品離得開這些低級的技巧呢？哪怕你再厭惡也罷，再反對也罷。

也就是說，完全徹底無技巧的作品是不可能存在的。同樣，全然憑藉技巧的作品也是不存在的，即使有（如有的「八股文」與純屬文字遊戲的「作品」）也是決無藝術生命可言的。所以，問題的關鍵其實只在運用技巧的得當，在於技巧在作品中的地位，和它們存在的性質。

對一個初學者來說，掌握更多的技巧是十分重要的。如果沒有技巧的幫助和限制，他就很難將散漫的、隨處皆是的情感與材料籠括成一個相對集中的作品。他還未能達到得心應手、水到渠成的境界。更多地憑藉技巧的作品當然不會是大作品，因為這樣憑藉技巧恰恰是不成熟的標記。

真正成熟的作家則與此相反，對於他，已經不存在構不成作品的問題了，他對於這類構成方法與表達方法已經太熟悉了。他現在所面臨的是擺脫種種熟悉的面貌與熟悉的技巧，真正創出自己的獨特性與新鮮感來。而這種獨特性與新鮮感，又必須是源於自己的個性，源於自己的真性情真面目的。於是，這樣的作家在創作中，總是竭力掙脫各種技巧的束縛和影響，消除技巧的陰影，以寫出本色的文章來。這樣的文章中就有可能存在大作品。

有沒有初學者即寫出大作品來的呢？有沒有未學技巧前倒寫出了大作品，學了技巧後寫出作品反而小家子氣，捉襟見肘，頗多造作呢？有的，這樣的例子還不在少數。這是因為，在未掌握更多的技巧前，他所寫出的確是本色文章。但作為初學者而又能寫出本色的大作品，這必定是帶有某種偶然性的。所以，除了極少量的天才人物之外（天才其實也有學習過程，只是這過程更為短促迅捷罷了），這樣的本色文章是很難接連產生的，他們很快就會進入一個苦惱的時期，一個非但不能突破自己而且會遠遠不如已有的自己的時期，他們會因此而驚愕而頓足而絕望，隨後，他們將進入學習和掌握技巧的時期，這一時期的作品當然是不會成熟的。這也許是一個「否定之否定」的過程，即從「無法」到「有法」，而又再從「有法」中掙脫出來，走向自覺的而非盲目的、必然的而非偶然的「無法」。當然，「有法」經過努力是可以達到的；後一個「無法」，卻不是人人都能達到的藝術境界。「有法」是「力勝於才」，後者則必須「才勝於力」才行了。

還有一點不可忽略的，是歷來被稱為「大作品」的作品，一般也有兩大類，即「嚴整」的與「疏放」的，前者講究結構和技巧，後者則相反。如法國作家雨果的小說，雖筆墨浩瀚恣肆，其實卻是「嚴整」的典範；另一位法國大作家普魯斯特的小說，則可視為「疏放」的典範。在詩歌創作中，格律詩與自由詩的並存，是古代與現代，中國與外國共有的現象，從這兩種詩中，都是可以找出不少大作品來的。當然，同為格律詩，還有杜甫與李白之分，前者偏於「嚴整」而後者偏於「疏放」。散文創作中，中國古代的「文筆之爭」就暗示著這種區別，「唐宋八大家」與「桐城派」的古文自然是「嚴整」的，而那些小品、序跋、筆記則往往是「疏放」的了。雖然這兩種藝術傾向在古代和現代都存在，並且今後也會一直存在下去，但一般說來，前者更合於古典的眼光，包含著更多古典的創作習性的遺澤；後者則更合於現代人的眼光與心理需求。

周作人是文壇宿儒，到了三、四十年代，他早已是個極為成熟的散文家了，而他所寫的，又是鬆散隨意的那一路散文，而且將這種「疏放」的藝術傾向推向了極致。所以，對周作人來說，就不是一個掌握和運用結構技巧的問題，而是盡力擺脫各種結構與技巧的陰影，擺脫得越徹底，就越能真實坦白地表現他自己，越能寫出真正雋永的作品來。儘管如此，他也只能在與技巧的抗爭中完成他的一次次創作過程，而無法完全清除技巧的痕跡，因為全無這類痕跡的作品原本就不會存在。他哀歎自己

「實在不行的很，我自己覺得處處還有技巧……實是一件恨事。」這其實正是勢所必至的事。他其實已經將技巧摒棄到最大限度了。而反過來說，像他那樣的作家，寫他那樣的散文時，視技巧為大敵，稱技巧為「做作」的同義語，也確有他的道理。

我們不妨打一個比方，雖然這比方也許有些不倫不類：讀周作人式的散文，恰如我們現在看電視臺的主持人的表演——儘管通常也稱之為「表演」，但主持人其實是最不可表演的，一表演，就失卻了真誠自然，在纖毫畢露的電視螢幕中，這即會引起觀眾的反感。主持人只宜真實地展現自己，自己原本是如何的，在螢幕中還是如何，不可自我拔高，也不可過於賣力。這當然要憑藉主持人的自信了。如果不自信，怕自己不討觀眾的好，想動用技巧或臨時的努力讓自己再提高一步，結果總是適得其反。那麼要不要提高呢？當然要，但那只能有待於人本身的提高，即平時的性格與素養的提高，而這絕不是舞臺上的表演或技巧所可取代於一二的。反過來說，不表演，又不等於絕對的無技巧，因為在臺上的一舉一動，在話筒前的語言發聲，廣義地說，又無一不是技巧。也就是說，只有當技巧化為人本身的有機組成部分了，使它普通到無異於人的平時的日常行為了，這樣的技巧才可不在摒棄之列。這樣的技巧即使還稱為「技巧」，也已與「表演」無緣了。所以歸根結蒂，一切成功都還應歸屬於真實地展現人本身。

散文不同於小說詩歌戲劇，正如主持電視節目之不同於一般的電影舞臺廣播，散文也是正面向讀者袒露自己的，在文字的交流中作者也正是纖毫畢現的，因此也容不得絲毫的表演、做作和掩飾。周作人曾說：「……凡庸的文章正是凡庸的人的真表現，比講高雅而虛偽的話要誠實的多了。」（《自己的園地・舊序》）這話對於散文作家與電視節目主持人有同樣的警策作用，因為二者都十分嚴格地要求「真表現」。

在《風雨談》中，還收入了周作人的一篇很重要的文章，篇名就叫〈本色〉。其中說到：

寫文章沒有別的訣竅，只有一字曰簡單。這在普通的英文作文教本中都已說過，叫學生造句分章第一要簡單，這才能得要領。不過這件事大不容易，所謂三歲孩童說得，八十老翁行不得也。

又道：

……大抵說話如華綺便可以稍容易，這只要用點脂粉工夫就行了，正與文字一樣道理，若本色反是難。為什麼呢？本色可以拿得出去，必須本來的質地形色站得住腳，其次是人情總缺少自信，想依賴修飾，必須洗去前此所塗脂粉，才會露出本色來，此所以為難也。

可見，周作人是將簡單、本色看成作文的第一要義，並認定這是極難達到（比「用點脂粉工夫」難得多）的一個標準。其所以難，也有兩點：

一、寫本色文章，「必須本來的質地形色站得住腳」；

二、人們早已習慣於修飾，作文則更依賴修飾，所以要拿出本色文章，還「必須洗去前此所塗脂粉」。

塗脂抹粉，想以文采技巧等等掩飾不足，說到底還是怕自身「質地形色」站不住腳，還是對自己缺乏信心。所以歸根結蒂，寫本色文章的關鍵還是第一條，即靠人的本色來使文章站住腳。也就是說：這樣的文章應摒棄其他一切魅力，而只憑藉「人的魅力」來取勝。

敢於主動而決絕地摒棄其他魅力，而只以自己赤裸的「人的魅力」來見人的作家，實在是不多的。誰不想多有一件漂亮的外衣呢？而況我們的眼睛，讀慣了披著漂亮外衣的文章，乍一眼看到簡單樸拙的本色文章，還真會眩惑或麻木不已呢。這也便是我們在本書開頭時所說的，知堂散文大量印行重新面世時，讀者出於好奇紛紛爭購，卻多半未能讀出其中的真味來；相反，對於梁實秋的精緻的俏皮，林語堂的生辣放肆的幽默，徐志摩的濃豔奔放，冰心女士的纖穠委婉……倒都能較快地接受。原因無它，只因為知堂散文比這些同時代作家更簡單，更樸拙，更本色。當然，也因為他的本色中還有那一縷難以捉摸、深不可測的「澀味」。

當人們為知堂散文出選本時，或想挑選幾篇作出評論，或向初讀者推薦一組篇目，為達到一定的效果，使其更引人注目起見，所選的往往是周作人較多地運用了技巧的文章，如早期鋒芒較露的雜文，或那些色彩比較鮮亮的小品。何以如此？只因為它們更好評，更好看，更能讓人一下子讀出好處來。但事實上，知堂散文更精彩的部分，真正能夠代表他的最高藝術追求的，恰恰不是這一部分，而是那些更平淡樸素，一眼望去更找不到好處的本色文章。——一旦你改變了過去的看慣漂亮衣服的閱讀目光，真正從這些沒有外在魅力的本色文章中發現了人的魅力，那麼，你就將獲得更為深邃而久遠的審美享受。在散文藝術的天地裏，你也會有「一覽眾山小」的真切體驗。

至此，我們其實已經回答了散文究竟以什麼取勝，或曰讀者要從散文中得到的究竟是什麼這樣一個難題。以更高的審美尺度來衡量，散文自然不能依靠豐美的文采、精緻的結構與圓熟的技巧來立足，而應依靠作者真實袒露的心性，靠這心性本身的豐富與深邃，來與讀者達到藝術的、美的交流。

那麼，在文章的結構之上，有沒有一種更高的結構呢？有的，那就是人的結構，也就是人的魅力的結構。周作人在說到「跑野馬」時，曾說要「野馬跑得好，不十分跑出埒外」。這裏的「埒」，當然不是指一般意義上的結構章法，周作人對這類章法的蔑視是顯而易見的；推敲其原意，大約是指作品的文題或所說的話題吧。但有時文題也偏離了，話題也一再轉移了，文章卻仍是好文章，仍能讓人讀得津津有味，且有「悠然心會，妙處難與君說」之歎，這又是為什麼？如前面提到的〈隅田川兩岸一覽〉即是一例。我以為，這樣的野馬，其實仍未跑出「埒外」，因為在文題與話題之外還有一個更大的「埒」，也就是人的魅力之埒。——只要是這樣一位有深度有情趣的大家在侃侃而談，只要他仍是忠實於自己的，只要他的話語與所談的內容都保持著他獨有的那種魅力，那麼，這文章就必定還是好文章。

在〈隅田川兩岸一覽〉中，前半未涉及葛飾北齋這本畫冊的文字裏，就有這樣一段：

所謂嗜好到底是什麼呢？這是極平常的一件事，便是喜歡找點書看罷了。看書真是平常小事，不過我又有點小小不同，因為架上所有的舊書固然也拿出來翻閱或檢查，我所喜歡的是能夠得到新書，不論古今中外新刊舊印，凡是我覺得值得一看的，拿到手時很有一種愉快，古人詩雲，老見異書猶眼明，或者可以說明這個意思。天下異書多矣，只要有錢本來無妨「每天一種」，然而這又不可能，讓步到每週每旬，還是不能一定辦到，結果是愈久等愈希罕，好像吃銅槌飯者（銅槌者銅鑼的槌也，鄉間稱一日兩餐曰扁擔飯，一餐則云銅槌飯），捏起飯碗自然更顯出加倍的饞癆，雖然知道有旁人笑話也都管不得了。

此間，伴和著高雅的書卷氣的，是濃郁的世俗氣息，讀來親切而又別致。所寫的是書癡們極易相知相通的心境，卻又不同於一般書癡，我們從中讀懂了勤於收書者的獨特的心理需求。而且，言詞裏既流露了知堂老人帶點兒奢侈的豪氣，又寫出了文化人所難免的窮酸相，既真實，又有趣。這是真正的本色文章。將這段文章放到全部知堂散文中去掂量，它無疑應屬上乘；放到整個中國散文史上去看，我以為也是不遜於題材與文風略相近的李易安《金石錄後序》的。——如果僅為了結構上的嚴整，將這樣的段落盡數刪除，豈不可惜？它雖然不合於章法結構，卻極合於超越某一具體篇章的人的魅力的大結構，這正是它的存在理由，也是它的迷人之處與價值所在。

書法界曾有這樣的說法：點畫自然重要，但結體完整時點畫可以不顧，通篇渾然一體時結體亦可不顧。我想，如果不是否定筆墨的本體意義，那這話還是有道理的。對於周作人這樣的大散文家來說，只要他能保持自己的魅力，是全然不必拘泥於哪一種具體的文章作法的。

當然，要能夠任意而談，無所顧忌，卻又能處處忠實於自己，時時保持自己的魅力，這又談何容易！別人即使想學，也是學不來的。因為唯一的辦法，只有提高自己，提高人本身的魅力。我們曾將周作人與豐子愷作比較，豐子愷所寫的也是本色文章，但因為人本身的不同，精神世界的深刻性、豐富性、複雜性的不同，所以周作人具有「澀味」而豐子愷沒有，知堂散文有鬱森的內涵而緣緣堂隨筆則一味清淡。由此可見，本色文章的高下之別，其實也便是人的魅力本身的高下之別。

那麼，這位知堂老人的「人的魅力」，究竟在哪裏呢？

我想，這自然離不開他那深刻而廣博的思想與學問（其中包括他那婦女學、兒童學、人類學、文藝學、性心理學……等幾十種極其豐富的「雜學」），離不開他那獨特的思維與情感方式（其中包括他對於瑣屑有味的日常生活的極端關注與對於各種名物的真正的重視），離不開他那非同一般、深入骨髓的書卷氣與滄桑感，離不開他的與眾不同的語言與文風……凡此種種，我們都在前面各章陸續涉及或分析到了。除此之外，我還想在這裏拈出兩個十分重要而又為人們所忽略的方面，那就是在他身上所存在的兒童的與老人的心態。——這兩種心態的存在，對於他的散文的「簡單味」與「澀味」的存在，也有著隱祕而又重要的因果聯繫。

且看〈碰傷〉開頭的這兩段文字：

我從前曾有一種計畫，想做一身鋼甲，甲上都是尖刺，刺的長短依照猛獸最長的牙更加長二寸。穿了這甲，便可以到深山大澤裏自在遊行，不怕野獸的侵害。他們如來攻擊，只消同毛栗或刺蝟般的縮著不動，他們就無可奈何，我不必動手，使他們自己都負傷而去。……我小時候看《唐代叢書》裏的《劍俠傳》，覺得很是害怕。劍俠都是修煉得道的人，但脾氣很是不好，動不動便以飛劍取人頭於百步之外。還有劍仙，更厲害了，他的劍飛在空中，只如一道白光，能夠追趕幾十里路，必須見血方才甘休。我當時心裏祈求不要遇見劍俠，生恐一不小心得罪他們。

很分明的，這裏充滿了兒童的思維與情感，讀來使人覺得新鮮而又有趣。在他早期的許多極有分量的、戰鬥性的雜文中，常會出人意料而又十分自然地運用起這種兒童式的思維來。如〈死法〉中說到開槍：「他實在同丈八蛇矛嚓喇一下子是一樣……在身體上鑽一個窟窿，把裏面的機關攪壞一點，流出些蒲公英的白汁似的紅水，這件事就完了：你看多麼簡單。」「倘若說美中不足，便是彈子太大，掀去了一塊皮肉，稍為觸目，如能發明一種打鳥用的鐵砂似的東西，穿過去好像是一支粗銅絲的痕，那就更美滿了。」其中，「蒲公英的白汁似的紅水」、「打鳥用的鐵砂似的東西」、「穿過去好像是一支粗銅絲的痕」，等等，簡直連語言語氣都是兒童的。因為兒童是最愛在自己無拘無束的想像中運用這種天真而懵懂的借喻的。然而，周作人運用了兒童的思維與詞句，文章卻並不變得天真，反而益顯沉重。可見，他只是借用了這種思維，以此作為戰鬥的武器，造成一種更為嚴峻而又深藏的反諷的藝術效果。由於他對兒童的心理與語言一向極感興趣，由於他自己的心中就始終存在著與兒童相通的一面，所以他的這種「借用」，顯得那樣得心應手，順理成章。

然而，在周作人的一些小詩和小品散文中，兒童的天真就不再只是作為武器的一種借用，而是直接化成了他自己的作品的靈魂。例如那首著名的〈慈姑的盆〉：

綠盆裏種下幾顆慈姑，
長出青青的小葉。
寒秋來了，葉都枯了，
只剩了一盆的水。
清冷的水裏，蕩漾著兩三根，
飄帶似的暗綠的水草。
時常有可愛的黃雀

在落日裏飛來，
蘸水悄悄地洗澡。

另一首題為〈小孩〉的詩的前半段，也是值得注意的：

我初次看見小孩了。
我看見人家的小孩，覺得他可愛，
因為他們有我的小孩的美，
有我的小孩子的柔弱與狡獪。
我初次看見小孩了，
看見了他們的笑和哭，
看見了他們的服裝與玩具。
……

前一首詩，是完全可以作為描摹自然的優秀兒童文學作品來讀的。後一首，則是寫自己對孩子的喜愛，寫了成人與兒童之間的情感聯繫。——這種「初次看見小孩了」的愉悅之情，是頗有象徵意義的。因為周作人是中國現代兒童文學的第一個重要的理論家，也是現代中國最早「發現兒童」的重要的啟蒙者。他寫這首詩時，自己早已有了小孩，所以他的「初次看見」，其實恰是對於兒童作為一種獨立的人生階段存在的深刻意義的發現，是對於自己心中類似於盧梭寫《愛彌爾》時的那樣一種博大心境的發現。一個作家，在創作兒童文學作品，或表現自己與兒童的情感聯繫的作品時，流露出自己的兒童的心態，那正是十分自然的事（二詩均載《過去的生命》）。周作人所寫的那些回憶童年或故鄉的小品，他後期創作的《兒童雜事詩》，他的篇目繁多的兒童文學理論，他關於各種童謠、兒歌的收集、整理或評價，以及他對於兒童學、婦女學的深入的研究，也都很自然地、或隱或顯地蘊含著他的兒童心態，可以說，要是他的精神世界的深處不存在這種超乎常人的兒童心態，他是不可能以這樣的熱情，將這些創作與研究長期深入地進行下去的。他對於婦女問題的關注，其發端，也與他以童年的心態關注自己周圍的母性與女性世界有關，這從他的一些回憶文章中很容易看出來；[6] 我們在本書第二章中所引的〈花牌樓〉詩中的第三首，也很能說明問題。

可是這裏要特別提出的是，周作人的兒童心態，不僅體現在他撰寫上述這些作品的時候；兒童心態對於他，是性格和心理的一個重要而基本的組成部分，它暗暗地潛藏在知堂老人漫長的人生與所有的作品中。

我們可以看看他在散文名篇〈俺的春天〉（載《自己的園地》）中關於小林一茶的幾句精妙的分析：

一茶的俳句在日本文學史是獨一無二的作品，可以說是前無古人，大約不妨說後無來者的。他的特色是在於他的所謂小孩子氣。這是他的行事和文章上一樣明顯的表示出來，一方面是天真爛漫的稚氣，一方面卻又倔強皮賴，容易鬧脾氣的：因為這兩者本是小孩的性情，不足為奇，而且他又是一個繼子，這更使他的同情與反感愈加深厚了。

一茶是周作人最喜愛的日本作家之一。他的這幾行讚語，其實又正可看作他的夫子自道。他雖然不是「繼子」，但他童年生活的坎坷與心境之壓抑，卻也同樣造成了他的「同情與反感愈加深厚」。他的「天真爛漫的稚氣」表現在他對極普通的日常生活，對於極為尋常為人所熟視無睹的草木蟲魚、風俗掌故，以及對瑣細微妙的古今名物的永不減退的關懷和熱情上，他對這平凡的一切都是那麼心嚮往之，只有兒童才有如此廣泛的興趣，和如此恒久的超功利的熱切與好奇。他經年累月的青燈黃卷，埋首苦讀，當然是他的「老人心態」的一種體現；然而其中亦有兒童心態在起著關鍵的推動作用，即如他在〈周作人自述〉（載《周作人論》）中說：「如關於歌謠、童話、民俗的搜錄，東歐日本希臘文藝的移譯，都高興來幫一手……因為無專門，所以不求學但喜歡讀雜書，目的只是想多知道一點事情而已。」這「想多知道一些事情」的勃勃興致，正是知堂老人的「天真爛漫」之處。他的興趣是如此駁雜，但在駁雜之中也有一件是他所特別喜歡的，他在《髮鬚爪》的書序中坦言道：「我是一個嗜好頗多的人。……但是有一樣東西，我總是喜歡，沒有厭棄過，而且似乎足以統一我的凌亂的趣味的，那便是神話。……我有時想讀一篇牧歌，有時想知道蜘蛛的結婚，實在就只是在圈子裏轉，我似乎也還未走出這個圈子。」又道：「我看神話或神話學全是為娛樂，並不是什麼專門的研究。」他的這種「兒童心態」，在這些話裏，真正可說是「暴露無遺」了。

另一方面，他的「倔強皮賴」，也與小林一茶一般無二，很可能還有過之而無不及。在他溫厚的外表與言談之中，倔強的一面是始終存在著的，他自己曾稱之為「浙東人的拗勁」。他早期發表〈謝本師〉公然與恩師章太炎劃清界線，後期散發〈破門聲明〉將沈啟无逐出弟子之列，就是兩個極好的例子。他在自「三・一八」到「四・一二」的血腥時期所寫的那些尖銳透闢而又冷入骨髓的短文（此中即充滿著「皮賴」），以及後來對於槍殺學生屠戮人民的反動政府始終不合作的堅忍憤懣的態度，也很能說明問題。他也愛說「寬容」，但他的寬容不是通常之所謂「恕道」，恰恰是一種更高意義上的藐視，是一種「連眼珠也不轉過去」的鄙薄。他的溫厚性格中的「倔強皮賴」的內核，在他的這種「寬容」中更可見一斑。

在〈蒼蠅〉（載《雨天的書》）一文中，周作人又一次以嚮往的口氣提到了一茶：

小林一茶更為奇特，他同聖芳濟一樣，以一切生物為弟兄朋友，蒼蠅當然也是其一。檢閱他的俳句選集，詠蠅的詩有二十首之多，今舉兩首以見一斑。一云：「笠上的蒼蠅，比我更早地飛進去了。」這詩有題曰〈歸庵〉。又一首云：「不要打哪，蒼蠅搓他的手，搓他的腳呢。」

我讀這一句，常常想起自己的詩覺得慚愧，不過我的心情總不能達到那一步，所以也是無法。

可見，周作人對於這種「天真爛漫」的兒童心態決非一般的重視，這幾乎成為他的一種人生與審美的理想，他是不斷在自己的生活與作品中追求著這種超然的境界的。

但周作人又終究不是小林一茶，他另有他的蒼老、博大、深刻、沉鬱的一面，這是因為他的「老人心態」對「兒童心態」作了補充與諧調的緣故。

也許，周作人的「兒童心態」還是一個不常有人道破的祕密；但他的「老人心態」則是顯而易見的。為此，我們對它不必作過多的論證了。我只想再在這裏介紹幾則相關的材料。

一是他在少年時代，即愛作老氣橫秋的詩文，遇到悲哀不平之事，很容易產生頹唐的情緒。他後來重訂戊戌年（一八九八年）的日記時，曾有一段自評：

戊戌之冬，四棣患喘以逝，滿腹牢騷，無處發洩，故冬以至春迄皆悲感，即所作俚詞亦甚淒，甚哀……時一翻閱，即自當亦訝其頹唐耳。

其實，戊戌年的周作人才十三歲。在這一年的日記中，他還為自己起了一個別號：「吹僵翁」〔7〕。

二是周作人自稱「知堂老人」時，其實也並不老，只不過四十多歲。他在〈五十自壽詩〉（一九三四年作）中稱：「老去無端玩骨董，閒來隨分種胡麻。」他是在一九二七年「四・一二」慘案後憤然抽身退入「苦茶庵」的，算起來，他已經在這種枯寂的心情中「玩」了好幾年「骨董」了。

三是一九三〇年二月一日，即寫〈五十自壽詩〉的前四年，他在給胡適之的信中自我總結道：「近六、七年在北京，覺得世故漸深，將成『明哲』，一九二九幾乎全不把筆，即以前所作亦多暮氣，偶爾重閱，不禁憮然，卻亦覺得仍有道理──另封附呈《永日集》一冊，其中〈閉戶讀書論〉請讀之以供一笑。」〔8〕如此看來，他被「暮氣」籠罩的年代還得往前推好幾年。

四是一九三五年前後，他寫了好多文章，強調老人的生活理應與青年有別。如〈《蛙》的教訓〉（載《苦茶隨筆》）中就有這樣的話：「叫他們去同青年一起跑，結果是氣喘吁吁地兩條老腿不聽命，反遲誤青年的路程，抬走了做傀儡呢，也只好嚇唬鄉下小孩，總之都非所以『敬老』之道。老年人自有他的時光與地位，讓他去坐在門口太陽下，搓繩打草鞋，看管小雞鴨小兒，風雅的還可以看板畫寫魏碑，不要硬叫子媳孝敬以妨礙他們的工作，那就好了。」從這時一直到四〇年代，到他在《書房一角・原序》中自稱「近幾年來只以舊書當紙煙消遣，此外無他嗜好」，在旁人看來，他是真正成為一個老態畢現的人了。

可見，老人心態對於周作人，確與兒童心態一樣，是內在而又一貫的。這種心態的存在並非只是將他拉向消極。可以說，若不是老人心態使他沉穩冷淡，火氣內潛，甘於長年枯坐書齋，他是不會如此大量地讀書與創作的，他不會有這樣大的學問，思想上的深刻性也將大大衰減。本書第一章中所列出的體現他那「澀味」的種種方面，便大多與他的老人心態有關。——這正如他的「簡單味」大多與他的兒童心態有關一樣。

兒童心態與老人心態的並存、交織，形成了周作人獨特的性格魅力。文學史向我們證明：只有真正有思想，有學問，有情趣，有嫻熟老到的文字功底，同時又具備了獨特的性格魅力的人，才寫得好本色文章。因為只有他們才敢於將自己本身不斷而直接地裸露給世人。

此處還有一個無法迴避的難題：在周作人「下水」的那幾年裏，他是否還「魅力」猶存呢？那時候，他的政治行為與政治身份早已為世人所不齒，但他的文章卻依然沉鬱老辣，甚至超過以往。他那時出版的兩本集子——《藥味集》與《書房一角》，在他的整個創作生涯中，可說是藝術上最為成熟的兩本書了。這又該如何解釋呢？

我想，我們應當承認一個基本的事實，即在那段歲月裏，周作人其實是一個具有雙重身份的兩面人。一方面，作為一個「失足者」，他有時在公開場合講一些合乎侵略者需要的話，有的還整理成文發表；另一方面，他回到家裏仍然過自己的書齋生活，仍「以舊書當紙煙消遣」，寫文章也仍然嚴守著自己，仍然溫厚誠懇淡遠，仍保持他的「澀味」與「簡單味」。在編文集的時候，他只收作為作家的自己的文章，那些場面上的「應酬文章」則是一概不收的。〔9〕不僅如此，他後來還隱晦曲折地寫了不少與日本佔領軍的意旨相違背、相抗衡的文章，以致引起了片岡鐵兵等人對他這位「反動老作家」的憤怒的批判。他還時時在作品中表現「故國之思」，表示對舊人的懷念。如〈炒栗子〉一文，所用的大多是《老學庵筆記》中寫過的材料，但他又拿來重寫了一遍，其中許多話分明是用以表明心跡的。文中還抄錄了他三年前所寫的兩首絕句：

燕山柳色太淒迷，話到家園一淚垂。
長向行人供炒栗，傷心最是李和兒。

家祭年年總是虛，乃翁心願竟何如。
故園未毀不歸去，怕出偏門過魯墟。

此文作於一九四〇年，後又收入《藥味集》。詩中的兩個典故（宋人李和兒在金人破汴後，不忘故國情，含淚向南朝使節供奉炒栗子；陸游臨死還盼望著「王師北定中原日」，希望破碎的故國江山能重新統一）倘被日本統治者看破，是會引起很嚴重的麻煩的。但他還是寫了，並發表了。從中也可讀出他當時的複雜的心理。

這種現象並不奇怪，在歷史上也頗多先例。晚明著名文人錢謙益、吳梅村等就都在降清後寫出了上好的作品，有的作品甚至還是頗有「氣節」的，這都因為他們本身具有兩重身份所致。吳梅村的

《圓圓曲》就是他失節後創作的名篇，當時吳三桂要以重金買下它的「版權」，他巍然不為所動，這與他的失節行為形成了鮮明的對照。周天先生在論述吳梅村的思想時，有一段話頗發人深思：

……吳梅村一方面擔驚受怕，一方面還是要寫下《圓圓曲》等詩者，其目的也許是在於，以這些詩為自己存身分，或如蔣超伯所云，「暗占身分」，如是而已。〔10〕

所謂「存身分」，也就是在朝代更迭如走馬的亂世，改換門庭的人盡力保存自己原有的身份，不說前朝故主的壞話，不做不利於老主子的事，並時時表露一些眷戀之情。錢謙益、吳梅村都是這麼做的，周作人也不例外。

既然周作人在創作時，能比較自覺地保持自己原有的身份，我們自然也不必將他的作品與他當時的政治身份混為一談。我們摒棄他當時的政治行為，卻不必摒棄他的散文藝術——因為這些藝術的魅力是確實存在的，正如吳梅村《圓圓曲》在文學史上的地位之無可抹除。我們在潑去髒水時不應同時潑掉水中的孩子。同樣，對於在納粹德國時期表現不佳的海德格爾與卡拉揚，世人是從不否認他們作為哲學大師與音樂大師的傑出成就的。我們衡人衡文，不能再像過去那樣只用單一的尺度，也應多用幾把尺子才行。

【注釋】

1 〈知堂先生〉，載《周作人論》。
2 〈知堂序跋‧《鄭子瑜選集》序〉。岳麓書社一九八七年版。
3 《現代散文選‧序》，載《苦茶隨筆》。
4 〈濟南道中之三〉，載《雨天的書》。
5 胡風：〈關於題材，關於「技巧」，關於接受遺產〉。見《胡風評論集》，人民文學出版社一九八四年版。
6 《知堂回想錄》與《魯迅的故家》中描寫老家長輩中的女性及其性格遭遇的章節，以及〈夏夜夢抄〉中的〈初戀〉等篇章，均可參考。
7 見《周作人散文》（4）。中國廣播電視出版社一九九二年版。
8 周作人此信見《胡適來往書信選》。中華書局一九八〇年版。
9 黃裳：〈老虎橋邊訪「知堂」〉，載《錦帆集外》。文化生活出版社一九四八年版。
10 周天：《〈長恨歌〉箋説稿》。陝西人民出版社一九八三年版。

第六章　「言志派」的淵源與流向

——周作人、俞平伯、廢名合論

「言志派」，是周作人對「五四」後的新文學，尤其是對自己這一派新散文的理論概括。他將中國歷來的文學潮流分為兩種：（甲）詩言志——言志派；（乙）文以載道——載道派。並說：「言志之外所以又生出載道的原因，是因為文學剛從宗教脫出之後，原來的勢力尚有一部分保存在文學之內，有些人以為單是言志未免太無聊，於是便主張以文學為工具。再借這工具將另外的更重要的東西——『道』，表現出來。」〔1〕

關於「言志派」的特徵，周作人曾有過多次概括，意思相近卻又不一。他曾將此概括為「即興的文學」：「古來有名的文學作品，通是即興文學。例如《詩經》上沒有題目，《莊子》也原無篇名，他們都是先有意思，想到就寫下來，寫好後再從文字裏將題目抽出。」〔2〕這是從創作過程的出發點著眼的，即不從概念出發，不從某一規定的寫作目的出發，而是從自己的感興出發。

他又多次借助「公安派」的理論，將此概括為「獨抒性靈，不拘格套」和「信腕信口，皆成律度」。〔3〕這是從形式，亦即文體的創新上著眼的。為要「言志」，就必須打破傳統的或一切有關形式的規定和俗套。

他又曾借用俞平伯關於「載道派」所寫均是「大的高的正的」，結果「差不多總是一堆垃圾，讀之昏昏欲睡」的批評，強調了「言志派」的小品「則在個人的文學之尖端」，「它集合敘事說理抒情的分子，都浸在自己的性情裏」。〔4〕這大約是從作品的題材與格調著眼的。

最後，他糾正了以前將「言志」與「載道」截然分開的提法，又進一步發揮了有關「個人的文學」的論述，認為「言志派」的最大特徵即是「說自己的話」，也就是：「言他人之志即是載道，載自己的道亦是言志。」〔5〕又曾在評論俞平伯的散文時說：「這是科學常識為本，加上明淨的感情與清澈的理智，調合成功的一種人生觀，以此為志，言志固佳，以此載道，載道亦復何礙。」〔6〕——這兩段話，固然將「載道」與「言志」之間的隔離打通了，但又顯見得單是「說自己的話」還是不能做出「言志派」的文章來的，因為世界上有太多的各不相同的「自己」，有粗俗卑陋的，有利慾薰心的，也有完全失去了自己的。而能夠創作周作人這一派散文的，則必須是有「科學」的、「明淨的」、「清澈的」情感與理智的，也就是既要有現代文明的思想素養，又能有較為閒適的心境者。這樣的創作圈子就只能劃得比較小了。

我以為，如果除去了對「人」的入選資格的規定，只從創作態度與創作特徵的角度著眼，那麼，周作人對於蘇東坡的一段論述，恰恰倒是最能夠體現「言志派」散文與其他流派的區別的：

陸放翁，黃山谷，蘇東坡，諸人對這潮流（按：指文風轉入載道）也不能抵抗，他們所寫下的，凡是我們所認為有文學價值的，通是他們暗地裏隨便一寫認為好玩的東西。蘇東坡總算是宋朝的大作家，胡適之先生很稱許他，明末的公安派對他也捧得特別厲害，但……他的作品中的一大部分，都是摹擬古人的。……另外的一小部分，不是正經文章，只是他隨便一寫的東西，如書信題跋之類，在他本認為不甚重要，不是想要傳留給後人的，因而寫的時候，態度便很自然，而他所有的好文章，就全在這一部分裏面。〔7〕

這裏的「隨便一寫認為好玩」，「態度便很自然」，我認為正是寫周作人這一派散文的最重要的特徵。將這樣的寫作，交付於當代具備了較為先進（「科學」）的認識，而又有「明淨的感情與清澈的理智」者——亦即具備了我們上一章所說的「人的魅力」的知識份子，如果他確又具有文學才能的話，優秀的言志的散文就有可能源源不斷地產生出來。也就是說，灑脫、隨意，正是這派散文最大的寫作特徵。

錢鍾書先生發表在《新月》雜誌一九三三年最末一期上的〈近代散文抄〉，其中有一段重要的話似也與上述意思相通：

可見「小品」和極品（正規文）的分疆，不在題材或內容而在格調（style）或形式了；這種「小品」文的格調——我名之曰家常體（familiar style），因為它不衫不履得妙，跟「極品」文的蟒袍玉帶踱著方步的，迥乎不同——由來遠矣！

他將這種「家常體」散文的淵源上溯到了六朝時期「文筆之爭」中的「筆」。「筆」是無韻而又有文學性的文體，它與現代散文的聯繫雖然遙遠而又縹緲，但從在寫作態度上擺脫嚴格正經狀態，力爭有一點兒小小的隨意這一端倪著眼，則還是有其道理的。

現代文壇「言志派」散文的最大代表，無疑是周作人自己。我們要討論「言志派」的淵源，只須看看周作人作品的師承與淵源即可明瞭。

周作人作為「文體探險家」，自有其公認的獨創的功績；但他的創造並非橫空出世，一無依傍。——在文學上，任何一種文體上的成功創造都不是「一無依傍」的，即使面目怪異的西方現代派文學亦然。

在寫於一九二一年的〈美文〉中，周作人曾說，在「現代的國語文學裏，還不曾見有這類文章」；而「這種美文似乎在英語國民裏最為發達」。他舉出的作為榜樣的英美散文家，有上一世紀的愛迪生、歐文、蘭姆、霍桑，和本世紀的高爾斯威西、吉欣、契斯透頓等。當然，他也說：「中國古文裏的序，記與說等，也可以說是美文的一類。」但很明顯，他所希望新文學開闢出的這塊新的土地，那種子，主要是來自於西方的essay。

可是，到了一九三六年末，在《陶庵夢憶》的序中，周作人卻說：「我常這樣想，現代的散文在新文學中受外國的影響最少，這與其說是文學革命的還不如說是文藝復興的產物，雖然在文學發達的程途上復興與革命是同一樣的進展。……我們讀明清有些名士派的文章，覺得與現代文的情趣幾乎一致，思想上固然難免有若干距離，但如明人所表示的對於禮法的反動則又很有現代的氣息了。」

這兩段話，一眼看去是截然對立的；但細加推敲，卻會發現周作人還是暗暗地留有餘地。如說現代散文「受外國的影響最少」，少不等於無，所以還是有影響。又如，說明清與現代的文章「思想上固然難免有若干的距離」，這距離，即暗指現代散文在思想見識上正是引進了西方當代進步文化。

那麼，可不可以說現代散文，或者更具體些只說周作人這一派的散文，在內容上吸收了西方的營養，而在藝術形式上則還是保持了中國某種傳統的風格呢？

我以為也不能這麼說。

下面我們就對知堂雜著、知堂小品等所受中外各方的影響，略作探討，也看一看「言志派」的散文藝術是由哪些因素調和成的。

周作人是與魯迅一同走上文壇的，因此，他早期的那些戰鬥性的雜文，其淵源所自，也是與魯迅相近似的。他曾在《中國新文學的源流》中自述走上文壇的經過：

我本是學海軍的，對文學本很少接近的機會，後來，因為熱心於民族革命的問題而去聽章太炎先生講學，那時候章先生正鼓吹排滿，他講學也是為此。後來又因留心民族革命文學，便得到和弱小民族的文學接近的機緣。各種作品，如芬蘭，波蘭，猶太，印度等國的，有些是描寫國內的腐敗的情形，有些是描寫亡國的慘痛的，當時讀起來很受到許多影響，因而也很高興讀。後來，不僅對這些弱小國家的發生興趣，對於強大國家的作品，也很想看一看究竟是什麼樣子，於是，慢慢就將範圍擴大開來了。

這就告訴我們，他一開始從事文學，是有所為的，是帶著「民族革命」的目的的。而所受到的影響，除章太炎外，要首推各弱小國家的文學了。由於那些國家的作品多是批判本國的，這使周作人在開始寫雜文時，也同魯迅一樣，將鋒芒直接對準了本國的「國民性」。中國歷史上自然也有敢於自我檢討的思想家，但對於整個民族的「國民性」作如此全面徹底的批判的，卻是從未有過。如果不是外來的思想與文學的推動，這種批判是不可能出現的。這不僅與內容有關，它也在很大程度上影響到雜文的形式，即促成了那種批判性的、冷峭多諷的文風與格調。

章太炎作為國學大師，雖也受過日本、印度等外來文化的影響，主要的傳承則無疑是本民族的文化。章太炎當年為《民報》所寫的政論文，氣勢磅礴，感情奔放，分明得力於他所鍾愛的《莊子》；而他的說理精煉老辣，縝密雄辯，又得力於以嵇康為代表的「長於說理」的魏晉文章。黃侃就曾稱他的這位恩師是「持論議禮，尊魏晉之筆」。當年在日本，章太炎曾向魯迅、周作人親授過《莊子》與魏晉文章。因此，它們很自然地也就成了二周兄弟的文學淵源之一。〔8〕周作人同魯迅一樣喜歡魏晉文，同時他也喜愛《莊子》。他在為得意弟子廢名的得意之作《莫須有先生傳》作序時，便引用了一大段莊子講風的話，認為「莊生此言不但說風，也說盡了好文章」。在一九三二年除夕寫給沈啟无的信中，又稱讀莊子書「覺得大佳，此種寫法真是如關雲長舞一百六十斤大刀，可羨而不可仿效者也」。儘管周作人不追求文章的「氣勢磅礴」，但其詭譎多變，和取材的豐富多彩（包括他後期書話抄引古書之豐富），則不難從莊生那裏找到一些根源。

許多研究者都曾指出尼采對於魯迅的影響。而對於周作人來說，另外兩個作家的影響也許更大一些，那就是古希臘的路吉亞諾思與英國的斯威夫德。周作人早年曾譯過他們的作品，在思想與感情上的聯繫極為深刻。他晚年終於譯完了路吉亞諾思（一譯盧奇安）的《對話集》，想到自己將不久於人世，唯一念念不忘的，就是這部譯稿。所以在最後改定的遺囑中，有這樣的話：「余一生文字無足稱道，唯暮年所譯希臘對話是五十年來的心願，識者當自知之。」這是很讓人感動的。一九三三年編《知堂文集》時，他將一篇關於路吉亞諾思的譯稿〈論居喪〉也編入了這本自選集，這也可見他對這位古希臘諷刺作家的極端重視。〈論居喪〉的末尾還有一段長長的譯者「附記」，頗能讓人看出他對周作人的影響力：

> 路吉亞諾思（Lukianos）生於二世紀時，本敘利亞人，在希臘羅馬講學，用希臘語作諷刺文甚多。我曾譯過一篇〈冥土旅行〉，又〈娼女問答〉三篇收在《陀螺》中。……關於此篇，福婁氏（Fowler）序文中曾云，「這不必否認，他有點缺乏情感，在他分析的心情上是無足怪的，卻也並不怎麼不愉快。他是一種堅硬而漂亮的智慧，但沒有情分。他恬然地使用他的解剖刀，有時候真帶著野蠻的快樂。在〈論居喪〉這一篇裏，他無慈悲地把家族感情上的幕都撕碎了。」是的，路吉亞諾思的諷刺往往是無慈悲的，有時惡辣地直刺到人家心坎裏。但是我們怎麼能恨他。他是那麼明智地，又可說那麼好意地這樣做，而我們又實在值得他那樣的鞭撻。正如被斯威夫德罵為耶呼（Yahoo），我們還只得洗耳恭聽。這雖然或者有點被虐狂的嫌疑，我們鞭撻自己的死屍覺得還是一件痛快事。至少可以當作這荒謬萬分的人類的百分之一的辯解。

讀讀周作人所引的和他自己寫下的評語，再讀讀〈論居喪〉中對虛偽的人類的既冷且透的刻畫，我們就不難將周作人那種「空澌澌的」將一切看得很透的心境，以及他在〈死法〉等作品中所表現的那種冷入骨髓的諷刺，與這位古希臘哲人聯繫在一起了。

斯威夫德即著名的《格列佛遊記》的作者，也是周作人最喜愛的諷刺作家。他曾譯過斯威夫德的〈育嬰芻議〉與〈婢僕須知抄〉（均收入《冥土旅行》一書），並說他譯這樣的諷刺作品，「主要的乃是滿足自己感興的要求」；「我有這一種脾氣，也就成為一種主張，便是創作以及譯述應是為自己的『即興』而非為別人的『應教』。這在理論上當然可以容得許多辯駁，但實行上我總是這樣做去。」為什麼周作人會有這種翻譯的「感興」呢？這只要將斯威夫德與他的文章對照起來一讀即可了然。如：

因此我願不揣冒昧將下事提供人們考慮，即上面已得出之十二萬嬰兒中，可留二萬作種，其中陽性須不多於四分之一，按這已較我們在牛羊豬的留種數目為寬；……所剩餘的那十萬則可於其一周歲時公開售與國中有錢有勢之人；並責令孩子母親於一月之前將其奶水喂足，以便個個滾圓肥胖，好上桌盤。遇上款待賓朋，一具嬰兒一般應能出兩道菜；至於無客自家便飯，前爪後臀也必頗能下飯，如再調以少量胡椒食鹽，特別是在冬季，即使放上三四天吃，也必不致走味。這事我曾算過，一個初生嬰兒體重平均約為十二磅，如餵養得當，則一年之後可淨增至二十八磅。

又如結尾的一段：

最後必須聲明一句，捫心而問，我於興此義舉之際，除考慮我國公眾福利如振興貿易、安置幼嬰、周濟貧民以及供給富人以某種樂趣之外，實無半點個人私利夾雜在內。我並無子女可鬻以從中撈取半文；我最小的豚兒已交九齡，而老妻也早已過其生育之年了。[9]

一個將孩子作為菜肴的「建議」，說得如此冷靜而且認真，真令人寒徹心肺。這種寫法，與周作人的〈碰傷〉、〈死法〉等通篇反話的寫法，是確有一種藝術借鑒乃至師承的關係在內的。

二周兄弟的文章還得力於日本的隨筆，這是不言而喻的。日本的隨筆在古代就很發達，最有代表性的是平安時代（七九四—一一九一）的《枕草子》、鐮倉時代（一一九二—一三三二）的《方丈記》及南北朝時代（一三三三—一三九一）吉田兼好所著《徒然草》，這被稱作古代三大名作。它們的風格大多從容委婉，雅淡雋永，充滿著人情味和細微真切的人生感受。但到了明治時代，傳統的溫厚的格調漸漸被衝破，齋藤綠雨、夏目漱石、芥川龍之介的包含著反叛性、諷刺性的隨筆出現了。由明治時代跨入大正時代的長谷川更是一反溫文爾雅的傳統風格，創造了他自己的「以寸鐵殺人」的諷刺性文體。廚川白村介紹了英國的傑士坦頓（即周作人〈美文〉中提及的契斯透頓）和蕭伯納等人的議論文，也在日本大力提倡這種新的戰鬥的文體。[10]相比之下，魯迅所受到的近現代日本作家的影響更大些；而周作人則多受古典隨筆作家的影響。《枕草子》是周作人一往情深的作品，最後也是由他完整地譯成了中文。寫《徒然草》的兼好法師，更是他時時提起的人物，並常用以與中國古代作家比短長。周作人除寫了不少戰鬥性諷刺性的雜文外，中後期則轉而寫出了大量溫厚懇切、不帶火氣的議論文來，我想，這有思想上的原因，但日本古代隨筆的影響也是一個很重要的因素。

知堂小品與知堂雜著一樣，也受到了西方、日本與中國古代文學的影響。西方的影響首先在思想上，正如他在〈周作人自述〉（載《周作人論》中所說：「於他最有影響的是英國藹理思的著作」，「現在可以加添一句，如不懂佛洛伊特派的兒童心理，批評他的思想態度，無論怎麼說法，全無是處，全是徒勞。」然而，藝術形式上西方的影響也是顯而易見的。至少，那種灑脫隨意的文風，就正是從他所倡揚的愛迭生、歐文、闌姆、霍桑等人處傳承來的。中國古代散文雖也有寫得瀟灑的，但結構上總還是較為拘謹，不像西方文人那麼放得開。中國的文論自古至今，總是認定結構的嚴謹為美，甚至只以封閉式的結構為美的。這大約也是一種思維方式的限制。所以說，如真是一味「復興」，不向西方引進新形式的話，周作人式的「談話風」是不可能出現於中國文壇的。

他的這種任意而談的小品，其結構特徵即所謂「跑野馬」，這在中國古代少有先例，西方則處處歡迎此種寫法。法國的蒙田是周作人十分崇尚的散文家，他曾有一則短文，專門論說這種「跑野馬」式的結構：

> 我扯遠了，有點離開本題。我的離題與其說是不經意，倒不如說是有意放縱。本人奇想聯翩，各種念頭有時彼此只有鬆散的聯繫；雖則互相照應，但並不直接。……柏拉圖說得好：這是一

種藝術，輕快、飄逸、筆下有神。普盧塔克有那麼一些著作，作者在其中忘記了自己的主題，切題的話只是偶爾出現，無關的內容遮掩了主題。請看看他的《蘇格拉底之守護神》的筆調吧。主啊！那種歡快的離題話，那種變化的文筆多美啊！尤其它似乎是漫不經心，妙手偶得的樣子。只有不專心的讀者才跟不上我的題旨，而我還是圍繞著主題來寫的。讀者總能在某處地方找到切題的話，雖則簡短，但還是充分的。我從一個主題跳到另一個主題，不受約束，不講究分寸。〔11〕

將這段話放到周作人的散文上，可以說是相當貼切的評語。於是我們明白了：周作人在放開筆墨閒款款地「跑野馬」時，何以如此從容，毫無「心虛理虧」之感？因為他所讀過的那麼多西方的散文隨筆，暗暗在支撐著他。所以，當時的「談話風」散文風行一時，主要的作家，大多是諳熟英美與西方文學的知識份子，如林語堂、郁達夫、梁實秋、梁遇春、朱自清，以及胡適、陳西瀅、徐志摩、冰心和後來的錢鍾書、王了一、張愛玲等。將這些作家作品都只歸結為晚明文體的復興，顯然是與事實不合的。

西方的影響還體現在一些很具體的方面。在中國古代，作文與做官是一元的，能否作文通常是能否做官的必要條件；在西方，這二者卻往往被很自覺地分割開來。周作人很重視的美國散文家歐文，身處美國建國後社會大變動時期，身處政治與經濟的漩渦，並一再以公使的身份派駐西班牙，但在他的作品中這一切全無反映，他只一味寫自己感興趣的遊覽見聞、鄉間情趣、讀書之樂等，真彷彿是一位閒雲野鶴般的隱士。周作人「下水」之後，反映在作品中的仍是「書房一角」的寂寞生涯，仍是故鄉的回憶與各種風味雜食、古今名物……也許，華盛頓．歐文也正是他暗暗引以為榜樣的人物吧。

對知堂小品影響最大的，無疑是日本文學。日本文學傳統與中國的一個最明顯的區別，是她極善於從那些找不到多少意義的自然萬物與瑣細的日常生活中寄託情感和趣味。《源氏物語》就是這樣一部巨著，中國和歐美的讀者常會因其在最接近政治的地方一點不談政治而感到不解。此處還有一個現成的例子，日本詩人芭蕉三十八歲時曾寫下兩句詩：

秋風襲芭蕉，夜聽漏雨敲盥盆。

詩前並有小序：

老杜有風破茅屋之歌，坡翁感此句悽楚，復作「漏屋」之句。其夜獨寢茅屋，聽夜雨滴葉。

這裏提到的兩位中國詩人的作品，即杜甫的〈茅屋為秋風所破歌〉和蘇軾〈連雨江漲〉中的那句「床床避漏幽人屋」。日本學者鈴木修次分析說：「杜甫與蘇軾的感覺，同芭蕉的感覺大不相同。杜甫在漏雨之中去想政治的美夢，蘇軾則在大雨之中看到居民的困苦，想到了社會，然而芭蕉卻絲毫不想國家社會和政治，只一心一意地在落進水盆的雨點上尋求『風雅』的情趣。而這一點，是和日本人的一般愛好相聯的。」〔12〕當我們回過頭去看周作人的〈吃茶〉、〈談酒〉、〈苦雨〉、〈烏篷船〉、〈故鄉的野菜〉、〈野草的俗名〉……我們不是很能夠體驗到他將心境寄託於瑣細的日常生活，寄託於各種不引人注目的「名物」，從中發掘文學趣味的傾向麼？他能在中國新文壇中連連發表這種與眾不同的小品，與他深厚的日本文學素養，與他自覺借鑑日本文學的傳統，是密切相聯的。

鈴木修次教授還有一段話說得極好：

> 我總覺得，日本人的文學愛好，有片面地、有意地迴避政治問題，故作與政治問題無關的姿態的傾向。〔13〕

我想，周作人淡淡地談茶和酒，談故鄉的野菜，談「青燈」與「紅黑帽」的形制，談生僻的古書上的一語一物，何以總讓我們感到有一種「澀味」，有一種「苦悶之氣」呢？原因無他，只在於他的超然的閒談中，也分明地包含著「有意地迴避政治問題」的態度。這態度是一種無奈，也是一種反抗，同時也是一種對政局的傲岸的藐視。所以曹聚仁會借晦庵的話說古今隱者「多是帶性負氣之人」，魯迅會從周作人〈五十自壽詩〉中讀出弦外的「諷世之意」來。當然，這必須是對周作人的身世、經歷、思想、性格有相當瞭解的人，才易於把握住的。如偶爾唯讀一篇兩篇，那是只能「見山是山，見水是水」，甚至會覺得知堂老人的瑣屑無聊；而讀得多了，才會漸漸地「見山不是山，見水不是水」起來，也就漸漸地看到了知堂的全人。這也就是我們一再強調的：讀周作人散文，要將它當作一個完整的文學系統來讀。它的耐讀之處也正在這裏。

中國古代散文對知堂小品的影響，自然也是不可輕視的。他所推重的陶淵明、顏之推兩人的作品，對於他行文的態度，有著一種無形的牽引作用。影響更直接的當然是晚明小品。他在一九二六年五月五日致俞平伯的信中就已說到：「由板橋冬心溯而上之這班明朝文人再上連東坡山谷等，似可編出一本文選，也即為散文小品的源流材料……」可見這班作家對他的影響是本來就存在，他有關源流的思考也是很早就自然形成的，他一直在中國文學史上尋找著同調的作品和知己，並非在多年後為講演的需要才拾起這一命題。

晚明作家中對他最有影響的當然是張岱和公安三袁，袁宏道的文學主張尤其得到周作人的推崇。錢伯城先生在論述袁宏道的文學觀時，將其概括為如下三點：

> 一曰性靈，就是「情與景會，頃刻千言，如水東注，令人奪魄」。他說的性靈並不神秘，不過是真實的感情與客觀的結合，而後不加粉飾地表達出來。二曰趣，他說「詩以趣為主」。什麼是趣呢？「世人所難得者唯趣。趣如山上之色，水中之味，花中之光，女中之態，雖善說者不能下一語，唯會心者知之。……夫趣得之自然者深，得之學問者淺」。這不是一般的趣味，而

是諸班客觀現象通過會心者的靈感，作出的自然的反映。應當承認，在文學（特別是詩）的創作過程中，確有這種趣的存在，並且起著一定的作用。三曰新奇：「文章新奇，無定格式，只要發人所不能發，句法字法調法，一一從自己胸中流出，此真新奇也」。這就是要求從復古派的格套束縛中解脫出來，發抒自己的真情實感，創造自己的句法字法調法，名為新奇，實則最重要的只是「一一從自己胸中流出」。〔14〕

這中間，唯「趣」字略覺講得不透。周作人在〈笠翁與隨園〉（載《苦竹雜記》）中，說到「俗」即等於「沒趣味」時，有一段話，似可參證：

這所謂趣味裏包含著好些東西，如雅，拙，樸，澀，重厚，清朗，通達，中庸，有別擇等，反是者都是沒趣味。……平常沒有人對於生活不取有一種特殊的態度，或淡泊若不經意，或瑣瑣多所取捨，雖其趨向不同，卻各自成為一種趣味，猶如人各異面，只要保存其本來眉目，不問妍媸如何，總都自有其生氣也。

我以為這裏的「趣味」，也就是袁中郎之所謂「趣」，只是一個說得落實，一個說得虛玄罷了。袁說趣為「世人所難得者」，周說平常人存其本來面目即「各自成為一種趣味」，二者並不相克，蓋周所說為趣之有無，袁所說為趣之高下（或「深淺」）也。所以，「趣」這一條，其實也就是我們上一章所論述的「人的魅力」的同意語罷了。這樣，袁宏道的三點，第一是講創作緣於真實的個人的感興，第二是講憑藉其人本身的魅力，第三是講藝術上「信腕信口」、「不拘格套」，這與知堂何其相似，自不必多言。知堂老人引之為同道，那是很自然的事了。

這裏只想再補充一點，即周作人十分厭惡散文中有一種可誦可念的調子。這當然是由對古文傳統和對八股文的氾濫成災的反感引起的；但同時也說明了他對於散文思維的一種自覺，他不願將散文與詩混同，認為散文就應該是平常的松閒的談天。所以，當魯迅慷慨激昂的時候，文中還常有如詩如歌的節拍感暗暗湧出，周作人的文章中卻是找不到這種段落的。中國古代散文歷來講究音樂性，不重音樂性的，唯《世說新語》、《金石錄後序》等少量幾種。袁宏道早期的文章也是可吟可誦，未脫古文形跡，到後期則格調大變，如他三十九歲時（他一共只活了四十三歲）所作〈答李西卿書〉——

弟二月終將東下，由水道入京，此時便可一晤。縱不晤，聚首不遙。得諸兄提挈此大事，弟之至快也。梅長公何時發？弟春初已具舟，而邑大夫以邑乘見役，欲為窮鄉少誇張，未免檢括諸史，行期稍滯，然四月決可南，兄幸俟我。致聲念公、長公，江幹之約，便可同赴。來書云：「錯死了梅衡湘。」此閻羅錯也。丘大狼狽乃爾，恐閻羅亦用他不著，留於世間點景而已。兄

根器如此，何憂學道，政（正）恐不學，學則無不入之理。但莫急性是第一義，急性則走入知解窠裏，容易脫不出也。〔15〕

慣常作文的聲調被打碎了，於是文句如平常說話，可長可短，錯落有致，反倒產生了一種瀟灑、隨意的韻味。讀這種無拘束的「家常文」，深感古人說話、想事、交流的方式與今人一般無二，有一種異乎尋常的親切感，這正是它遠高於有腔有調字斟句酌的正規文的地方。妙在既似平常說話，又不是平常說話，運筆落墨仍是凝煉而又有才情的。這樣的用詞、擬句和閒碎的節奏，與周作人後期的文章十分神似。把二者的有些文章編在一起，如不看內容，則幾可亂真。這也是「公安派」「不拘格套」、「自成律度」的一個方面。周作人與他們的深遠聯繫，由此可見一斑。

知堂書話所受外來與古代影響，也與他的雜著、小品相似。在思想見地上，所吸收的主要還是西方現代文明的觀念，以此來衡量、評判、取捨古今中外的書籍。往往所談的是最中國化的古書，所用的也是極為古色古香的語言，內中卻永遠暗含著外來的靈魂。我以為，這正是苦雨齋的極具光輝之處。在文章的形式上，他早期的書話得力於西方的隨筆、書評、短論；後期的《書房一角》、《藥堂語錄》中的短篇書話，則主要承接了蘇軾、黃庭堅、歐陽修、陸游直至清人黃蕘圃的題跋文的傳統；至於他的抄書之作，恐怕純粹是他的獨創了。

總而言之，知堂散文正是中西文化雜糅的產物，離開了哪一方，他都將不成其為周作人。如要總結這雜糅調和的規律，我想借用一句在哲學界和史學界曾出現過的用語：「西體中用」；當然，釋義將與原來有很大不同。「西體」，不一定單指西方，也可包括日本，它其實是泛指一切世界性的、現代的、科學、文明的人文精神。——是進入這種文化的氛圍，從總體上把握這種精神，亦即在常識的範圍內把握它，而不必一一鑽入某一專業的牛角尖裏去。但「西體」又不光是指思想或內容，「西體中用」並不是將外來的內容放進中國傳統的形式中去，現代的人文精神也可以包括文學精神和文學語彙，「西體」也可以是現代的文體。「中用」，則是將中國的東西取來運用，有可用的思想（如李卓吾、俞理初的）便取思想，有可用的著作即取著作（如《春在堂雜文》），有可用的文學形式則取形式（如「公安派」的文風，黃蕘圃的題跋）。「用」，是作為材料之用，是將原有的整體打碎後有選擇地取用。在世界性、現代性的眼光統攝下選用中國的原有的材料，將先進的人文精神與古老材料中的有用部分糅合起來，使文章「極新」而又「極舊」，這便是周作人的成功之處。那麼，能不能不要「中用」呢？不能。有無這「中用」，「用」得多不多，也是這種糅合成功與否的一個關鍵。「五四」後的新文學，雖然小說、詩歌、戲劇喧鬧了多時，但最後沉靜下來細加掂量，卻是散文的成績最大，最站得住腳。何也？就正是「中用」這一點上做得更為扎實和充分。當然，如「中用」過了頭，顛倒為「中體西用」了，則又從新文學倒退回「五四」前的舊文學去了。——周作人後期的作品表面看去似有這番顛倒，其實他還是牢牢把握這一基本的分寸的。

「言志派」以苦雨齋為代表，但又決不止於他這主帥一人。如除去林語堂、郁達夫、豐子愷、梁實秋、許地山等幾路大將外，至少還有梁遇春、鍾敬文、康嗣群等年輕作家，有他的四大弟子俞平伯、廢名、江紹原、沈啟无，影響所及則可包括李廣田、何其芳等一批更年輕的京派作家，後來又有《古今》派的文載道、紀果庵、周黎庵、柳存仁等，此外更有各地的無數追隨者，隊伍是相當浩大了。而在這些作家中，周作人評價最高，且又評論得最多的，便是俞平伯和廢名。

在對這兩位得意弟子的評論中，有一點很值得注意，即他一再強調他們的風格預示著「言志派」未來的走向；這走向，又包含著對當時文壇風氣的某種否定。

這在現代散文研究中是一個很有意思的問題，過去的研究者對此頗多誤解。（筆者自己也曾在某些論文中跟著別人的調子寫，現在想來很覺慚愧。）為此，我們不得不在這兒再撥出一些篇幅。

讓我們再仔細讀讀周作人在《中國新文學的源流》中論述公安、竟陵派與新文學的走向的那幾節話：

> 對他們自己所作的文章，我們也可作一句總括的批評：「清新流麗」。他們的詩也都巧妙而易懂。……不過，公安派後來的流弊也就因此而產生，所作的文章都過於空疏浮滑，清楚而不深厚。好像一個水池，污濁了當然不行，但如清得一眼能看到池底，水草和魚類一齊可以看清，也覺得沒有意思。而公安派後來的毛病即在此。於是竟陵派又起而加以補救。竟陵派的主要人

物是鍾惺譚元春，他們的文章很怪，裏邊有很多奇僻的詞句，但其奇僻絕不是在摹仿左馬，而只是任著他們自己的意思亂作的，其中有許多很好玩，有些則很難看得懂。……後來公安竟陵兩派文學融合，產生了清初張岱（宗子）諸人的作品，其中如《瑯嬛文集》等，都非常奇妙。……這也可以說是兩派結合後的大成績。

……胡適之，冰心和徐志摩的作品，很像公安派的，清新透明而味道不甚深厚。好像一個水晶球樣，雖是晶瑩好看，但仔細的看多時就覺得沒有多少意思了。和竟陵派相似的是俞平伯和廢名兩人，他們的作品有時很難懂，而這難懂卻正是他們的好處。同樣用白話寫文章，他們所寫出來的，卻另是一樣，不像透明的水晶球，要看懂必須費些功夫才行。

從這些話裏看，周作人對公安派藝術的評價並不十分高，倒是對竟陵派，尤其是後來的張岱的評價更高些。事實確是如此。在《重刊袁中郎集序》〔16〕中，周作人對袁宏道有過許多具體的批評：

中郎是明季的新文學運動的領袖，然而他的著作不見得樣樣都好，篇篇都好；……中郎的詩，據我這詩的門外漢看來，只是有消極的價值，即在他的反對七子的假古董處。……在散文方面中郎的成績要好得多，我想他的遊記最有新意，傳序次之，〈瓶史〉與〈觴政〉二篇大約是頂被人罵為山林惡習之作，我卻以為這很有中郎特色，最足以看出他的性情風趣。尺牘雖多妙語，但視蘇、黃終有間，比孫仲益自然要強。……

……我佩服公安派在明末的新文學運動上的見識與魄力，想搜集湮沒的三袁著作來看看，我與公安派的情分便是如此。

很顯然，周作人看重的是公安派反覆古的功績和文學主張，也看重他們的一部分作品；但對他們矯枉過正後，在藝術上出現的弱點也看得很清楚。他並未對袁宏道頂禮膜拜，更沒有以公安派自許。

為什麼後來總給人一個印象，彷彿周作人自比為公安派，而將他的學生比作竟陵派，公安派似又比竟陵派高出一大截來呢？那是後來的論者上了兩個當。其一是上了捧知堂老人的人的當，如林語堂就將周作人尊為現代文壇公安派的代表。其二是上了貶周作人的人的當，當時有不少人認為周作人弘揚公安派，是為了朝自己臉上貼金。陳子展的〈不要再上知堂老人的當〉，就是當時很有影響，也很有代表性的一篇文章。文中說：「我想怕是他做了這次新文學運動的元動之一還不夠，再想獨霸文壇，只好杜撰一個什麼『明末的新文學運動』，把公安竟陵抬出來，做這次新文學運動的先驅，而在這次新文學運動的元勳人物裏面，只有他曉得講什麼公安竟陵，無疑的這次新文學運動的第一把交椅要讓給他老先生……」在看了這樣的文章後，再看看竟陵派人選已經坐實為俞平伯、廢名了，公安派無疑就非他這位老莫屬了。這是誤解，而且也真是冤哉枉也，因為周作人自己的文章中講得很清楚，他是將文壇上他所不甚滿意的、過於清淺直露的初期白話詩文比作公安派的。

將周作人比作公安派，還有一個很重要的原因，是公安派文章的清淺與行文的隨意，同知堂老人沖淡平和的文風頗為相近。我們上文所引袁宏道的書信，便是一個二者相近的實例。但這種相近，只在行文，只在語言節奏與遣詞擬句上，亦即只在文章的表層。如細細咀嚼品味，那就不難發現，周作人的文章是另有一番內在的艱澀的。也就是，只看到周作人與公安派之同，而看不到其異者，往往是只注意了知堂散文外層的「簡單味」，卻未更充分地注意到它的「澀味」。而況，公安派的那分斑爛流麗的色彩，也是為知堂老人所不喜的。

周作人對於「澀味」的重視，是遠遠超出一般人的想像的。他對於「言志派」文學未來走向的考慮，也與這「澀味」有著直接的關係。在《棗》和《橋》的序中，他再一次提到了這種走向：

廢名君的文章近一、二年來很被人稱為晦澀。據友人在河北某女校詢問學生的結果，廢名君的文章是第一名的難懂，而第二名乃是平伯。本來晦澀的原因普通有兩種，即是思想之深奧或混亂，但也可以由於文體之簡潔或奇僻生辣，我想現今所說的便是屬於這一方面。在這裏我不禁想起明季的竟陵派來。……現代文學悉本於「詩言志」的主張，所謂「信腕信口皆成律度」的標準原是一樣，但庸熟之極不能不趨於變，簡潔生辣的文章之興起，正是當然的事，我們再看

> 詩壇上那種「豆腐乾」式的詩體如何盛行，可以知道大勢所趨了。詩的事情我不知道，散文的這個趨勢我以為是很對的，同是新文學而公安之後繼以竟陵，猶言志派新文學之後總有載道派的反動，此正是命運的必然，無所逃於天壤之間。

到底俞平伯、廢名與當時新文壇上的一般風氣有怎樣的不同呢？讓我們略作分析。

前文曾經論到，周作人的性格是由「兒童心態」與「老人心態」奇妙地組合成的。俞平伯與廢名的性格，確與周作人有相通之處，這也體現在他們的文章中。但總的看，俞平伯更多地承接了周作人的「老人心態」，雖然他也常有天真的一面；廢名則更多地呈現出「兒童心態」，儘管他也有老氣橫秋的時候。

俞平伯出身於江南聲名顯赫的詩書禮樂之家，從小在翰墨味和書卷氣的浸染下長大。但他也曾有過「浮躁凌厲」的經歷。那時他還是個十八、九歲的北大學生，受到「五四」大潮的衝擊，積極提倡「詩的平民化」，後又發表了〈詩底進化的還原論〉，高呼：「我們應當竭我們所有底力，去破壞特殊階級底藝術，而建設全人類底藝術。」甚至提倡：「我們要做平民的詩，最要學的是實現平民的生活……泅水的，到水裏去學；殺人的，到槍炮堆裏去學；喜歡做詩的，必得到民間去學啊！」但他這種戰鬥者的姿態沒保持多久，到一九二二年下半年，情緒就變得低沉傷感；翌年轉而寫起散文來，那「浮躁凌厲」之氣再也看不見了。他見到了「五四」退潮期的種種失敗和失望，開始信奉起了「剎那主義」，也就是不再思考周圍的世界，也不再思考從何處來，到何處去，而只強調自己「剎那間所體驗的實有」。用他〈讀「毀滅」〉中的話來說，「我的責任便在實現這意義和價值，滿足這個趣味，使我這一剎那的生活舒服。至於這剎那以前的種種，我是追不回來，可以無庸過問；這剎那以後還未到來，我也不必多費心思去籌慮。」所謂「剎那」，乃是梵文ksana的音譯，本是佛教名詞，佛經中向有「一念中有九十剎那」之說。而「剎那主義」，也真有點「或近於佛家的所謂『空』」。如果真的斬斷了縱向和橫向的一切外緣，當真把自己孤立起來，那就無異於一個出家的佛徒了。但俞平伯不願意這麼做，他所要的是既斷且連的因緣，所取的是介乎於出世與入世之間的人生態度。在〈重刊《浮生六記》序〉中，俞平伯寫道：「我們與一切外物相遇，不可著意，著意則滯；不可絕緣，絕緣則離。記得周美成的〈玉樓春〉裏，有兩句最好，『人如風後入江雲，情似雨餘粘地絮』，這種況味正在不離不著之間。」在〈陶然亭的雪〉中又說：「這也無煩高談妙諦，只當咱們清眠不熟的時光便可以稍稍體驗這番懸談了。閒閒的意想，乍生乍滅，如行雲流水一般的不關痛癢，比強制吾心，一念不著的滋味如何？這想必有人能辨別的。」他不想作「強制吾心」的佛徒，而只想對萬物處於「不離不著之間」，把人生當成「清眠不熟的時光」的「不關痛癢」的夢境。——這正是禪宗的哲學。陶淵明是喜歡這種哲學的，他〈飲酒〉詩中的「結廬在人境，而無車馬喧」，所體現的就是既要脫離「車馬喧」的俗累，又要繼續留在「人境」的「不離不著」的處世態度。王維也是喜歡這種哲學的，他寫了許多幽居山林的隱逸詩，但總在空寂蕭然的氛圍中巧妙地透出一點人間的氣息，如〈過香積寺〉中

「古木無人徑」後的「深山何處鍾」就是。無論陶淵明或王維，直至後來的袁宏道、張岱等，都與佛教有千絲萬縷的聯繫。歷來文人學佛（十有八、九是學禪），大致有四個原因：一是社會動盪和社會的不安定，二是個人不得志（通常由於仕途碰壁），三是受傳統文化思想浸染（如「窮則獨善其身，達則兼濟天下」），四是文人多喜研讀佛經，難免不受禪悅的誘惑。這幾點，俞平伯基本上都具備了。「五四」以後的社會動亂是盡人皆知的；他雖沒有仕途之想，但激情衝動之後的幻滅，對他的打擊不可謂不輕；他的舊學造詣和與舊文化的聯繫在當時的知識份子中十分突出；此外，他也確曾化了些工夫去研究佛學，《雜拌兒》中就載有〈記西湖雷峰塔發見的塔磚與藏經〉、〈雷峰塔考略〉等文章，《燕知草》中也收有〈西關磚塔藏〈寶篋印陀羅尼經〉歌〉等，而況他所一往情深的杭州本來就是一個「佛地」。

禪宗哲學使俞平伯的「老人心態」時時流露於作品中，這也是他的散文讓人覺得古氣盎然的原因之一。綜觀他的幾本散文集，一個總的主題，便是「沒奈何」，「生命無常」，「一切都是夢幻」。在〈跋《灰色馬》譯本〉中，俞平伯寫道：「我們生活底痼疾是不可救藥的了！人人都呻吟著，嫌惡他自己藥力底無效。總想搶別個病人底藥方來瞧一下，以為中間有何等的靈丹妙劑呢？但等到藥方拿到手裏，或者竟把藥碗搶來喝了，方才知道這正是一個大夫開的方子……」「我們平常總以為『實行』可以排除我們底煩憂，可以作飄飄然的我們底藥石；但讀了《灰色馬》之後不覺廢然而返，深信佐治所謂『一切都是假的，一切都是空的』這口號底十分痛快。」「以我的意思，生命不但是向著毀滅，而且也是應當向著毀滅去的。生命力愈偉大的人便離毀滅愈近。」——這些觀點，與周作人是十分接近的。更值得注意的，是另一篇受到過周作人喝彩的、《燕知草》中的壓卷之作：〈重過西園碼頭〉。俞平伯在這一篇的序中稱其為「昔年同學於北大文科」、不久前忽然暴死的「趙心餘」所作，但其實無論從哪一方面看，都可以而且應當作為俞平伯自己的作品來讀。在俞平伯所有的詩文中，這一篇禪味最濃，雖然其中也批評了「佛家以生死對待流轉無極」的迷信思想，但通過繁複的抒情議論，通過兩次經過西園碼頭（第二次是沈顏君死後，棺材抬過這裏）的描寫，層層渲染的正是「色即是空，空即是色」的佛學觀念。

除了禪宗哲學，對俞平伯影響最大的還有佛洛伊德主義。在〈詩的神秘〉一文中，他就曾比較系統地運用過佛洛伊德的學說。在佛洛伊德筆下，「創作家」和「白日夢」是兩個不可分離的概念。這同俞平伯心中的禪學正好合拍，從此他更是將一切視同夢境。他作品的篇名亦可讓人看出端倪：〈芝田留夢記〉、〈芝田留夢行〉、〈夢遊〉、〈夢記〉、〈夢〉、〈好好的夢〉……還有組詩〈囈語〉和散文集《古槐夢遇》，等等。至於具體寫到夢的，或在作品中將現實人生當夢來寫，寫得非夢非真，朦朧莫測的，則幾乎在他作品中占到了一半的比重。就像在他的《燕知草》自序中一樣，《古槐夢遇》一開篇，他便寫道：「夢醒之間，偶有所遇，遇則記之，初不辨醒耶夢耶，異日追尋，恐自己且茫茫然也，留作燈謎看耳。」這正可以看作是對他作品的一種概括。

如果說，俞平伯的作品也是晦澀難懂的話，那麼，主要不是澀在他的文字與作品的形式，而主要源於他「留作燈謎看」的人生態度與創作態度。也就是說，他的澀，主要來自他的「老人心態」，來自他對人生的體驗，來自作品的內容。周作人如此讚賞俞平伯的散文，除了俞平伯是他的學生，俞平伯的文學主張大都是從他這兒繼承去的；除了俞平伯文章本身之美，那文風和情調都與他相接近外；更主要的，還在於俞平伯作品中的那種「澀味」，正與周作人的心靈相通，而他恰又認為當時流行的散文正由於缺乏這種「澀味」，因此變得過於淺顯貧薄。俞平伯信奉的佛洛伊德主義，也為周作人所信奉。對禪宗哲學，周作人無疑也是喜歡的，他的「苦茶庵」、「苦住庵」、「前世出家今在家」等齋名與詩句，就都沾著一個「佛」字。但他又反對正兒八經地參禪談佛，對於袁中郎長篇大論談禪、談淨土的《西方合論》十卷，他也表示了很大的不耐煩。〔17〕這是因為他自度為「無信仰」，因此也就看不慣別人的過於正經的信仰吧。可是像俞平伯那樣，將禪宗的精神溶化到自己知人論世的目光中去，在作品中自然地流露出將一切看輕看淡看空的悲涼無望的心境，這卻正是他所欣賞的。

在《苦茶隨筆・後記》中，有這樣一段記錄：

五月三十一日我往新南院去訪平伯，講到現在中國情形之危險，前日讀《墨海金壺》本的《大金吊伐錄》，一邊總是敷衍或取巧，一邊便申斥無誠意，要取斷然的處置，八百年前事，卻有昨今之感，可為寒心。近日北方又有什麼問題如報上所載，我們不知道中國如何應付，看地方官廳的舉動卻還是那麼樣，只管女人的事，頭髮、袖子、襪子、衣衩等，或男女准同校，或男女不准同游泳，這都是些什麼玩意兒，我真不懂。……平伯聽了微笑對我說，他覺得我對於中國有些事情似乎比他還要熱心，雖然年紀比他大，這個理由他想大約是因為我對於有些派從前有點認識，有過期待。他這話說得很好，仔細想想也說得很對。

從這裏可以看出，俞平伯的「老人心態」，有時是比周作人更甚的。當時是一九三五年，周作人五十一歲，俞平伯才三十五歲。

當然，俞平伯在文章的行文和結構上也時有一些為人難解的地方。這大多是由於他故意安排的跳躍，如那篇短而有趣的《雜拌兒・自序》：

> 頗擬試充文丐，於是山叔老人諄諄以刊行「文存」相詔，急諾之。俄而驚。夫「文存」大名也，吾何敢居？必得他名以名吾書而後可焉。謀之婦，詢之友，叩山叔老人之門，均茫茫不吾應。思之，渺渺不得。
>
> 「恰好丁卯大年夜，姑蘇塞給我一堆『雜拌兒』，在我枕頭邊。」
>
> 無以名之，強而名之。讀者其顧名思義乎？

先講取書名之難，因用文言，而又寫得突兀，頗有《聊齋》般的境趣；中間忽而插一段人物的世俗的口語，文氣斷開了一大截，細細品味，卻又與前文有同樣的雅趣，但既不說誰的話，又無說話的場合、氣氛、前因後果，因而頗費思量；最後兩句，歸結到書名上，這才直接與讀者對話，合於一般作序的口吻了。上下三段，文氣都不接，意思卻是似斷實連，所以很耐得咀嚼。這是俞平伯由寫詩轉入寫散文後，帶來的一點詩性思維和文筆意趣。這也是與他所喜愛的禪宗哲學直接相聯的「神韻派」詩畫的藝術特徵，「神韻派」是「崇簡」的，講究「傳神」，講究「略具筆墨而神情畢肖」，現在俞平伯將它用到了散文裏。當然，西方現代派文學那種跳躍的行文，也給了俞平伯一定的啟迪；但對他來說，更多的還是學的禪宗的「公案」吧。試看《五燈會元》，所多的正是這種禿頭禿腦的句式。然而，即使時有這種令人頗費思量的字句段落，比起廢名的文章來，俞平伯的作品畢竟還是相當流暢可讀的。

與俞平伯相反，廢名在性格上與周作人的相通之處，恰恰是他的「兒童心態」。雖然他的文章是那樣地古奧晦澀，外加「相貌奇古」，性格怪異，但他的童心卻是時時可見的。他曾寫過一首名為〈掐花〉的新詩：

> 我學一個摘花高處賭身輕，
> 跑到桃花園岸攀手掐一瓣花兒，

於是我把它一口飲了。
我害怕我將是一個仙人，
大概就跳在水裏湮死了。
明月出來吊我，
我欣喜我還是一個凡人，
此水不現屍首，
一天好月照澈一溪哀意。

這是一九三一年的作品，他早已發表了《竹林的故事》、《桃園》、《棗》、《橋》和《莫須有先生》等新鮮而又讓許多人讀不懂的作品，已經處於他創作的最盛期了。詩中有中國傳統詩歌的淒涼的意境（尤其在詩的結尾），也有西方童話與現代詩的跳蕩的色彩感，但我感到最突出的還是他心靈深處的那種童年的心態——一句「此水不現屍首」，活脫脫地寫出一個孩子害怕自己已經是個靈魂飛升的仙人了，因而急於驗證水中是否有自己屍首，這是「兒童心態」的自然而微妙的流露，是學不來也裝不出的。據張中行先生回憶，四〇年代，他曾邀請廢名帶兒子來家過年，廢名的回信寫得頗有意趣：「手書讀悉。承小朋友約小朋友過年，小朋友云過年不來，來拜年也。專此拜年。廢名。二月九日。」[18]這位四十多歲的「小朋友」，依然時時保持著童年的誠摯與調皮。此外，他讀書「不求甚解」，全憑自己一時的興致與感覺，這從他的那本《談新詩》〔19〕中即可看出。這一點與俞平伯興味濃郁的檢索考訂，正好相反；周作人則兼有他們二者之長。廢名讀書時所注重的，往往也是較有童趣的東西，這又體現於他的小散文中。在〈三竿兩竿〉一文裏，就有如下的文字：

庾信文章，我是常常翻開看的，今年夏天捧了〈小園賦〉讀，讀到「一寸二寸之魚，三竿兩竿之竹」，怎麼忽然有點眼花，注意起這幾個數目字來，心想，一個是二寸，一個是兩竿，兩不等於二，二不等於兩嗎？於是我自己好笑，我想我寫文章決不會寫這麼容易的好句子，總是在意義上那麼的顛斤簸兩。因此我對於一寸二寸之魚三竿兩竿之竹很有感情了。

這裏，不僅庾信的文句天真可掬，廢名的那種「心有靈犀一點通」的嚮往之情，也實在是天真可掬的。其實，廢名在對待社會人生以至創作的問題上，易於激烈，好走極端，也正是他童心未泯的一種體現。他「原來是很熱心政治的人」，同俞平伯年輕時一樣，做著「時代的夢」；但不久就「省悟」了，跟隨知堂先生進入了「知命」的境界，甚至在《駱駝草》創刊號上以丁武的筆名發表〈「中國自由運動大同盟宣言」〉，說魯迅與郁達夫等領銜發表這份宣言是為了向當局爭「文士立功」的機會，是「喪心病狂一至於此」；解放以後，他又全面否定自己過去的作品，積極宣傳和研究魯迅，寫了《跟青年談魯迅》等著作，態度之虔敬令人感動。在創作上，他熱心於文體的實驗，一心走晦澀的路，到《莫須有先生傳》問世時，據他自己說，「差不多舉國一致」都認為「它難懂」；但他解放以後的創作完全走上了另一極端，有些詩句如「老漢記得這個山，後來又愛劉胡蘭。毛主席題八個字，美麗山河英雄膽。」簡直難以令人相信這是廢名的作品。同樣，自他熱衷於佛教之後，就不如俞平伯似的只在「不離不著之間」，而是一頭鑽入唯識宗裏去，與熊十力爭得天翻地覆，以至認為自己就是「佛」的化身，還曾將妻子兒女打發回鄉，自己一個人住進了雍和宮喇嘛廟裏。他做這一切，並無虛假的成分，前後都是真誠的，動情的。在現代史上，出現這種激烈的轉向的，有好幾位是詩人，大約詩人易動真情而理性稍少之故吧。這裏邊當然有比較投機的人，但也確有像廢名那樣童心未泯的人在。[20]

廢名的作品主要是小說，但周作人是將他的這些小說當作散文來讀的，在選編《中國新文學大系》散文卷時收進了七篇，其中《桃園》選一篇，《橋》選了六篇。他的作品有不少直接以農村的兒童或少年人為主角，如〈柚子〉、〈阿妹〉、〈竹林的故事〉、〈桃園〉等篇都是；更有不少是從童年視角，通過兒童的眼與心來表現農村生活的，〈小五放牛〉和〈毛兒的爸爸〉就是這樣的作品。廢名最重要的代表作是《橋》。《橋》名為長篇，其實是人物時斷時連的系列散文，那裏最引人注目的就正是幾位單純可愛的農村孩子。周作人在《橋》問世六、七年後的一九三九年，還曾寫了一篇以《橋》為名的短文，點出了《橋》中的「童年心態」，以及自己與這心態的相通之處：

……《橋》的文章彷彿是一首一首溫李的詩，又像是一幅一幅淡彩的白描畫，詩不大懂，畫是喜看的，只是恨冊頁太少一點，雖然這貪多難免有點孩子氣，必將為真會詩畫的人所笑。可是我所最愛的也就是《橋》裏的兒童，上下篇同樣的有些仙境的，非人間的空氣，而上篇覺得尤為可愛，至於下篇突然隔了十年的光陰，我似乎有點一腳跳不過去。……中國寫幼年的文章真是太缺乏了，《橋》不是少年文學，實在恐怕還是給中年人看的，但是裏邊有許多這些描寫，總是很可喜的事。

童年心態當然是清新喜人的，帶點兒「仙境」的氣氛更不易造成「苦澀」的效果，何以廢名的作品偏偏最為難讀呢？我以為，這原因正與俞平伯的相反，他的晦澀不是來自內容，而是來自於文章形式上的考究。

在他一九五七年所寫的《廢名小說選‧序》中，一再「反省」了自己過去的「逃避現實」、「所寫的東西主要的是個人的主觀，確乎微不足道。不但不足道，而且可羞」之後，也曾總結了一番自己過去的藝術特色：「就表現的手法說，我分明地受了中國詩詞的影響，我寫小說同唐人寫絕句一樣，絕句二十個字，或二十八個字，成功一首詩，我的一篇小說，篇幅當然長得多，實是用寫絕句的方法寫的，不肯浪費語言。這有沒有可取的地方呢？我認為有。運用語言不是輕易的勞動，我當時付的勞動實在是頑強。」這話是很講到點子上的。

絕句的特點，是簡練而又跳躍。一首詩所表現的，常常不是一個場景，而是一連串的場景，場景與場景之間沒有連綴和過渡；有時一句詩中就包含著幾種物象，也都不用連綴，如張繼的「月落烏啼霜滿天」，孟浩然的「野曠天低樹，江清月近人」等，都是好例。這些方法都用到了廢名的作品中。他不僅讓情節不時跳躍，而且讓段與段、句與句都處於跳蕩不寧之中。文字本身是突兀的，文字所展示的又是一個個突兀孤立的畫面，它們需要讀者自己去感覺，去聯貫，去接通形象之間的內在的脈絡。他曾在《莫須有先生傳》的自序中說：「然則難懂正是它的一個妙處，讀者細心玩索之可乎？玩索而一旦有所得，人生在世必定很有意思。」這同周作人批評當時的白話散文大多清淺不耐看，意思是完全一樣的。

且看《橋》中那篇〈茶鋪〉的開場：

一見山——滿天紅。

「夥！」

喝這一聲彩，真真要了她的櫻桃口，——平常人家都這樣叫，究竟不十分像。細竹的。

但山還不是一腳就到哩。沒有風，花似動，——花山是火山！白日青天增了火之焰。

兩人是上到了一個綠坡。方寸之間變顏色：眼睛剛剛平過坡，花紅山出其不意。坡上站住，——乾脆跑下去好了，這樣綠冷落得難堪！紅只在姑娘眼睛裏紅，固然紅得好看，而叫姑娘站在坡上好看的是一坡綠呵，與花紅山——姑娘的眼色，何相干？請問坡下坐著的那一位賣雞蛋的瘌痢婆子，她歇了她的籃子坐在那裏眼巴巴的望，——她望那個穿紅袍的。

穿紅袍的雙手指天畫地！

是呵，細竹姑娘，「as free as mountain winds」，揚起她的袖子。

莫多嘴，下去了，——下去就下去！

怪哉，這時一對燕子飛過坡來，做了草的聲音，要姑娘回首一回首。

這個鳥兒真是飛來說綠的，坡上的天斜到地上的麥，壟麥青青，兩雙眼睛管住它的剪子筆徑斜。

……

作者的筆跌宕跳躍不已，一會兒是姑娘眼中的景，一會兒是景中的姑娘，前者紅而後者綠，但後者綠中又有紅——一個姑娘穿的紅袍子；一會兒是坡下老婆子眼中的姑娘，一會兒又是作者眼中的姑娘——描寫時還插了一句英文，隨後又是作者對自己的斷喝，再後是姑娘眼中的燕子……一幅山鄉春色圖就這樣以破碎的筆墨點畫出來，初看很不習慣，很累人，但仍有吸引力。仔細地、反覆地看，就能感覺到那文章之美了。這帶點兒仙氣的景色，又不真是傳統的，這不僅體現於那句英文，也體現在那很現代的跳躍的句子、段落間的組合上（雖說是將小說「唐詩化」了，基本手法卻仍是從西方現代派那裏來的），還體現在作品時時透露出的現代知識份子情調上。——例如〈清明〉篇中的這幾句對話：

「三啞叔，我的牛兒還活在世上沒有？」

牛兒就在他的記憶裏吃草。

三啞正在點炮放。細竹接著響起來了——

「那裏還是牛兒呢？耕田耕了幾十石！——你不信我就替你們放過牛。」

琴子暗地裏笑，又記起《紅樓夢》上的一個「你們」。

這最後一行很重要，恰如畫龍點睛，不只點亮了細竹話中的寓意，也點出了這「世外桃園」中的現代感。廢名的文章就以他這種晦澀而耐讀的形式，極新而又極舊地存在於新文學的園地上。

周作人當然是瞭解俞平伯與廢名相互間的短長的，所以談到廢名文章之澀，他從不就其思想上的苦味著眼，而總是談他的行文的獨特。他在〈《棗》和《橋》的序〉中說：「我讀過廢名君這些小說所未忘記的是這裏邊的文章，如有人批評我說是買櫝還珠，我也可以承認，聊以息事寧人，但是容我誠實地說，我覺得廢名君的著作在現代中國小說界有他獨特的價值者，其第一的原因是其文章之美。」在《莫須有先生傳・序》中又說：「能做好文章的人他也愛惜所有的意思，文字，聲音，故典，他不肯草率地使用他們，他隨時隨處加以愛撫，好像是水遇見可飄蕩的水草要使它飄蕩幾下，風遇見能叫號的竅穴要使他叫號幾聲，可是他仍然若無其事地流過去吹過去，繼續他向著海以及空氣稀薄處去的行程。這樣所以是文生情，也因為這樣所以這文生情異於做古文者之做古文，而是從新的散文中間變化出來的一種新格式。」這段話，與廢名自稱當年運用語言時「付的勞動實在是頑強」，正可相互映證。——這便是廢名的晦澀。

周作人是那樣地注重文章的澀味，但他自己並不走俞平伯和廢名的路子。他將這兩位學生比作「竟陵派」，還有一層含義，即「竟陵派」是講究技巧的。技巧即人工痕跡，這痕跡在俞平伯文章中不難找出來，在廢名筆下則更其突出了。而周作人自己作文時，是反對技巧的。但他又不滿於「公安派」的清淺。他將如何實踐自己所預測的新散文的走向，如何增加自己的「澀味」呢？我以為他還是找到了自己的路子，那就是他後來的抄書之作——從《夜讀抄》、《苦竹雜記》到《藥味集》等，他書話中的「澀味」愈益醇厚；由於文言成分的增加，他的其他文章也更其耐讀了。當然，有一利必有一弊，過於苦澀耐讀之作，讀者面必然不廣。但求仁得仁，知堂老人還是實現了他自己的藝術追求的。

周作人關於「公安派」之後必繼之以「竟陵派」的話，是說中了的。俞平伯、廢名的確不是孤立的存在。在三〇年代，知識份子圈中的繼起者日多，或熱衷於文體實驗，文章也如廢名般寫得晦澀的，至少有寫小說的沈從文，寫詩的卞之琳，寫散文的何其芳，等等。即在當代的小說家中，也有汪曾祺、林斤瀾、阿城、賈平凹、何立偉等，分明看得出當年廢名的影響來。

周作人關於「載道派」必定又要捲土重來的預言，也不幸而言中了。不久之後即「全民抗戰」，言志的文學頓時變得很沒有市場了，梁實秋的「與抗戰無關論」遭到了廣泛的抨擊，文學很快與政治打成了一片。再以後，文藝成了政治的工具，周作人式的散文幾無立足之地。這樣的局面，直到八〇年代末才有根本的轉變。現代名家散文的大量印行，正可看作「言志派」復蘇的標誌。

好在，周作人的散文傳統並沒有絕跡。在當代散文家中，畢竟還找得出幾個知堂老人的傳人。我以為，黃裳的漫談古書的散文，張中行的懷人憶舊的散文，王世襄關於風俗掌故及各類名物的闡說考訂，舒蕪的書評，鍾叔河的民俗小品，汪曾祺描繪故鄉和日常生活的散文（他的許多小說也是散文）等，就都是得了周作人的真髓的。〔21〕

在周作人那一本本薄薄的、但卻異常雋永凝重的文集中流動的，是過去的生命。但願這生命能長存於世，並以它獨特的魅力，流布於世界各國的知識圈，讓人們都來領略這中國essay的滋味。

一九九二年深秋——一九九三年初春
寫於小木橋畔
二〇〇六年初冬——二〇〇七年元月
修訂於香花橋畔

【注釋】

1 《中國新文學的源流》。
2 同注〔1〕。
3 同注〔1〕。
4 參見俞平伯《近代散文抄・跋》，沈啟无編，北平人文書店一九三二年版。
5 〈現代散文導論〉（上），載《中國新文學大系導論集》。
6 《雜拌兒之二・序》。上海開明書店一九三三年版。
7 《中國新文學的源流》。
8 參見胡從經：〈蕊珠如火一時開〉，載《魯迅百年誕辰學術論文集》。湖南人民出版社一九八三年版。
9 引自《英美散文六十家》（山西人民出版社一九八三年版），此篇名為〈芹曝之獻〉，譯者高健。此即周作人譯為〈育嬰芻議〉者，後復譯頗多。另有譯為〈一個小小的建議〉的（《英國十八世紀散文選》，湖南人民出版社一九八六年版）。斯威夫德原題為：〈使愛爾蘭窮人的孩子不致成為他們父母或國家的負擔，而使他們有益於公眾的一個小小的建議〉，寫於一七二九年，為其最重要的代表作之一。
10 參見程麻：《溝通與更新》（中國社科出版社一九九〇年版）；鈴木修次：《中國文學與日本文學》（海峽文藝出版社一九八九年版，吉林大學日本研究所文學研究室譯）。
11 〈詩之自由隨意〉，《蒙田隨筆》（53）（梁宗岱、黃建華譯），湖南人民出版社一九八七年版。
12 《中國文學與日本文學》。
13 同注〔12〕。
14 《袁宏道集箋校・前言》。上海古籍出版社一九八一年版。

15 《袁宏道集箋校》。

16 《袁中郎全集》，時代圖書公司一九三四年版。

17 參見〈重刊袁中郎集序〉，載《苦茶隨筆》。

18 《負暄瑣話》。

19 人民文學出版社曾於一九八四年重印此書，但抽去了周作人的序文。

20 一九九六年出版的第十三期《中國文化》雜誌，刊有汪曾祺和嚴家炎為《廢名小說選集》所寫的兩篇序言，其中頗有道人之所未道的妙言。兩人都認為，廢名筆下有一種不同於西方人的意識流——儘管當初還並沒有這一譯名。嚴家炎強調廢名「借日常瑣事來展現生活情趣」的特點和「多暗示、重含蓄、好跳躍」的藝術特徵，並指出了他語言中的「通感」色彩。這給廢名研究者和愛好者提供了很好的啟迪。但更讓人興奮的，是汪曾祺關於廢名「喜歡兒童（少年），也非常善於寫兒童」的論述，他指出了廢名筆下的「孩子的直覺」，和那種對世界「充滿歡喜」的心境。汪先生還寫道：「廢名的作品有一種女性美，少女的美。他很喜歡『摘花賭身輕』，這是一句『女郎詩』！」這分明已屬於對作家氣質和心態的研究了。也許，學者身份、宗教情懷、少女氣質與兒童心態，這四者的融合，庶幾接近於廢名創作個性的原貌。

21 我總覺得，錢鍾書先生晚年的《管錐編》，那種大量引用以打通中外古今的寫法，與周作人中後期的抄書之作，也有著某種微妙的聯繫。在錢先生的散文中，也曾出現「通篇反話」的寫法（如為楊絳《幹校六記》所作的序即是一例），此中是否也有一點周作人的影響？這是個很有趣的研究課題，但只能俟諸日後了。

附錄一　知堂的回憶文

讀周作人的回憶文，正如讀他的字。他的書法是很有特點的，一眼望去，笨拙懶散，全不用力，彷彿一個既無根底又不認真的兒童隨意塗出的字；但仔細辨識，慢慢咀嚼，再從通篇的氣氛來掂量，又會發現它頗不一般，筆墨中滲出一種閒雅不群的灑落和自信，越品越能覺出滋味。他的懷人之作除極個別外，大多也是粗看筆墨乾澀，了無色彩情致，只是簡簡單單介紹一番親歷的舊事，也便完事大吉。那種生離死別令人痛不欲生的場面，似乎對他毫無影響，激不起他一點筆底和內心的波瀾。可是，讀多了，讀熟了他的語句聲調，就容易感覺出他的心境的變化了。這不奇怪，恰如錢鍾書先生說的：「西方有句諺語：『黑夜裏，各色的貓一般灰』……正像人黑夜看貓，貓白晝看事物，西洋批評家看五光十色的中國舊詩都是灰色詩歌。」（《舊文四篇・中國詩與中國畫》）何以故？只因不熟悉，只辨得出最外部的特徵，就像我們最早見到外國人時只覺得他們是清一色的高鼻子一樣。一旦熟了，就有了《竹窗隨筆》中論禪宗問答的境界：「譬之二同邑人，千里久別，忽然邂逅，相對作鄉語隱語，旁人聽之，無義無味。」這就是讀者和作者之間有了一定的知，達成了某種默契。並不是所有的作品都需要這樣一個漸入佳境的默契過程的，那些甜膩華美人見人愛的文章絕無這類麻煩。但有這類麻煩者又未必是壞事，其好處，即在於耐讀。

日前翻閱新買得的辛豐年先生的小書《鋼琴文化三百年》，其中一節，深得吾心，恰可與上文相照映，特抄錄於下：

……一見傾心的一些樂器反令人聽多必膩，音色越是豔麗（如豎琴）的，也越叫人膩味得快。而凡姿的鋼琴反而是不會令人生厭的音色。波蘭出生的琴人霍夫曼在其〈論鋼琴演奏〉中如是說：「它之所以被認為是最高雅的樂器，是否正因其不太感人呢？」「這種高雅使它最為耐聽」。

說得真好！將這話移用於知堂回憶文，不也是音樂與文學內裏相通的一個明證嗎？

其實在知堂回憶文中，內心的情感火焰還是在燃燒著的。譬如憶李大釗之死，他與錢玄同、沈尹默等人向烈士之子透露噩耗時，那種痛苦、為難和不忍，深埋在平淡的文字中，令人讀之愴然惻然。與李大釗一同被害的有北大女生張挹蘭，周作人認識她的兄弟張君，他這樣寫事後的情景：

……每看見張君，常覺得難過，想安慰一兩句話，可是想不出話來，覺得還不如不說好，所以始終不曾提及一個字，雖然在那一年內遇見的次數並不少。

從字面看，全部是平平淡淡的字詞，絕無此類題材作品所常見的「擠感情」的痕跡，甚至也沒有一絲抒情的色彩；但讀下來卻感到鼻子酸酸的，有一種深切難言的人情美。這就是本色文章的魅力了。

對於這種魅力我們是不陌生的。在魯迅的〈為了忘卻的記念〉裏，就有他和柔石相互扶持走在路上的描寫：柔石擔心他「被汽車或電車撞死」，他則為柔石的深度近視又要照顧別人而擔心，「大家都蒼皇失措的愁一路」。在朱自清的名文〈背影〉中，寫父親因兒子出門在外而表現出的小心、拙訥、遲鈍和殷勤，也用了同樣平實而感人的筆調。它們與上述知堂回憶文在審美特性上，是十分切近的。這當然是因為內容使然。而周作人在各種回憶文中，則大都採用這種樸拙的寫法。這是他獨有的風格。

與此相應的，是他的回憶文還常用同樣平實淡泊的筆墨展示一種不動聲色的幽默，讀之令人忍俊不禁。這也使他的文章更顯得耐讀。〈北大感舊錄〉中寫林公鐸的一段就很有代表性：

……甘君等久了覺得無聊，便去同林先生搭訕說話，桌上適值擺著一本北大三十幾周年紀念手冊，就拿起來說道：

「林先生看過這冊子麼？裏邊的文章怎麼樣？」林先生微微搖頭道：

「不通，不通。」這本來已經夠了，可是甘君還不肯甘休，翻開書內自己的一篇文章，指著說道：

「林先生，看我這篇怎樣？」林先生從容的笑道：「亦不通、亦不通。」當時的確是說「亦」字，不是說「也」的，這事還清楚地記得。……甘君的應酬交際功夫十二分的綿密，許多教授都為之惶恐退避，可是他一遇著了林公鐸，也就一敗塗地了。

知堂回憶文的藝術風格，與他的觀念是分不開的。他不認為文章應寫得情感起伏抑揚；他覺得強烈的情感是內在的，因而也是表達不好的。「我們回想自己最深密的經驗，如戀愛和死生之至歡悲極，自己以外只有天知道，何曾能夠於金石竹帛上留下一絲痕跡，即使呻吟作苦，勉強寫下一聯半節，也只是普通的哀詞和定情詩之流，哪裏道得出一份苦甘……」那麼怎麼辦呢？不如淡淡地寫，讓能夠會心者來讀——「文章的理想境界我想應該是禪，是個不立文字，以心傳心的境界，有如世尊拈花，迦葉微笑，或者一聲『且道』，如棒敲頭，夯地一下頓然明瞭，才是正理，此外都不是路。」（《志摩紀念》）這也就是我們前文所說的「譬之二同邑人」之間的相知和默契了。

而他之所以追求這樣的境界，又與他對文章價值的認識相一致。他不想以文章去打動人，更不想被人所打動。除了為保留史料價值而寫（閱讀則為「多知道些事情」）之外，在他看來，文章的另一個極重要的價值便是使同道者、能會心一笑者得到一種相互的慰藉。〈有島武郎〉的收尾最能說明這一點，讓我們抄在這裏吧：

有島君死了，這實在是可惜而可念的事情。日本文壇邊的「海乙那」（Hyaena）將到他的墓上去夜叫罷，「熱風」又將吹來罷，這於故人卻都已沒有什麼關係。其實在人世的大沙漠上，什麼都會遇見，我們只望見遠遠近近幾個同行者，才略免掉寂寞與虛空罷了。

一九九七年元月八日
於上海小木橋畔

附錄二　夢一般的記憶

該是好幾年前的事了吧，在陝南村的晴窗下與黃裳先生聊著有哪些該出而未出的好書，他很感歎地說：「周作人有一本《如夢記》可以出，是他翻譯的日本的散文，很美。四〇年代曾在報刊上連載過，一直沒有出版。」我記得在《知堂序跋》中讀過此書的序，本以為早已在香港印行，深以讀不到此書為恨，現在才知根本未曾以書的形式面世。此後不久，與兩位日本友人有一次愉快的聚會，在餐桌上我便問起《如夢記》及它的作者文泉子，同時還問起一位在中國人看來也許很有點古怪的作家井原西鶴。出言謹慎的日本友人沒有當場作答（說真的，我幾乎從未見過在學問問題上信口開河的日本文化人——就像在我們這兒常見的那種），但回國後不久，其中之一的中由美子女士就給我寄來了兩疊日文複印資料。一疊是有關阪本四方太（即文泉子）的詞條與《如夢記》中的各篇當年發表情況的介紹，外加《如夢記》全文；另一疊則是由正宗白鳥撰寫的論井原西鶴的長文。我於是知道了《如夢記》的篇幅的確不長。同時，我也為日本同行的友情和辦事認真的態度所感動。

令人高興的是，沒過多久，文匯出版社居然出版了《如夢記》的中譯本，同時還另附了周作人所譯的十幾篇日本散文和近百首日本詩歌。此書裝幀相當精美，用紙也好，一冊在手，真有一種特別的愉悅感。全部《如夢記》加上周作人的許多注釋，只在書中占了七十來頁。我有點捨不得讀，但還是將它讀完了。讀第一節時我並未感到它怎樣地好，但漸漸就讀出味道來了，有點感慨備至，甚至五體投地。我明白了，周作人說他在文學上的野心，一是翻譯這本書，此外就是為希臘神話作注（見《如夢記》第一章的「譯者附記」），此言並無矯情之處，這分明是他在心底深埋多年的大實話。——這正如他在遺囑中，將《盧奇安對話集》譯稿的出版視為此生最大的牽掛一樣。

《如夢記》的作者生於明治六年（一八七三），卒於大正六年（一九一七），是那一時代有名的新派「俳人」之一。這本薄薄的四萬餘言的書寫了兩年多，在他三十六歲時出版；再過九年，他就棄世了。全書都是回憶兒時的生活，忠實地記錄自己朦朧的殘存的印象，從最初記事起，斷續地寫到念小學二、三年級，約十來歲的光景。書中彷彿鋪滿著日本漁村和小鄉鎮的風俗畫，由幼兒的眼光看去，更覺得視角獨特，描摩真摯。所以書雖簡薄，但讀過之後，對那一時代世俗的印象卻頗深厚，竟好像又讀了一遍《紅樓夢》一般。

不過，我讀著這書，聯想得最多的，還是魯迅的《朝花夕拾》。我很奇怪，這兩部書實在有太多的相似之處。《朝花夕拾》也是作者在中年以後，歷經人世的滄桑，受著「思鄉的蠱惑」，「想在紛擾中尋出一點閒靜來」，這才陸續寫出，在《莽原》上刊載的。結集出版時，周氏兄弟早已反目，但周作人曾表示十分喜愛這本薄薄的回憶文，只恨其篇頁太少。對《如夢記》，周作人也說「就只覺得太簡少一些，有點可惜」（見〈譯者序〉）。可見周作人對此二書的感覺也是相近的。兩本書中都寫鄉間的節慶和賽會，寫家族鄰里對兒童的態度，寫兒時的遊戲和讀物，寫家庭的窘困和生病的老人，尤其是著墨較多地寫家中與學校開蒙教育的情形，使人覺得它們是如此奇妙地對稱著。周作人的《如夢記》，是「庚戌年秋日……在三田所購得」，在一間卑陋小書店的「小書架上不意得見此冊，殊出望外，以此至今不忘，店頭狀況猶恍惚如見」。那是一九一〇年的事。對他來說這次得書的喜悅不會是暫時的。我們不知他是否將這喜悅告訴國內的魯迅，或者乾脆將書寄回國內（那幾年兩人相互寄書十分頻繁）；但至少，周作人回國後，兩人的書是放在一起讀的，在北京期間書也並不分開。乃弟如此喜歡的書，乃兄不至於視而不見。我猜想，魯迅的《朝花夕拾》很可能是受了文泉子啟發或影響的，只是無法找到證據。一九一〇年的《魯迅日記》已付闕如，周作人那時又未記日記，這真是件令人莫可奈何的事。

周作人說：「在日本有過明治維新，雖已是過去的事，但中日兩國民如或有互相理解之可能，我想終須以此維新精神為基礎。」這是一句很鄭重，也很值得玩味的話。《如夢記》所寫的就是周氏兄弟和大批中國留學生最為懷戀的這一維新時期，書中的情景與他們當初的所見無疑會相互映現。從中，人們也可看出周作人重視此書翻譯的理由來了。我想還是和《朝花夕拾》對照著談。魯迅所作的〈范愛農〉等篇，分明寫出了辛亥革命的不徹底性，寫出了中國底層對於這場變革的茫然漠然。而明治時代的日本，雖然沒有那麼大的革命，卻在偏僻的鄉間也隱約可見變革的風氣，看得出人們對各種外來事物的新鮮感和興趣。在教育上，在孩子的課本上，這種變革尤為明顯。讀〈五猖會〉和〈從百草園到三味書屋〉，那舊式教育的荒唐不經與不近人情，是顯而易見的；而《如夢記》中日本的家庭教育和學校教育，雖也有不合理處，卻分明存在不少感人至深的地方。如母親手把手地教寫字以前，預先作了種種宣傳，引起孩子的興趣；一開始習字要求很低，但寫好了母親就請父親在字上畫梅花，以作鼓勵；以後讀書時父親也不教讀四書五經，而是找來了有現代知識的圖畫書，「看了圖畫念下去的，並無什麼困難……」對照著魯迅的作品讀，就愈能看出這種教育背後深刻的人情味。學校裏的老師各不相同，也有搞體罰捆吊學生的，但一位村上先生總是和善親切，很受大家的歡迎，他臨走時的一番「訓誡」，讓孩子們流出了眼淚。這場面委實感人，它使我想到了黑柳徹子的《窗邊的小豆豆》，後者的故事發生在幾十年後，但那位校長和此處的村上先生，在教學的觀念上卻是一脈相承的。魯迅和周作人都曾稱讚日本的國民性，這裏所體現的，都是那國民性中很美的一面吧。

美國女人類學家本尼迪克特在那本著名的《菊與刀》中，將日本民族的矛盾性格歸因於幼兒教養與成人教養的不連續性，此說雖有偏頗，卻不是全無道理。她認為日本的人生曲線和美國的正相反：日本允許嬰兒和老人享有最大的自由。「日本人都認為，幼兒期的數年間，從形成遊伴到小學三年級，亦即大約直到九歲左右，是強烈主張個人本位主義的。」而文泉子筆下那夢一般的記憶，所圍繞的也正是這樣一個年齡段，這當然不會是簡單的巧合。我想這恰恰體現了日本、美國和中國（包括中譯者在內）的知識階層的充滿理性與情感的共識。在揭揚這種美麗傳統的同時，文泉子也時時流露對於日本的野蠻傳統的厭惡，這大約也是譯者終於提起筆來的動力之一吧。如第五章中，寫孩子跟父親去看「活人形」，那陰慘可怕的滾落的首級，使作者反感異常：「那充血的眼色現在想起來也還彷彿就出現於眼前，引起非常不愉快的心情。」——有趣的是，這樣的心境與這種言語方式，竟都是周作人式的！第四章裏有一段，讀著更讓人起疑：

……這叢林深處的小祠堂裏便供奉著被殺的姨太太，就是現今在夜間十一點鐘過後，說是可以聽得見女人走路的腳步聲，踢噠踢噠的響著，這是在叢林側旁的租屋裏的米鋪女主人正正經經的所說的話，又說當初搬來的幾時，聽得有點發慌，不大睡得著，現在慣了便一點都沒有什麼了。聽慣了女人的腳步聲，坦然自若的，想起來這倒更是可怕。

這一段中的最末一句，真讓人懷疑是譯者自己加上去的。因為這種獨特的感覺，這種在尋常中體驗出非同一般的悲涼來的習慣和能力，實在太周作人化了！但從譯者認真的態度看，卻又沒有這種添加的可能；何況還有日文原本可供參照。

看來只能有一種解釋，即文泉子與周作人，是兩位生長於不同國度，而心靈異常投契的作家。從來的翻譯，被稱為神品的，惟以這種心靈投契為前提，方有可能。為此，我想，對於周譯《如夢記》以及那本《盧奇安對話集》，我們確要特別加以關注才是。

寫於一九九八年五月末

附錄三 樂感文化、俗世情懷與希臘精神

去年盛夏，移居美國的李澤厚先生曾回國小住，中間也曾到上海講學。趁講學間隙，我們陪他看望了因眼疾住院的王元化先生，後又同他進行了一場小範圍的聚談。李先生快人快語，風度不減當年，針砭時弊，月旦人物，真稱得上口無遮攔。我們同他談到周作人與張愛玲。和過去一樣，這兩個人，李先生都「不喜歡」。尤其對周作人，他說，他的一些重要文章，有的還是藝術上屬上乘的至文，都寫於敵偽時期，這讓我覺得不可理解，甚至不可諒解。對張愛玲的不喜歡，很大程度上恐怕也是出於同一原因。我不很同意他的觀點，便舉知堂那篇廣受詬病的〈野草的俗名〉為例。此文按文末標注，完稿時，是「二十六年八月七日在北平」。文章雖只三千餘字，但寫得十分結實，引文極多極雜，文字的行進相當緩慢，看來並非一、二日所能完成的。而「二十六年八月七日」，即一九三七年八月七日，也就是「七七事變」起始後整一個月，當時北平城中之緊張混亂可想而知。周作人在這樣的時候埋頭寫這樣的文章，當然容易為人所不能理解。但真的想一想，他是否就是心安理得，甚至心境愉快地在寫這樣的文字？只要把他早年所寫的、題材與之相類的〈故鄉的野菜〉拿來一比，前者的輕盈平和與後者的沉滯苦澀，是一眼就能看得出來的。〈野草的俗名〉最後寫道：「中國方言亟待調

查，聲韻轉變的研究固然是重要，名物訓詁方面也不可閒卻，這樣才與民俗學有關係，只怕少有人感興趣。不單是在這時候沒有工夫來理會這些事也。」這也曲折地透露了寫作時不尋常的外界氣氛。我覺得，那些日子，他與普通北平市民一樣，也是處於惶惑與焦慮中的，只是他以自己多年形成的方式，強使自己沉入到學問與研究中去，讓心靈逃遁喧囂的塵世，獲得一種暫時的寧靜。他這種內心苦澀，藏得很深，一般人難以讀解出來，而衝鋒陷陣的將士更是不屑於顧及其間的微意。這正如魯迅在談到〈知堂五十自壽詩〉時所言：「至於周作人之詩，其實還是藏些對於現狀的不平的，但太隱晦，已為一般讀者所不憭……」（一九三四年五月六日《致楊霽雲信》）李澤厚先生聽後，沉吟片刻，說：「我不喜歡還是不喜歡，沒辦法。我也曾找了一些他的書來看，但看後還是不喜歡。藝術上的喜好與否，有時就是一種偏愛，說不出多少道理。要承認這種偏愛。」我想，作為一位資深的美學家，他說的是有道理的。

在上海期間，李先生講得比較多的，還是他近十幾年來所集中思考的「歷史本體論」和「樂感文化」等。在他離滬後，我重新捧讀他的《實用理性和樂感文化》（三聯書店二〇〇五年一月版），卻有了一點異樣的發現。此書中多次寫到，海德格爾的「未知死，焉知生」與孔老夫子的「未知生，焉知死」，正可形成一個對照——

> 依據Heidegger，只有排除「活在世上」「與他人共在」而專注於「前行到那無可避免的死亡」而敞開的多種可能性中的自覺選擇和自我決斷，才有真正的在。……面向死亡的個體情感是獨

一無二、無可替代的。……這種「未知死焉知生」的死亡哲學，給予人的並不是怯懦、消極或悲觀，而是勇敢，悲情，奮發，衝力。……Heidegger的「未知死焉知生」的反理性哲學，正是以極度抽象的理性凝聚鄙棄日常生活和生存以製造激情的崇高，從而也使這種感情可以引向某種深沉的狂熱。

……恰好相反，「未知生焉知死」強調的是，以普通日常生活為本根實在，以細緻、豐富、多樣的人世冷暖為「本真本己」，以「活在世上」的個體與他人的你、我、他（她）的「共在」關係，來代替個體與Beine（劉注：在，存在）或上帝的單向卻孤獨的「聖潔」關係。「未知生焉知死」將「神聖」建立在這個平凡、世俗、具體的現實生活之中。這就是「道在倫常日用之中」，就是「布帛菽粟之中，自有許多滋味，咀嚼不盡」（明張岱書信），就在此平凡世俗中去窺探生存的本體、存在的奧秘。……我曾一再徵引納蘭性德「當時只道是尋常」：你的日常世俗生活中的種種滋味，其實並不尋常。一部《紅樓夢》之所以為中國人百讀不厭，也就因為它讓你在那些極端瑣細的衣食住行和人情世故中，在種種交往活動、人際關係、人情冷暖中，去感受那人生的哀痛、悲傷和愛戀，去領略、享受和理解人生，它可以是一點也不尋常。

（參見八〇—八五頁）

我之所以抄引這麼多，一是因為這些話確實說得好，將孔子與海德格爾的哲學作這種旗幟鮮明的對比，至少在我真是茅塞頓開；第二，則是因為由此想到了周作人。周作人曾經說過，他不喜歡一切激動的形態，並認為人在激動時，那表情也是醜陋的。「我的理想只是那麼平常而真實的人生，凡是熱狂的與虛華的，無論善或是惡，皆為我所不喜歡……」（《書房一角》原序）他所信奉的人生哲學，與海德格爾的相去甚遠，這是不言而喻的。然而他，還有張愛玲，與「未知生焉知死」的哲學，卻又離得那樣近，彷彿日常的一舉一動，都早已融和在這哲學裏了。而李澤厚先生所說的「樂感文化」，正是以這樣一種「樂生」的哲學為內核的。於是我想到，如要進一步論述中國人的「樂感文化」，尤其是這一文化在精英層的體現，那麼，為李先生所不喜的周作人和張愛玲，也許恰恰可以成為最好的例證。

在說「樂感文化」時，李先生很喜歡舉的一個例子，是「一人得道，雞犬飛升」。得道的人在上天之際，所能想到的未來的神仙生活，還是離不開自家的雞和犬，可見俗世的日常歲月，在他心目中幾乎佔據了永不可動搖的位置。張愛玲和周作人也是這樣的，不管他們的文章如何雅，卻總也離不開一種與生俱來的俗世情懷。明乎此，我們才有可能把握這兩位頗具天才的作家的藝術風格和趣味特徵，也才能真正讀懂他們的一些看似清淺平實，其實內涵豐饒的文章。

先來說張愛玲。上世紀六〇年代初，張愛玲曾悄悄到臺灣，住了一段時間。當時接待她的年輕作家王禎和，在二十五年後追憶過這段往事。他們在臺北國際戲院對面的餐廳用飯時，張愛玲對隔開幾桌的七、八個婦女很感興趣，輕輕地對王禎和說：她們大概是小學老師。王頓覺她的推斷有理，因她們穿著樸素卻又相當活潑。他帶她遊花蓮市，她對街上陋巷酒家裏的各色人物都充滿興趣。在風化區後面花蓮最古老的城隍廟，她望著四根廟柱上的對聯看了半天，然後很歡喜地說：「我知道，我知道意思了。」在花岡山看阿美族豐年祭，她看得頂認真。有舞蹈家上來遞名片、談天，說這些舞不好，如果給他編的話，可以更好。張愛玲私底下對王禎和說：「山地舞，要他來編幹嘛？」去花蓮旅行時，王禎和奉白先勇之命帶了一套完整的《現代文學》雜誌送她，張愛玲說自己行李多，她沿途看完了就還他。於是，在他那開雜貨店的家裏，張愛玲捧著木瓜，一邊用小湯匙挖著吃，一邊看《現代文學》，那悠閒自在的樣子，二十多年來，一直讓王禎和清晰地記著……

我覺得這些回憶真切極了。只要認真讀過她的作品，就不難想像，她對俗世的一切，會有怎樣濃厚的興趣。對此，王安憶的分析，也許更進一步。她在〈世俗的張愛玲〉一文中寫道：「她對日常生活，並且是現時日常生活的細節，懷著一股熱切的喜好。在〈公寓生活記趣〉裏，她說：『我喜歡聽市聲。』城市中，擠挨著的人和事，她都非常留意。開電梯的工人，在後天井生個小爐燒東西吃；聽壁腳的僕人，將人家電話裏的對話譯成西文傳給小東家聽；誰家煨牛肉湯的氣味。這樣熱氣騰騰的人氣，她是喜歡的。」然而，她對現時生活的愛好，卻正是出於對人生的恐懼。就在這篇散文裏，張愛玲在饒有興味地描述了一系列日常景致後，忽然總括了一句：「長的是磨難，短的是人生。」王安憶隨後的總結相當精闢：「於是，這短促的人生，不如將它安在短視的快樂裏，掐頭去尾，因為頭尾兩段是與『長的磨難』接在一起的。只看著鼻子底下的一點享受，做人才有了信心。」她認為，張愛玲是「如此貪婪地抓住生活中的可觸可感。她在千古之遙，屍骨無存的長生殿裏，都要找尋出人間的觸手可及的溫涼」。「她不喜歡小提琴，因為太抽象，而胡琴的聲音卻貼實得多，『遠兜遠轉，依然回到人間』」。

其實，張愛玲和周作人所處的時代，是真正意義上的亂世。他們在作品中對俗世細節的津津樂道，往往正是借自己對於日常生活的這種濃烈興趣，以寄託自己難以平復的情懷。李澤厚所說的「雞犬飛升」，是在得道時，在得意成仙的當兒，猶不能捨棄日常的世俗的種種，李先生即以此闡釋國人遠不同於海德格爾的「樂感文化」；那麼，現在，張愛玲和周作人，則是在亟需求得一個心靈的避難所時，同樣（甚至更其）離不開他們的俗世的興味。這不是很有趣的現象麼？

再來說說周作人。上述的〈野草的俗名〉，就是一個在板蕩的亂世中，希圖憑藉自己對方言、俚諺、民俗、古籍、植物的興趣，通過對它們的整理和研究，以求得自己暫時的內心平靜的知識份子的寫照。這和張愛玲「貪婪地抓住生活中的可觸可感」，是頗有幾分相像的，雖然他們是那麼不同的兩個人。在周作人的一生中，有兩個階段，可說是他最感苦悶的時期，苦悶到連文章也不想再寫了。其一是一九二七年國民黨「清黨」以後，他由悲憤進入到極度的失望。至一九二八年，國民黨軍隊開進北平，在一片白色恐怖中，他寫了那篇著名的〈閉戶讀書論〉，提出：「不滿和不平積在你的心裏……總有一天會斷送你的性命。」「苟全性命於亂世是第一要緊，所以最好是從頭就不煩悶。……其次是有了煩悶去用方法消遣。」而對於一般「寒士」來說，最好的方法莫過於閉戶讀書了：「宜趁現在不甚宜於說話做事的時候，關起門來努力讀書，翻開故紙，與活人對照，死書就變成活書，可以得道，可以養生，豈不懿歟？」可見，讀書並不是死讀，還得與當下的人生相照應才有意味。此後的一九二九年，他幾乎沒怎麼寫文章，一直到一九三二年，他才將這幾年的新作合編成一本薄薄的《看雲集》，總共才十萬字。對他來說，這真是一個很突出的低產期。查查《看雲集》的篇目也是一件有意思的事，那裏除了寫於一九二九年的那三篇重要的雜文〈娼女禮贊〉、〈啞巴禮贊〉、〈麻醉禮贊〉外，主要就是兩類文章，一類是談書的，其中序跋占了大半；另一類就是關涉普通世俗人生的，諸如：〈中年〉、〈體罰〉、〈吃菜〉、〈論居喪〉、〈村裏的戲班子〉、〈關於徵兵〉和〈草木蟲魚〉等。其中〈草木蟲魚〉最有代表性，在其「小引」中，他一下筆就引用了明李日華的話：「世間無一可食，亦無一可言。」後又說，「現在姑且擇定了草木蟲魚，為什麼呢？第一，這是我所喜歡，第二，它們也是生物，與我們很有關係，但又到底是異類，由得我們說話。」這裏既有對國民黨的不准說話的抗議，卻也透露了「這是我所喜歡」和「與我們很有關係」這兩層重要意思。此文除小引外，餘下的七節分別是：「金魚」、「蝨子」、「兩株樹」、「莧菜梗」、「水裏的東西」、「案山子」、「關於蝙蝠」。不妨對照一下他七年後所寫的〈野草的俗名〉，也是八節：「臭婆娘」、「官司草」、「黃狗尾巴」、「碰鼻頭草」、「老弗大」、「天荷葉」、「牌草」、「鹹酸草」。其趣味之相近，一望即知。在前者的〈水裏的東西〉的篇末，還有一段值得玩味的話：「人家要懷疑，即使如何有閒，何至於談到河水鬼去呢？……我們平常只會夢想，所見的或是天堂，或是地獄，但總不大願意來望一望這凡俗的人世，看這上邊有些什麼人，是怎麼想。社會人類學與民俗學是這一角落的明燈，不過在中國自然還不發達，也還不知道將來會不會發達。我願意使河水鬼來做個先鋒，引起大家對於這方面的調查與研究之興趣。」這與前面引過的〈野草的俗名〉文末的話，又是多麼相似！周作人的第二個大的苦悶期，即一九三七年他寫下〈野草的俗名〉之後的那幾年，他幾乎不願再發表什麼東西了，一九三九年四月末寫〈玄同紀念〉時，還在文末特意聲明：「……我於此破了二年來不說話的戒，寫下這一篇小文章，在我未始不是一個大的決意，故以是為故友紀念可也。」在他後來的《知堂回想錄》中，也專設了一節〈從不說話到說話〉，介紹了他當時的思想。一九四二年出版的《藥味集》是他重又陸續撰文後的一本選集，僅薄薄八萬餘字，看一下篇目也十分有趣，除談書論文憶人的文章外，其餘一半以上，竟都是寫世俗人生的，除卻〈野草的俗名〉，尚有〈禹跡寺〉、〈賣糖〉、〈撒豆〉、〈上墳船〉、〈緣日〉、〈蚊蟲藥〉、〈炒栗子〉等。而談書的，如〈四鳴蟬〉、〈老老恒言〉、〈元元唱和集〉、〈關於朱舜水〉、〈關於楊大瓢〉等，其實還是借中外的雜書在寄託他那俗世的情懷。可見，越是苦悶的時候，他越是想從凡俗的民間找到精神避難的處所。也正是在《藥味集》序中，知堂說出了那段關於自己文章的廣為流傳的話：「拙文貌似閒適，往往誤人，唯一二舊友知其苦味，廢名昔日文中曾約略說及，近見日本友人議論拙文，謂有時讀之頗感苦悶，鄙人甚感其言。」

在周作人埋頭於翻譯的一九五五年，還曾編過一本《明清笑話集》（後以《明清笑話四種》為書名，於一九五八年由人民文學出版社出版），他在此書的長序中引用了這樣一段談趙南星的話：「予於梁宗伯處見其所作填歌曲，乃雜取村謠俚諺，耍弄打諢，以泄其骯髒不平之氣。所謂雜取村謠俚諺者，樂府如是，〈笑贊〉亦如是，此其所以不見重於士大夫而轉流播於里巷歟。」這段引文堪稱妙絕。知堂慣會在不動聲色間，借別人的話作夫子自道。這種「雜取村謠俚諺」，不正是〈野草的俗名〉與〈草木蟲魚〉的作文金針嗎？而之所以這麼作，不正因為苦悶，因心中有「骯髒不平之氣」麼？這段引文，其實也悄悄道出了中國文學史上一股不甚引人注目的潛流——自《詩經》《樂府》到古代文人整理的民間笑話，到「竹枝詞」之類，再到「五四」後的「鄉土小說」（廢名是一早期代表），民俗方面的美文（有江紹原、顧頡剛、鍾敬文等），還有張愛玲的市民小說和散文，似還應包括知堂的《兒童雜事詩》——或許在俗文學史中，這會是個重要的流脈？但它們由俗而雅，事實上很難歸類。

不妨設想一下，如果是一個從未接觸過張愛玲與周作人作品的西方人，只知道他們在亂世中想通過寫作獲得一點心靈的解脫，那麼，很可能會把他們的創作想像成虛無縹緲的「出世」境界，即如周作人所說：「或是天堂，或是地獄，但總不大願意來望一望這凡俗的人世」，因為俗世已經夠煩人了。許多西方的作家、藝術家走的正是這一條路，現正在全世界走紅的英國學者路易斯取材於二戰的《納尼亞傳奇》，也是取的這種由苦難的現實逃向幻想之路。但張愛玲和周作人偏偏是「入世」的，他們竟能在充滿苦難的俗世不斷找到讓其津津樂道的瑣細而有趣味的東西，這也是他們「愛人間」的一種證明。這裏確有獨特的中國智慧和中國情懷。這樣的創作取向，用李先生的「樂感文化」加以詮釋，我想是一點也不為過的。

然而，真要說這種對普通的日常瑣細的興趣，唯中國所獨有，那也不免武斷。在日本文化中，向來就有「故意往清茶淡飯中尋其固有之味」的審美傾向，這一直為知堂所傾慕。我們當然可以說這是日本的古代文化汲取了中國的「樂生」的內核。但有趣的是，在古希臘，也有這樣的智慧和情懷。在英國學者基托的《希臘人》（上海人民出版社一九九八年版）中，通過對荷馬史詩的分析，論述了希臘民族那種高度悲劇性的性格，但又說，這並不等於他們「將生活視為乏味之物」。他寫道：「荷馬在描寫戰鬥場面時饒有興味，對其他任何東西的描述也同樣充滿了熱情。他看任何一件事物，都帶著強烈的興趣，無論是奧德修斯建造他的小艇，還是英雄們在營地生火做飯，享用豐盛的晚餐，晚宴後常常還有唱歌。……他們對各種活動（自然的、心智的、情感的）均有永不饜足的胃口，在從事各種活動，以及觀察他們如何行事方面有著永無止境的喜愛。幾乎每一頁荷馬的著作都可以為此作證。悲劇的潛流絕不是感覺生活不值得過……」（七〇頁）古希臘民族性中那種崇尚榮耀、敢於英勇赴死的悲劇性格，與熱愛普通日常生活，對世間一草一木充滿興趣的情懷，正好形成強烈的對照和完整的補充。（這是不是可以看作對「不知死焉知生」哲學與「不知生焉知死」哲學的一種古已有之的奇妙整合呢？）這種希臘精神令知堂十分嚮往，他自己所一直標榜的「流氓氣」和「紳士氣」，恐怕就和這種兩極的性格追求大有關係。可惜他終究不是希臘人，越到後期，他身上的「流氓氣」就越顯不足了。

其實知堂一生寫過很多關於古希臘的文章，他對希臘精神的體會是極為深刻的。在一九二六年的講演稿〈希臘閒話〉中，他把這一精神（也就是希臘人人生觀的特點）概括為二：一是現世主義，一是愛美的精神。這與我們上文從基托書中引出的兩點，正好對應。有趣的是，在分析現世主義時，他從神話中的兩種說法入手，介紹了關於「死後生活如何」的希臘式思考，結果，他們「完全把現世的快樂搬到死後去了」，「因為覺得現世的可愛，所以要更進一步把現世的狀態延長」。這與我們這裏的「雞犬飛升」實在有異曲同工之妙。但知堂的結論，卻是對於我們的「國民性」的批判：「中國的現世主義是可佩服的……不過中國文明沒有希臘文明愛美的特長，所以雖是相似，卻未免有流於俗惡的地方。」在寫於一九三六年的〈希臘人的好學〉（收入《瓜豆集》）中，他又尖銳指出：「好學亦不甚難，難在那樣的超越利害，純粹求知而非為實用。——其實，實用也何嘗不是即在其中。中國人專講實用，結果卻是無知亦無得，不能如歐幾里得的弟子賺得兩角錢而又學了幾何。中國向來無動植物學……有關於草木蟲魚的記述，但終於沒有成為獨立的部門，這原因便在對於這些東西缺乏興趣，不真想知道。本來草木蟲魚是天地萬物中最好玩的東西，尚且如此，更不必說抽象的了。」在寫於一九二一年的〈新希臘與中國〉（收入《談虎集》）中，說得更是一針見血：「中國人近來常常以平和耐苦自豪，這其實並不是好現象。我並非以平和為不好，只因中國的平和耐苦不是積極的德性，乃是消極的衰耗的證候……」這些話，現在讀來，仍能給人一種強烈的震撼。

看來，對於中國的「樂感文化」，我們還不能滿足於點到為止，更不能盲目以此自豪，而應作更深一層的剖析。至少，它是存在消極與積極這兩面的。消極的「樂生」，其實只是「生」著而已，只是隨波逐流地「衰耗」下去（周作人在〈新希臘與中國〉中甚至說，「中國人實在太缺少求生的意志」，對照目下中國自殺率的居高不下，這或許正能為我們提供新的解釋途徑）；而積極的「樂生」，那是要有一點希臘式的進取精神的。周作人與張愛玲遭逢亂世，閉戶寫作，過去常遭人詬病，但至少在寫作上，他們並未虛度時日，一直保持著求知向上的欲望，仍在積極進行探求和創造，包括對於「草木蟲魚」和「野草野菜」的研究，這恰恰不是一味「衰耗」，而都具有一定的建設性。他們那時的作品後來一直有著較強的生命力，這也可說是原因之一。現在看來，他們（尤其是周作人）是雜取了西方和世界的各種優秀文化，在融合中改造著我們所本有的樂感文化，而不只是在原有的文化中坐享。他們的身心經歷和文化實踐，不也應該成為我們重要的研究對象，並成為我們今天對待傳統的樂感文化的一種有益的參照麼？

寫於二〇〇六年二至三月間，春寒料峭

附錄四 〈中國的思想問題〉及其他

一、疑團種種

錢鍾書先生在《舊文四篇》中，說過一段極有意思的話：

新傳統裏的批評家對於舊傳統裏的作品能有比較全面的認識，作比較客觀的估計，因為他具有局外人的超脫……除舊佈新也促進了人類的集體健忘、一種健康的健忘，把千頭萬緒簡化為二三大事，留存在記憶裏，節省了不少心力。所以，舊文藝傳統裏若干複雜問題，新的批評家也許並非不屑注意，而是根本沒想到它們一度存在過。他的眼界空曠，沒有枝節零亂的障礙物來擾亂視線；比起他的高瞻遠矚來，舊的批評家未免見樹不見林了。

這裏提出了歷史的當事人的「見樹不見林」，雖然談的是文學傳統與文學風氣，其實卻適用於一切歷史現象。但他隨即又說了另外一段：

不過，無獨必有偶，另一個偏差是見林不見樹。局外人的話可能是外行話；彷彿清官判斷家務事，有條有理，而對於委曲私情，終不能體貼入微。（〈中國詩與中國畫〉）

近些年聽到的對於錢先生的批評，無非是兩條：一是他的諷刺的「無情」（與此相應的即是「好罵人」），二是讀書極多但未必有學術創見。其實這都是不確的。上述「見樹不見林」與「見林不見樹」，對於史的研究就極具啟發性。在他的文字中，像這樣「不經意」地帶出的重大創見，可謂比比皆是，只望我們後人不要辜負這一富礦才是。

讀周作人的〈中國的思想問題〉，及寫於此前此後的〈漢文學的傳統〉〈中國文學上的兩種思想〉〈漢文學的前途〉等，再聯繫今人對於它們的種種評論，我就不能不時時想到錢鍾書「見樹不見林」與「見林不見樹」的論斷的普適性。

周作人這四篇文章都收在《藥堂雜文》中，此書一九四四年一月由北京新民印書館初版。四篇之中，最重要的，在當時和後來引起反響和爭議最多的，便是〈中國的思想問題〉。它完稿於一九四二年十一月十八日，發表在一九四三年一月號的《中和月刊》上，後經人譯成日文刊發於日本改造社的《文藝雜誌》。

以現在的眼光看去，此文確是存在許許多多的疑問。比如，周作人一向是反儒的，在這篇文章中，卻正面肯定了儒家思想，他是不是為了迎合日本佔領軍的需要，在思想上也根本轉向了？

又如，他的文章一向隨意瀟灑，最反對八股腔和枯燥的高頭講章，但這一篇卻純粹說理，少有情趣，是不是他自落水以後，文學上也一落千丈，無法再保持自己一貫的風格了？

再如，抗戰勝利後，在老虎橋獄中，黃裳先生曾問他「是否還有許多集外文沒有收集」，他說沒有了。黃提起自己曾在《中華日報》上剪存〈參拜湯島聖堂紀念〉一文，周說：「這些應酬文章照例是不收集的。」（〈老虎橋邊看「知堂」〉）看來，至少，周作人在敵偽時期因自己的身份不得不寫的東西，他是決不會收到自己集子裏去的。身份是身份，文章是文章，這一點他是不含混的。大凡自編的文集，他始終視為「自己的園地」。但〈中國的思想問題〉等文中也曾提及被日本佔領軍「說的爛熟了」的「共存共榮」、「大東亞文學」這類用語，為什麼它們不被視作「應酬文章」？

還有，知堂作文一向謹嚴，文中不常有重複內容，寫不出的時候決不硬寫，有時做一篇序因找不到感覺會一拖再拖，實在不行時「一序兩用」他也會一再聲明。但他的這組文章（還可包括此前此後所寫的另一些文章），內容上卻是一再重複，幾段引文一用再用。到了編集時，他竟也不避重複，把四篇文字全都收進了同一本《藥堂雜文》，這又是為什麼？

知堂原已聲明「文學店關門」，決定不再談文學問題，而到這時，卻又大談特談「漢文學的前途」之類，這一點早已有人拈出，它正可與上述「尊儒」等看似反常的現象一併探討。

這種種疑團，若能將那四篇文章過細研讀，其實都是解得開的。但因時過境遷，對知堂和那段歷史又都覺得早有結論在先，所以，就正如〈野草的俗名〉中知堂說過的那樣：「只怕少有人感興趣。不單是在這時候沒有工夫來理會這些事也。」這也正是錢鍾書先生所說的「見林不見樹」。

二、從反儒到尊儒

我們先來試說「尊儒」問題。這個疑團一旦解開，其他疑團也就不難解了。

知堂的確「反儒」，這是那一代「五四」健將共同的思想特徵。但如仔細分析，而非「見林不見樹」，那我們又會發現，他們其實又是各各不同的。對於儒家經典的「經」，周作人一向的觀點是：讀了「毫無用處」。所以他覺得「那些主張讀經救國的人真是無謂極了」。（〈我學國文的經驗〉，一九二六年）而重讀《論語》，「所得的印象只是平淡無奇四字」。「我從小讀《論語》，現在得到的結果，除中庸思想外，乃是一點對於隱者的同情，這恐怕也是出讀經救國論者『意表之外』的吧？」（〈《論語》小記〉，一九三五年）他認為，上世紀二〇年代中期趁「五四」落潮而發起的尊孔狂潮，「全是表示上流社會的教會精神之復活，熱狂與專斷是其自然的結果，尊孔讀經為應有的形式表現之一」。（〈讀經之將來〉，一九二五年）至於舊書中最惡劣的影響，周作人認為「倒並不著重在三綱主義上面，最討厭的還是在別的地方，簡單的說乃是卑鄙」。他所指的，一是「迷信」，以迷信的方式散佈士大夫「烏煙瘴氣的禍福觀念」；第二則是勢利，「人的標準是科名與官職」，一說到某人必定要以一大串功名符號相稱，這是有科舉的歷史的中國所特有的習俗。（〈讀舊書〉，一九四九年）對於此類惡劣影響，他的另一更簡捷的表述方式，則是「奴隸性」。他總結說：「幾千年來的專制養成很頑固的服從與模仿根性，結果是弄得自己沒有思想，沒有話說，非等候上頭的吩咐不能有所行動，這是一般的現象，而八股文就是這個現象的代表。」（〈論八股文〉，一九三〇年）把他的這些「反儒」以至反專制反八股的言論串聯起來，我們可以看到一種真正「周作人式」的思路，它既不同於「隻手打孔家店」的吳虞，也有別於胡適和魯迅。他更注重於儒家在民間的、瑣細的、個人性上的負面影響。他的這一思路，即使在今天，也仍是極有價值的思想材料。

然而，對於原始的早期的儒家，周作人其實並不十分反感，他在一九三六年時就說過：「老實說，我自己也是儒家，不過不是儒教徒，我又覺得自己可以算是孔子的朋友，遠在許多徒孫之上。」（〈《逸經》與《論語》〉）當然對此他先前不作太多強調，這也許正如魯迅在「五四」時期也顧及到「須得聽將令」吧。他到後來，對於儒家如何走向末路，曾有過很明晰的勾勒：「孔孟自己也主張黎民不饑不寒，這是中國人的根本思想。後來走了岔道，出了一種官派的聖人，即士大夫，以聖道獵官，自漢迄今二千餘年；又一種和尚派的聖人，即道學家，談玄說理，自宋迄今一千餘年，終於歸併，主宰政治與學術，為封建制度作支持，於是聖人之名掃地矣。於今要綴緝聖人遺編，便已一無是處，重要的是在整理批判，還它一個本色真相出來……」（〈經學史的教訓〉，一九五〇年）瞭解了這一層，再回頭去看他一九四二年時所提出的「尊儒」的話，我們就會發現，雖然看上去突兀，但於他的一貫思想，其實並無根本的衝突。

在〈中國的思想問題〉中，周作人將「中國的中心思想」歸結為「儒家思想」，而對他所稱的儒家，卻又有很明確的界定：

……中國的中心思想本來存在，差不多幾千年來沒有什麼改變。簡單的一句話說，這就是儒家思想。可是，這又不能說得太簡單了，蓋在沒有儒這名稱之前，此思想已經成立，而在世人已以八股為專業之後也還標榜儒名，單說儒家，難免淆混不清，所以這裏須得再聲明之云，此乃以孔孟為代表，禹稷為模範的那儒家思想。

這就把早期儒家與後來的儒家區分開了。在兩年前，寫〈漢文學的傳統〉時，他也說過相似的話：

其實我的意思是極平凡的，只想說明漢文學裏所有的中國思想是一種常識的，實際的，故稱之曰人生主義，這實即古來的儒家思想。後世的儒徒一面加重法家的成分，講名教則專為強者保障權利，一面又接受佛教的影響，談性理則走入玄學裏去，兩者合起來成為儒家衰微的原因。

這一段與前面引過的「官派的聖人」與「和尚派的聖人」的話，是一個意思的兩種表述，對起來看很見趣味，其實是很精確地表達了他對董仲舒獨尊儒術與宋明理學產生這兩次「儒學復興」的基本看法。當然，他也在一些地方說過：後儒之所以變得如此不堪，與早期儒家（如孟子）自身存在分裂的因素也有關係（即「為君」與「為民」，〈道德漫談〉與〈中國文學上的兩種思想〉都談到這一層）。據此，說他一貫反儒固無不可，但與他在這時倡揚「古來的儒家思想」（主要是「為民」的思想）卻也並不矛盾。

在寫〈中國的思想問題〉的兩年之後，他又說過一段話，這一次就更明確了：

我自己承認是屬於儒家的，不過這儒家的名稱是我所自定，內容的解說恐怕與一般的意見很有些不同的地方。我想中國人的思想是重在適當的做人，在儒家講仁與中庸正與之相同，用這名稱似無不合，其實這正因為孔子是中國人，所以如此，並不是孔子設教傳道，中國人乃始變為儒教徒也。（〈我的雜學．之四〉）

由於這是過後的總結性的話，提法上更明快，把他以前分散說的幾層意思也都捏在一起了。這就是：一、他所尊的儒家是他「自定義」的；二、這儒家思想即原始的中國思想；三、這思想的核心是做人，儒家的「仁與中庸」正合於此；四、是先有這思想而後有儒家，孔子也因為是中國人，所以才會有這思想；五、這思想是中國人本有的，不是設教傳道，「從外面灌輸進去」的。

這裏還需補充一個很關鍵的前提：既然先有這中國思想，而後再有儒家，為什麼一定要稱其為儒家呢？其實他也可以不這麼稱謂的，因為他在許多地方都說過，早期的儒家和其他各家的界限未必十分分明：「據我看來，道儒法三家原只是一氣化三清，是一個人的可能的三樣態度，略有消極積極之分，卻不是絕對對立的門戶……」（〈談儒家〉，一九三六年）又曾說：「蓋儒而消極則入於楊，即道家者流，積極便成為法家，實乃墨之徒，只是宗教氣較少，遂不見什麼佛菩薩行耳。」（〈禹跡寺〉，一九三九年）但他還是把這繁複的「中國思想」統稱為儒家，這與當時淪陷區的文化氣氛直接有關，也就是說，他這樣說，是有其針對性的。只有瞭解了這一語境，我們才能體會他的用意。

原來，當時，日本佔領軍的宣傳人員正把經由他們解釋的「儒家思想」作為意識形態，強加給中國老百姓。他們認為中國人已無力理解儒教，便寫出一批倡導日本「皇道」和「武士道」的文章，充當他們的儒教宣傳和對所謂「中心思想」的「啟蒙」。並找一些有代表性的中國人也加入宣傳攻勢，如一九四二年九月二十四日（即周作人寫〈中國的思想問題〉一個多月前）《香港新聞》就有如下報導：

孔憲章是孔子七十二代後裔，現正在東京接受眼疾治療。他宣稱，在中國，「必須要使人民意識到，他們在受西方思潮的蒙蔽」。他指出，孔子一直是日本人民的精神支柱。他還說，可是

在中國，由於蔣介石的壓制，儒家思想已被它的人民忘懷了。（轉引自〔美〕耿德華《被冷落的繆斯》，新星出版社二〇〇六年版）

這段聲明被作為宣傳品到處散播。此前的一九三九年四月，華北偽政權的機關刊物《中國公論》已在創刊辭中強調：「中國文化現值黑暗之時，國民思想常在動搖之中，感信仰之無主，循正路以未由！……此皆中心思想未能樹立，國民精神無所寄託……故急需建立中心思想，以作廣泛的啟蒙運動。」如一九四三年六月十五日，就有日方宣傳人員神谷正男在《新民報半月刊》撰文鼓吹：

為復興中國之傳統思想，而為皇道傳道的媒介，則大陸儒教之復興，不失為最善之道。欲達到此目的，吾人應將儒教之本質，和中國之問題，加以檢討之必要。今於復興中國的傳統思想和復興皇道的傳道思想，則大陸思想戰，必操勝算，故大陸儒教復興之意義，應充分尊重。（轉引自張泉《淪陷時期北京文學八年》，中國和平出版社一九九四年版）

可見，那幾年裏，「中心思想—儒教復興—皇道傳道」，一直是佔領軍和偽政權的宣傳主調。周作人在後來的《知堂回想錄》中，也說到了促成他寫〈中國的思想問題〉的直接原因：

這篇文章是我照例的鼓吹原始儒家思想的東西，但寫的時候卻別有一番動機，便是想阻止那時偽新民會的樹立中心思想，配合大東亞新秩序的叫嚷，本來這種驢鳴犬吠的運動，時至自會消滅，不值得去注意它，但在當時聽了覺得很是討厭，所以決意來加以打擊。

雖然事後的回憶，不排除有美化自己的可能，但作者當時的針對性卻不難從文章本身讀出來。這樣我們就可以明白，他之所以要把原始的中國思想概括為「儒家思想」，正是為了「接過」時已甚囂塵上的日偽「儒教」宣傳，再作迎面反擊。如果不談儒，卻轉而談道法楊墨，給人的感覺就是你談你的，我談我的，雖也有識者會看出此中玄機，效果畢竟不佳。

所以說，知堂此時「尊儒」，其實恰恰是為反駁日偽作為意識形態強加給中國人的「偽儒」，這與他以前的思想立場，仍可說是一以貫之的。

三、「中國思想」何所指

〈中國的思想問題〉開宗明義，劈頭就說：這是一個「重大的問題」，「卻並不嚴重」。「本人平常對於一切事不輕易樂觀，唯獨對於中國的思想問題卻頗為樂觀」。又說：「中國近來思想界的確有點混亂，但這只是表面一時的現象，若是往遠處深處看去，中國人的思想本來是很健全的……」在後文中，他再次強調：「可以積極的聲明，中國的思想絕對沒有問題。」這些話，先已將日方強行推進他們所謂儒教宣傳的前提，輕輕否定掉了。雖然中間也有一句「的確有點混亂」，但這正是知堂慣用的「接過來」的作文方式，看似委婉妥協，其實正為了更有力的一擊。隨後那一段，便有了些圖窮匕首見的味道：

……有人以為中國向來缺少中心思想，苦心地想給他新定一個出來，這事很難，當然不能成功，據我想也是可不必的，因為中國的中心思想本來存在，差不多幾千年來沒有什麼變化。

這就不光是否定前提，而且明確拒絕了那種「皇道傳道」的「啟蒙」，一點餘地也未留。此文何以激怒軍方，從這裏即可看出端倪。破題之後，知堂就洋洋灑灑，談起了自己心目中「以孔孟為代表，以禹稷為模範」的儒家思想來。

自一九三五年《夜讀抄》開始，知堂文中抄書的分量越來越重，到這時，早已抄得爐火純青。他談儒家，自然也離不開抄書，仔細分析這篇名文，它的骨架，其實是由五段引文支撐的，即《孟子》的〈離婁下〉與〈梁惠王上〉各一段，阮元〈論語論仁論〉一段，章太炎〈菿漢微言〉一段，焦循〈易餘龠論〉一段。

孟子的兩段是：

禹稷當平世，三過其門而不入，孔子賢之。顏子當亂世，居於陋巷，一簞食，一瓢飲，人不堪其憂，顏子不改其樂，孔子賢之。孟子曰，禹稷顏回同道，禹思天下有溺者，由己溺之也，稷思天下有饑者，由己饑之也，是以如是其急也。禹稷顏子易地則皆然。五畝之宅，樹之以桑，五十者可以衣帛矣。雞豚狗彘之畜，無失其時，七十者可以食肉矣。百畝之田，勿奪其時，數口之家可以無饑矣。謹庠序之教，申之以孝悌之義，頒白者不負戴於道路矣。七十者衣帛食肉，黎民不饑不寒，然而不王者未之有也。

前一段很平實，也就是後人所說的「先天下之憂而憂」，但須付之實踐。後一段，知堂歸結為「仁政」，其實就是要讓人民安居樂業，不饑不寒。他稱「仁」為儒家根本思想，「如人道主義的名稱有誤解，此或可稱之為人之道也」。

下面阮元的一段，關鍵句是：「凡仁必於身所行者驗之而始見，亦必有二人而仁乃見，若一人閉戶齊居，瞑目靜坐，雖有德理在心，終不得指為聖門所謂之仁矣。」強調了「仁」並非個人修養，而要體現在人與人的關係上。所以周作人說：仁就是「做人」，「即是把人當做人看待，不但消極的己所不欲勿施於人，還要以己所欲施於人，那就是己欲立而立人，己欲達而達人，更進而以人之所欲施之於人，那就更是由恕而至於忠了。」

章太炎的話正好接著阮元「推己及人」的意思推進，其要點是：人之所好未必同也，「雖同在人倫，所好高下亦有種種殊異，徒知絜矩，謂以人之所好與之，不知適以所惡與之，是非至忠焉能使人得職耶。」如果阮元說的還是「己所欲施於人」，那麼章太炎更強調「人所欲施於人」，即要按他人的所好而非一己的所好去「施行」才行。——這幾句用的是引文，又是章太炎式的艱深文言，它們悄沒聲息地伏在文中，其實卻是全文的「文眼」。試想，要那時的「施於人」者不是按自己的意志，而要按對方的意願去行事，不再強加於人，不再打著助人的旗號硬推行自己那套東西，要做到這一點才算得上仁，才稱得上儒……這是在教訓誰呢？知堂是點到即止，但看的人未必不明白。

在引了章太炎的話後，知堂又進一步發揮說，這種推己及人的原則，無論對宗族鄉黨，還是對國家民族，正有如海水中的鹽味，「量有多少而同是一味也」。而根本的原理，就在於「人之生物的本能」。隨後即引焦理堂的話：「非飲食無以生，非男女無以生生。惟我欲生，人亦欲生，我欲生生，人亦欲生生……不必屏去我之所生，我之所生生，但不可忘人之所生，人之所生生……」這無疑也是對野心勃勃的外來統治者的一番教訓。至此，周作人要說的意思，借助引文，已大體說完了。

隨後又是知堂的發揮，他由生物到人，再從人說到各民族所好的不同，雖未提及日本，其實已包含了中日的明顯的區別，亦即相互間的不可強加：

此原始的生存道德，即為仁的根苗，為人類所同具，但是人心不同各如其面，各民族心理的發展也就分歧，或由求生存而進於求永生以至無生，如猶太印度之趨向宗教，或由求生存而轉為求權力，如羅馬之建立帝國主義，都是顯著的例，唯獨中國固執著簡單的現世主義，講實際而又持中庸，所以只以共濟即是現在說的爛熟了的共存共榮為目的，並沒有什麼神異高遠的主張。

這裏的「趨向宗教」與「建立帝國主義」，以及「神異高遠的主張」，都可視為暗指日本；而中國「固執著簡單的現世主義」，只需「五畝之宅，樹之以桑」，只求「黎民不饑不寒」，所以日本人鼓吹的「皇道傳道」和「忠於天皇」之類，都與此格格不入，所以不可硬施於中國。當然，這裏最刺眼的是「共存共榮」，但知堂冠以「即是現在說的爛熟了的」幾字，便使其語含微諷。稍加分辨，不難看出，這裏指的是中國國內人與人的共濟，並非按原意指國與國之間的共通。他其實還是用的「接過來」的手法，套用這一日本戰時口號解釋中國的生存方式，使對方抓不住辮子，而強調這一方式恰恰為著抵制日本的強制和改造。

再下面一大段，很明顯地是對於外來統治者的警告：

中國人民的生活要求是很簡單的，但也就很切迫，他希求生存，他的生存的道德不願損人以利己，卻也不能如聖人的損己以利人。別的宗教的國民會得夢想天國近了，為求永生而蹈湯火，中國人沒有這樣的信心，他不肯為了神或為了道而犧牲，但是他有時也會蹈湯火而不辭，假如他感覺生存無望的時候……

這裏所說的「為了神或為了道」去「蹈湯火」，明顯影射日本的「武士道」精神，也說出了中國人不會願意為日本天皇的利益去作「犧牲」。知堂接著舉了歷史上動亂的例子，說明中國人一旦被逼到絕路，那種反抗的強烈將是出乎他人意料的。而「防亂則首在防造亂，此其責蓋在政治而不在教化」，也就是，灌輸那些日本化了的「偽儒教」無濟於事，要在自己的統治決策上找原因才行。

周作人的這篇文章，不僅是經過認真反覆的思考的，而且，還調動了自己的人生經驗。我們知道，知堂本來的趣味，就在於民間的瑣細的日常事物，在於對普普通通的人生的關懷，這從他一貫的散文小品乃至書話、函箚、雜事詩中，都能看出來。他自己說過：「我的理想只是那麼平常而真實的人生，凡是熱狂的與虛華的，無論善或是惡，皆為我所不喜歡……」（《書房一角》原序）筆者在〈樂感文化、俗世情懷與希臘精神〉一文中，也對周作人與張愛玲的這種趣味特徵作過初步的論述。現在，他也是推己及人，發現這不僅是自己的個人趣味，而且是一種民族特性，是合於原本固有的「中國思想」的。正如他說：「並不是因為孔子創立儒家，殷殷傳道，所以如此，無寧倒是翻過來說，因為孔子是我們中國人，所以他代表中國思想的極頂……」所以，他對中國人的這種「簡單的現世主義」的把握，更是充滿了自信。也可見，這不是他為了一時的「鬥爭」需要，故意「拗一路」，說些過頭或違心的話，而確是他這些年裏對於國民特性的研究所得。此文結末所寫的，也可說是他的研究方法或思考歷程了：

> 若是中國的事，特別是思想生活等，我覺得還是本國人最能知道，或者知道的最正確。我不學愛國者那樣專采英雄賢哲的言行做例子，但是觀察一般民眾，從他們的庸言庸行中找出我們中國人的人生觀，持與英雄賢哲比較，根本上亦仍相通，再以歷史中治亂之跡印證之，大旨亦無乖謬，故自信所說雖淺，其理頗正，識者當能辨之。陳舊之言，恐多不合時務，即此可見其才之拙，但於此亦或可知其意之誠也。

話說得很誠懇，是知堂一貫的文風。但對於強作解人甚至想強加於人的那些外來者，則不啻為結結實實的一棒；而因為文章是順著日方的宣傳說開去的，是溫文地談論著日方最感興趣的「儒家」乃至「共存共榮」，所以，這又是難以還手的當頭一棒。

四、「反動老作家」

〈中國的思想問題〉很快引來了反響。所有反響中，最說明問題的，無疑是日方人員的感覺和看法了。

當時頗為活躍的日本漢學家吉川幸次郎，於當年十月在〈致日華作家〉一文中說：周作人〈中國的思想問題〉的主題，看來是「我們外國人不應當干預」中國文學。（《被冷落的繆斯》，一八七頁）

四十多年後，日本學者木山英雄坦直地說：與「當時激昂抗日的呼喊」相比，周作人這種「第三者的研究立場」，反倒「具有使我們從內部搖撼以至反思到本民族的缺憾和恥辱的力量」。（《淪陷時期北京文學八年》，一七七頁）

當然，最為強烈的反響，還是來自當時華北日軍的宣傳顧問片岡鐵兵。他在當年八月二十五日至二十七日於日本東京召開的「大東亞文學者大會」上，有一個〈要求中國文學之確立〉的發言，其中有一大段劍拔弩張的話：

> ……中國諸君或者以為自己目前地位，因中國特殊情形之故，尚不得不姑息種種殘餘敵人之存在。現在餘在此指出之敵人，正是諸君所認為殘餘敵人之一。即目前正在和平地區內蠢動之反動的文壇老作家，而此敵人雖在和平地區之內，尚與諸君思想的熱情的文學活動相對立，而以有力的文學家資格站立於中國文壇。關於此人的姓名，余尚不願明言，總之彼常以極度消極的反動思想之表現與動作，對於諸君及吾人之思想表示敵對。諸君及吾人建設大東亞之思想，系一種嶄新之思想，亦即青年之思想，欲將東亞古老之傳統以新面目出現於今日歷史之中，確乎只有精神肉體兩俱沉浸於今日歷史中之青年創造意志，方能完成其困難工作。坦直言之，餘年

> 已五十……諸君較餘年輕，故余確信以諸君之憤怒，必將向彼嘲弄青年思想之老成精神予以轟炸，進擊……
>
> 諸君之文學活動沿著新中國創造之線，然彼老作家則毫不考慮今日之中國呼吸於如何歷史之中，被置於如何世界情勢之下，唯弄其獨自隨意的魅力豐富的表現，暗嗤諸君，而於新中國之創造不作如何的努力。彼已為諸君與吾人前進之障礙，積極的妨礙者，彼為在全東亞非破壞不可之妥協的偶像，彼不過為古的中國的超越的事大主義與在第一次文學革命所獲得的西洋文學的精神之間的怪奇的混血兒而已。（陶晶孫譯文原刊一九四四年五月號《雜誌》，現據《知堂回想錄》）

這裏已很明確地把周作人宣佈為「正在和平地區內蠢動」的「殘餘敵人」。而那罪名，則主要是「極度消極」，堅持他的「老成精神」，毫不考慮「今日歷史」，阻礙並「暗嗤」「青年創造意志」等。這也就暴露出，他們所說的儒家，早已不是有悠久歷史的中國思想，而是法西斯的所謂「嶄新之思想」、「青年之思想」，只不過草草地披一件儒家外衣而已。經過周作人學究氣的探討的對照，那件外衣不剝自破。難怪片岡鐵兵要惱羞成怒了。

當然，對日本軍方來說，這一「殘餘敵人」最為可怕之處，是在於論證了信奉儒家思想的中國人不會為日本軍國主義去作犧牲，反倒會鋌而走險，群起反抗。片岡的發言中只有一句話點到這一層，即「於新中國之創造不作如何的努力」，所以「彼已為諸君與吾人前進之障礙」。為什麼說得這麼簡略？因為這正是他們的痛處，他不願在請到東京來的這一批「大東亞文學者」面前太挑明這一點，但心裏是清楚的，並暗暗地痛恨著。

周作人知道了片岡的這個發言後，內心也十分清楚：自己如默不作聲，接下來後果不堪設想；倒不如趁日偽政權還想利用他的影響力，先把事情鬧大，爭取主動。於是他公開提出抗議，要片岡鐵兵明確答覆。他給日本的文學報國會（由軍方領導的全國作家組織）寫信，並在一周後的三月二十七日就將信發表在《中華日報》上，所以這幾乎就是公開信了。信中的措詞尖刻而強硬：「竊思片岡氏當已達於能夠辨別事情之年齡，應不至於說漫無根據的話，並且話已一旦說出，亦應不至於重複吞下，為此特請其以男子漢的態度率直地答覆為要，如若所謂反動的老作家確是鄙人，則鄙人自當潔身引退，不再參加中國之文學協會等，對於貴會之交際亦當表示謹慎。鄙意發言者雖為片岡氏，唯其責任則應由貴會負之也。」結果日本的著名作家紛紛向周作人表示慰問，並對片岡鐵兵施加壓力；文學報國會也來跟他打招呼。片岡拖了一個多月後，終於給他來信了。但因為心中有氣，又是私人信件（不是在「文學者大會」那樣的場合），所以這裏的話其實說得更透：

> 請你想起在改造社文藝雜誌登載的大作中國的思想問題中之一節，原文雲，他們要求生存，他們生存的道德，不想損人以利己，可是也不能聖人那樣損己以利人云云。這樣說起，講到亂的那一節話，當時本人在大東亞文學者大會中發表那篇演說，即有此文在鄙人胸中。……讀了

〈中國的思想〉全文，熟讀上述之一節，假如不曾感病在今日歷史中該文所演的角色乃是「反動保守的」，則此輩只是眼光不能透徹紙背的讀者而已。鄙人感到，不應阻害中國人民的欲望之主張，實即是對於為大東亞解放而鬥爭著的戰爭之消極的拒否……假如中國人雖贊成大東亞之解放，而不願生存上之欲望被阻害，即中國人不分擔任何苦痛，以為即協力於大東亞戰爭，使此種思想成為一般的意思，則在此戰爭上中國的立場將何如乎。為中國人民所仰為指南之先生有此文章，其影響力為何如？鄙人念及，為之慄然。不睹個人的生存之戰爭可能有乎？不犧牲個人之欲望而願贏得戰爭既不可能，然則先生此文無非將使拒否大東亞戰爭，或至少意欲對於此戰爭出於旁觀地位之一部分，中國人之態度予以傳統道德之基礎，而使之正當化耳。……對於日本人之文章感受性，幸勿予以過低的估價可也。（據《知堂回想錄》）

片岡鐵兵本是與橫光利一齊名的新感覺派小說家，也曾一度是「左翼」作家，後又「轉向」，成了一個近乎瘋狂的法西斯分子。周作人說：「轉向的人比平常人更為可怕，文人也不例外。」看來是有道理的。他對於自己發現「平穩的言詞……其底下流動之物」的能力，可謂非常自得，所以威脅周作人不要低估「日本人之文章感受性」。

確，他挑明瞭周作人文章「無非將使拒否大東亞戰爭……予以傳統道德之基礎，而使之正當化」的要害。話說得氣壯如牛，自詡「透徹紙背的讀者」，然而恰恰忘了，經他這樣一說，正好暴露了日本軍方在淪陷區的種種作為，目的其實就是一個：把中國人綁在戰車上，讓中國百姓也去為日本軍方「分擔苦痛」，「賭個人的生存」，亦即要理直氣壯「阻害」中國人的「生存上之欲望」。這樣，那一套儒教宣傳的欺騙性做法，就全都讓他給打破了。

軍方未必滿意於片岡鐵兵的狂傲言詞，所以他後來頗不得志。幾乎沒有人明確表示支持他，報上甚至有要他「切腹自殺」的諷勸；同時也出現了一些肯定中國傳統儒家的打圓場的文章。一年之後，片岡氏抑鬱而終。

可以說，面對打著儒教旗號的所謂「皇道傳道」的宣傳攻勢，周作人憑一人之力，利用對方的口號和概念作巧妙的辯駁，也利用自己的影響力進行適時的抗爭，結果使這場滑稽的宣傳戰遭致敗北，同時，還奇蹟般地消解了一次「掃蕩反動老作家」的文化圍剿。

五、「見林不見樹」

曾經看過不少論及那段歷史的文章，注意力大多集中在周作人與其學生沈啟无的糾葛上。沈很可能在這場爭鬥中起了「打小報告」的作用，一如上世紀中後期中國人在「文革」中經常遇到的那樣。片岡發言中一再提到「吾與諸君」的「諸君」，也是指出席「文學者大會」並在台下與之心照不宣的沈啟无等。沈與周作人的師生關係的確具備戲劇性，然而學術終究不是戲劇。能從片岡的發言和回信中認真發掘雙方衝突之實質的，反倒並不多見。這不免令人悲哀。

對於這段歷史，其實是存在著一個無形的研究禁區的，這不是誰劃定的，但早已根深柢固地存在於人們（包括研究者）的心裏。那就是，凡歷史翻過了一頁，尤其是有過天翻地覆的變化之後，對於「前朝人物」，就不宜再作客觀公允的研究，而只宜於斥責、痛貶，即使研究也要以批判為主。這其實是以政治取代了學術，而歸根結底也於政治無益。對於抗戰的歷史自不必說，對於國民黨的上層人物，對於「文革」中的一些人物和現象等，也都存在這一問題。禁區漸漸就會轉化為盲區，這對我們自身的眼界和視力是大為不利的。有關國民黨上層的研究近年已大為改觀，這也許是我們的歷史研究將進入一個新的學術境界的徵兆。

上述的無形禁區，正如魯迅筆下的「無物之陣」，草色遙看近卻無，它一旦成為集體無意識，就將限制並影響研究的進行。有時，研究還未進行，結論卻早已下好了；但這往往是現成的政治結論而非學術成果。這裏且舉一例——

二〇〇五年七月廣西師大出版社印行了一部厚厚的《周作人生平疑案》，其中有一專節：「〈中國的思想問題〉究竟怎麼讀？」作者簡單羅列了林辰、錢理群、張鐵榮、李景彬、陳福康、倪墨炎、木山英雄諸人的看法，從中引出結論道：「綜合眾多專家學者的意見，看法大同小異，多數傾向於『獻策』，少數認為『不忠』，但按當時周作人大肆鼓吹『大東亞主義』、『共存共榮』的表現來看，並沒有實質性的主觀上的『不忠』，憑他也絕對不敢。」（二四八—二四九頁）這話說得十分輕率，也缺乏分析。再看作者概述的諸位專家的意見，更是問題多多。比如，錢理群是被列在「獻策」說行列中的，而他在《周作人傳》中，明明指出了周作人花那麼大力氣構建「儒家人本主義」，是希望「統一的漢文化不但未被打倒，而且將入侵的異族『同化』」；幻想「在『物的文化』（政治，經濟，軍事）遭到失敗的中國，仰仗著『人的文化』的優勢最終將對手戰而勝之」。這與「獻策」二字，能同日而語麼？又如，倪墨炎雖被列為「不忠」說，但只寥寥三句，看不出具體觀點，事實上，他在《中國的叛徒與隱士周作人》中分明指出，周作人反覆論證儒家「民生主義」，是對侵略者「王道」謊言的揭穿和諷刺。還有，概述日本學者木山英雄的觀點（他大概也被列入「不忠」說了），卻省去了我們前文引過的「具有使我們從內部搖撼以至反思到本民族的缺憾和恥辱的力量」這一重要看法。此外，對〈中國的思想問題〉論述最為深刻的美國學者耿德華《被冷落的繆斯》一書，當時還未出中文版，未被引述，怪不得作者；但張泉先生的《淪陷時期北京文學八年》早在一九九四年就由中國和平出版社出版，其中對〈中國的思想問題〉評價頗高，居然也未蒙作者青及。看來，作者對各位專家的觀點並未認真細讀，只是草草掃了一眼，從中挑些自己看得過去的文字而已，目的則是要儘快過渡到自己預設的結論。這樣的學術態度，我以為有欠慎重。而作者也許覺得，對這樣的人，這樣的問題，根本沒必要慎重。

作者隨後說出了自己對此事的評價：「他（指周作人）只是出於喜歡標舉獨特性以顯其深刻的『叛逆習性』，卻被那幫戰爭狂曲解為想搗亂，故而往這個『忠僕』嘴裏塞了一嘴糞。」作者是從事魯迅研究的，他在這裏套用了魯迅〈言論自由的界限〉中的話。上世紀二〇年代末，以胡適為代表的一群文化人，在報紙上公開點名批評蔣介石政權缺乏民主自由，發起了一場「人權運動」，遭到了國民黨的壓迫，胡適一九三〇年自滬抵京時，差點遭到特務和軍人的狙擊（可參閱羅爾綱《師門五年記・胡適瑣記》）。魯迅事後撰文評論這些知識份子與當權者的衝突，認為他們不過是賈府的焦大，本是忠僕，因喝醉了酒，罵了幾句，被「塞了一嘴馬糞」。魯迅是站在與國民黨不合作的立場，認為這樣的政權理應推翻，所以任何與之討論人權、促其改良的言論，都在他諷刺之列。然而，這其實並不代表魯迅思想中最深刻的部分，因為按照這樣的思路，除了徹底推翻政權外，其他所有的批評抗爭，都有同於無。這無疑是把除自己之外的一切力量，都推到對立面去了。其實在統治者和被統治者內部，都存在著複雜的層次，有著無數積極與消極的因素。各種因素皆不考慮，也不利用，只以「賈府的焦大」一概喻之，儘管簡捷痛快，卻既不公允，也不明智。魯迅在許多場合，並不是這樣處理問題的；而左翼先前攻擊魯迅，倒正是秉著這樣的思路。所以，用「塞了一嘴糞」這樣的話（還有另一更通行的說法是「狗咬狗的鬥爭」）把複雜的歷史輕易地翻過去，正是一種典型的「見林不見樹」的態度，它不利於我們弄清複雜的歷史。

六、有無「夫子自道」

那麼，周作人自己又是如何評價這段歷史的？

首先，他很清楚，他在這一階段的以〈中國的思想問題〉為代表的所謂「正經文章」，與他一貫的作品，還是有很大不同的。在文風上，因為話題重大，內容厚實充沛，他不可能再寫得那麼瀟灑閒閒，充滿餘情了；在思想上，雖然我們前面說過他是一以貫之的，並沒有背離自己的基本思路，但畢竟也有一點重要的不同，即他對於「中國思想」的批評成分明顯減少，甚至不大看得見了。對此，他在〈漢文學的前途〉的「附記」中說過一段話：

太平時代與高采烈，多發為高論，只要於理為可，即於事未能，亦並不妨，但不幸而值禍亂，則感想議論亦近平實，大抵以國家民族之安危為中心，遂多似老生常談，亦是當然也。中國民族被稱為一盤散沙，自他均無異辭，但民族間自有系維存在，反不似歐人之易於分裂，此在平日視之或無甚足取，唯亂後思之，正大可珍重。

用這樣的角度去看我們前面說的「反儒」與「尊儒」，也許會更好理解些；他從一個「國民性」的批判者變為中國傳統思想的闡釋者，原因正在這「不幸而值禍亂」中；他那些「正經文章」的少有情趣，也會讓人覺得情有可原。至於《中國的思想問題》中那幾段關於傳統儒家的引文，被他一引再引，絲毫不避重複，的確與它們在這「亂世」中的重要性有很大關係。他那早已關了門的「文學店」又重新開張，則無疑是他想要談談「漢文學」，要從漢字、漢文、漢文化的傳統中，重申他現在分外看重的儒家人生主義思想——其中未必沒有如錢理群所說想在將來以此戰勝異族的入侵者。

除此之外，他還非常清楚〈中國的思想問題〉所內含的分量，在後來的文章和回憶錄中，他一再提及此文。較有代表性的，便是文章發表兩年後在《立春以前》的後記中所說的話：

> 民國卅一年冬我寫一篇〈中國的思想問題〉，離開文學的範圍，關心國家治亂之源，生民根本之計，如顧亭林致黃梨洲書中所說，……我對於中國民族前途向來感覺一種憂懼，近年自然更甚，不但因為己亦在人中，有淪胥及溺之感，也覺得個人捐棄其心力以至生命，為眾生謀利益至少也為之有所計議，乃是中國傳統的道德，凡智識階級均應以為準則，如經傳所廣說。我的力量極是薄弱，所能做的也只是稍有議論而已，卻有外國文士見了說這是反動，我聽了覺得很有意義，因此覺得恐怕我的路是走得不錯的，……以前雜文中道德的色彩，我至今完全的是認，覺得這樣是好的，以後還當盡年壽向這方面努力……

在一九四一年初，周作人初任「教育督辦」時，曾發生過一次「遊行事件」：偽新民會為慶祝日軍佔領宜昌，通知北京各校學生到天安門集會遊行，周作人認為學生應遠離政治，對此事不置可否，結果無一學生到場，新民會顧問安藤少將大怒，聲言要親自逮捕周作人，後經日本大使館一等參贊力勸而止。此後周作人不敢再管這類閒事。對於出任這一偽職，他曾解釋說：自己可以比別人少一點反動。看來，他的確是想通過自己的特殊地位做一點事的，但事實證明他根本做不了。這以後，他只能仍把力氣花在寫文章上，所以他在這裏說：「我的力量極是薄弱，所能做的也只是稍有議論而已。」這以後，直至他的晚年，他一再強調，自己進入亂世便由文學轉入「事功」，但他的事功其實主要還是「議論」，而這議論的巔頂，也就是〈中國的思想問題〉。

然而，仔細品別他的這些文字，我們又會發現，他的自我評價是那樣地高。在這裏，他因「關心國家治亂之源，生民根本之計」，有自比顧炎武和黃宗羲之嫌（可參閱《苦口甘口》自序）。在此前給陶亢德的信中，他還有「請勿視留北諸人為李陵，卻當作蘇武看為宜」的話，似又自比蘇武。甚至在抗戰勝利後，他在老虎橋獄中，還作詩云：「恰似烏台詩獄裏，東坡風貌不尋常。」這又自比蘇軾了。而在《立春以前》的後記中，他說，「個人捐棄其心力以至生命，為眾生謀利益至少也為之有所計議，乃是中國傳統的道德」，又說，「以前雜文中道德的色彩，我至今完全的是認，覺得這樣是好的，以後還當盡年壽向這方面努力。」這又把自己視同聖人了。的確，細讀他那一時期的文章，看他一再引用「禹稷當平世……顏子當亂世……禹稷顏回同道……禹稷顏子易地則皆然」，反反覆覆，不厭其煩，也不禁讓人想到，他有沒有「夫子自道」？——恐怕，還是有的吧。好多年前，廢名曾經將他比作孔子；現在，當他在重新構建儒家的人生主義的框架時，也許真是把自己視同孔孟了吧。

但他事實上並未做成禹稷顏回，這是人人都能看到的。比如，人民在受苦，而他在教育督辦任上，生活卻相當奢華。又比如，他參加那些日偽宣傳活動，雖是身不由己，但惡劣的效果卻是客觀存在的。他對這些又是怎麼看呢？

十一年前，我曾到北大拜訪金克木先生，在談到周作人時，他說了兩點。一是：周作人出任偽職，一個重要的出發點是保護北大，如他不出面，北大肯定就給日本人拿去了。二是：他什麼都想到了，就是有一點根本沒想到，那就是日本最終會打敗。現在回想起來，金先生說的很是深刻。周作人的確有私心，貪享受，但他身處亂世，很想在教育、文化方面做點事，這卻是真實的。以他的影響和地位，公然參加敵偽活動，對於中國人民，尤其是中國的抗日力量，當然是一種傷害；但在他的心目中，中國全面戰敗只是早晚的事，日本的長遠統治將是不爭的事實，所以，抗日力量被他忽略不計，他只考慮在既定的外來統治下面怎麼起一點作用。他對自己的評價高到那樣離奇的地步，與他的這一邏輯前提，也許是有關係的。

本著「見林又見樹」的學術意願，我想，對於周作人這樣的人物的真實思想，也應再作深入的探討。本文權作拋磚引玉吧。

二〇〇六年平安夜，草成於香花橋畔

後記

這本薄薄的小書，真正寫作的時間雖不算長，但從最初的醞釀、收集材料到最後的完成，也花去了好幾年的光陰。這兩年外面天翻地覆，有不少立志以筆耕為業的朋友，終於棄文從商，「下海」去了。也有人見我還在埋頭寫作，驚訝不已，彷彿我已成了世間的怪物。然而我確實在寫作中獲得了極大的樂趣，這是一種在艱難跋涉中時時都有新發現的快樂，令人備覺艱辛而又備感充實。我想，即使一夜間成了腰纏萬貫的大富翁，那快樂也難以與之相替換吧。於是我繼續寫，並沒有那種憤憤而為或自我獻身似的悲壯感，只如魚之在水，自然而又自然。可以說，寫這本書時我所感受的審美愉悅，超過了以往，甚至超過了以前寫小說的時候。我真正相信了，即使從事很抽象的學術研究，哪怕只是從事資料的考訂，也還是需要靈感，也可以是沉浸在一種創作的衝動中的。

正因為寫作過程始終有這「樂趣」相伴隨，所以本書的結構和寫法，也可能和其他同行略有不同。另一方面也是受了知堂的影響，不願把文章寫得過於「形而上」。因此，本書除個別章節外，研討的過程總是盡可能與具體的形象或作品聯繫在一起，以便讓讀者多少感受一些那實實在在的藝術的韻味，使閱讀也能伴以創造的衝動或樂趣，而不只與枯澀的結論相伴。

當然這樣的寫法也有弱點，那就是使構成全書的幹線不甚清晰。本來，瘦硬的文章大多骨骼外露，主幹分明；豐肥一些，線條也就難免模糊。好在只要內裏的脈絡俱全，讀者總是能理出頭緒來的。

此處，我想再把全書的結構略作交代，也算是對於寫作過程的一點兒簡單的總結吧。

第一章，是想通過周作人與梁實秋、林語堂、豐子愷等人的對比，以顯示出他那「澀味」與「簡單味」相調和的獨特風格；並對這種風格何以不能輕易被當今的讀者所接受，作一點分析。這樣的藝術風格不是孤立存在的，它的「拙」與「澀」，同小說、繪畫、書法等門類的一些傑作均有相通之處，所以我在行文中有時離開散文論及其他，目的還是為了完成對於知堂散文風格特徵的思考。——畢竟這是一本研究周作人散文的書。

第二章，則擬通過周作人與魯迅的對比，寫出周作人的思想和藝術的道路，尤其是理出其中較為隱秘、較為複雜或積極的內容來。這樣對比著寫，不僅因為他們是兄弟，曾有過很長一段共同生活和奮鬥的經歷，還因為他們在思想和藝術上的某些深刻的相似，常常為人們所忽略。通過對比，周作人在生活和創作上的一些選擇，就比較易於理解了。

第三和第四章，是將前文所論述的藝術特徵和作家的生命歷程，再落實到他所創造的文體和作品中作具體考察。說得堂皇些，本書的總體佈局也可說是從抽象到具體，再從具體到抽象。中間具體分析知堂雜著、知堂小品和知堂書話的這兩章，寫法上不如前後諸章自由靈動，但自覺較為結實，動用的材料更多，所花的力氣也更大些。

第五章則想從理論上探討一下結構和技巧在散文中所能有的地位。知堂散文到後期力圖脫盡一切結構和技巧的痕跡，使作品天然渾成，這種寫作實踐和通行的散文理論是有不小的距離的，本書試圖對此作出自己的解釋。

第六章的前半篇談周作人散文藝術的淵源，其中涉及周作人與西方和日本文學的藝術聯繫的文字，帶有「比較文學」的性質；同時也論述了知堂散文與中國古典文學的聯繫。這都可以看作對第三第四章的論證的發展和深入。後半篇通過對俞平伯和廢名的論析，以及周作人對這兩位得意弟子的評說，見出周作人對於現代散文藝術走向的一些重要看法。這似可與本書開場時談過的「澀味」與「簡單味」遙相照應。

周作人稱晚明小品和自己這一派的散文產生於「王綱解鈕的時代」，看來是不無道理的。但西方的具有相類性質的作家及作品，諸如蒙田、斯威夫德、愛迭生、歐文等等，就並不都是「王綱解鈕」時代的產物，有的身處國家上升或全盛時期，而自己也還是時代漩渦中心的弄潮兒。這恐怕是因為，西方作家和中國作家，對於自己的散文和時代政治的關係，有著很不相同的看法。同時也因為中國的「王綱」一向厲害，不到「解鈕」之時，那種純個人的、閒散苦澀的文字就很難存在和流布。在中國，群情昂揚、「萬眾一心」的時候，這樣的散文是沒有市場的；政治昌明、歌舞昇平的時候，人們也看不慣這類作品。只有到失望和痛苦普遍地侵蝕著人心了，它們才會滋生和流行起來。這是過去的文學史的事實。即周作人自己的風格，也並不是在「五四」的高潮中形成的，他那時的影響主要在於他的思想與文學批評，而不在於藝術；恰恰是在「五四」退潮時期，才日漸顯出了他藝術的光華。從他倡導「美文」小品，到「四・一二」後的「閉戶讀書」，到後期的愈益苦澀的書話，他的散文藝術才走向了最成熟的境界。他影響最大的時期是三〇年代，因為自一九二七年後，中國知識份子普遍陷入了苦悶。當時追隨者和模仿者甚眾。到抗戰開始後，在延安，連〈三八節有感〉、〈野百合花〉那樣積極的作品都遭禁，當然更不用說知堂式的散文了；重慶提倡抗戰宣傳，這類散文也逐漸退隱。倒是「敵佔區」仍然大量出現這些作品，這並不是因為敵寇的提倡——日本統治者所需要的也是宣傳品，而非如此消極的創作——只是因為敵佔區的知識者普遍處於苦悶絕望之中，而那裏的文網又並不十分嚴密。到解放以後，別的作家不說，就連周作人自己的散文也時或不如以前，這是因為他自己覺得已不宜再像過去那樣自由而充分地表露內心的苦澀味，他變得小心而有分寸，有時還不免歌頌幾句。後來出現的三大散文家，劉白羽、楊朔、秦牧，與知堂散文的風格是相距很遠的。劉白羽的「高調」，自與周作人的平易淡泊不合；楊朔的講究結構精巧的小園林式的散文，更不合周作人的隨意揮灑與渾樸天成；秦牧的充滿知識性的侃侃而談，似與周作人比較接近，但他那時寫法雖別致，思想卻是現成的，缺乏周作人那樣的獨特體驗，更沒有那種深刻的苦澀，所以在韻味上仍然與知堂散文不合。在三十餘年的時間裏，知堂散文的影響可謂是潛藏不露；但它們始終存在著，尤其在一部分老知識份子中存在著。不然，就很難解釋這一派的散文何以在八〇年代末九〇年代初，會重新引起知識界的注意了。我以為，現在有些編得很不錯的副刊和雜誌，是有知堂先生的靈魂在暗中起作用的，如目前仍很活躍的《讀書》與《隨筆》（尤其是《讀書》），其旨趣、作者群、選題及讀者層面，都讓人聯想到周作人。有些老作家，到晚年心境愈冷愈淡，文章也漸與周作人相接近，如孫犁近年出版的《如雲集》和《耕堂讀書記》，就很有周作人式的苦趣了。總而言之，這派散文的重新走紅，既有客觀原因，也與作家的人生體驗及對文學的看法的轉變有關。

本書的選題設想曾得到周天與陳先法的熱情鼓勵，他們或長期從事理論研究，或長期擔任散文編輯，即使在閒聊中，他們的意見對我也是重要的。郝銘鑒、高國平、陳朝華等師友為本書的出版付出了艱辛的勞動。馮金牛、胥智芬、謝蔚明、朱曾汶、王瑩為我提供了不少有用的資料。在此一併致謝。

作者　一九九三年四月

新版後記

本書曾於一九九四年八月由上海文藝出版社出版，當時僅印三千冊。但在我的十幾種小書中，它卻是影響最大的一本。十餘年來，向我索取此書者始終不斷，我則實在無法滿足他們的要求。現在本書能得以再版，對於我，這實在是件高興的事。

趁再版之機，我將書稿修葺一過，並增補了四篇附文。其中，〈知堂的回憶文〉係《苦雨齋主》一書的序，曾發表於《書城》雜誌；〈夢一般的記憶〉是談知堂譯作《如夢記》的，發表於《文匯讀書週報》；〈感樂文化、俗世情懷與希臘精神〉和〈「中國的思想問題」及其他〉是專為這次再版補寫的，前者發表於《書屋》雜誌（編者將其更名為〈從與李澤厚的聚談說開去〉），後者甫一完稿即放入書中，簡體字版印成之日，才在《魯迅研究》月刊上發表。有了這些附文，我對知堂散文及思想、藝術的論述，也許會比較地趨於完整吧。

當年此書問世，曾在各地報刊陸續看到近三十篇書評，近年又常在網上讀到年輕朋友對它的評論，論者大多不相識。柯靈、張中行、谷林、黃裳、鍾叔河、黃宗江、馮亦代、金性堯、錢理群、倪墨炎、止庵、黃開發等知堂散文的愛好者和研究者，也都有過熱情的鼓勵，令我感愧不已。范培松先生在其《中國散文批評史》中，將這本專論放入了一個很重要的位置。而舒蕪先生發表在《讀書》雜誌的〈真賞尚存　斯文未墜〉，影響尤其大；現徵得作者同意，將此文移作本書「代序」。為防序多累人，原序只得抽下了。

本書的增訂本得以在海峽兩岸以簡繁兩種字體出版，我要感謝上海書店的王為松先生和闞政小姐，也要感謝臺灣的蔡登山學兄，以及為本書繁體字版穿針引線的程巢父先生。我要感謝諸位幫助和鼓勵過我的師友同道。除此之外，還要特別感謝一位未嘗謀面的南京讀者卞琪斌，他曾在來信中指出了我兩本書中的兩個錯誤，其中的一個，我現在已經改掉了。

作者　二〇〇九年四月改定於滬上

國家圖書館出版品預行編目

解讀周作人 / 劉緒源著. -- 一版. -- 臺北市
：秀威資訊科技, 2009. 06
面； 公分. --（語言文學類；PG0257）

BOD版
ISBN 978-986-221-228-8（平裝）

1.周作人 2.散文 3.文學評論

855 98007855

語言文學類 PG0257

解讀周作人

作　　　者 / 劉緒源
主　　　編 / 蔡登山
發　行　人 / 宋政坤
執 行 編 輯 / 藍志成
圖 文 排 版 / 鄭維心
封 面 設 計 / 陳佩蓉
數 位 轉 譯 / 徐真玉　沈裕閔
圖 書 銷 售 / 林怡君
法 律 顧 問 / 毛國樑　律師
出 版 印 製 / 秀威資訊科技股份有限公司
台北市內湖區瑞光路583巷25號1樓
電話：02-2657-9211　傳真：02-2657-9106
E-mail：service@showwe.com.tw
經　銷　商 / 紅螞蟻圖書有限公司
台北市內湖區舊宗路二段121巷28、32號4樓
電話：02-2795-3656　傳真：02-2795-4100
http://www.e-redant.com

2009 年 6 月　BOD 一版
定價：360 元

讀　者　回　函　卡

感謝您購買本書，為提升服務品質，煩請填寫以下問卷，收到您的寶貴意見後，我們會仔細收藏記錄並回贈紀念品，謝謝！

1.您購買的書名：＿＿＿＿＿＿＿＿＿＿＿＿＿＿＿＿

2.您從何得知本書的消息？

☐網路書店　☐部落格　☐資料庫搜尋　☐書訊　☐電子報　☐書店

☐平面媒體　☐ 朋友推薦　☐網站推薦　☐其他＿＿＿＿＿＿

3.您對本書的評價：(請填代號　1.非常滿意 2.滿意 3.尚可 4.再改進)

封面設計＿＿　版面編排＿＿　內容＿＿　文/譯筆＿＿　價格＿＿

4.讀完書後您覺得：

☐很有收獲　☐有收獲　☐收獲不多　☐沒收獲

5.您會推薦本書給朋友嗎？

☐會　☐不會，為什麼？＿＿＿＿＿＿＿＿＿＿＿＿＿＿＿＿

6.其他寶貴的意見：＿＿＿＿＿＿＿＿＿＿＿＿＿＿＿＿＿＿＿＿

＿＿＿＿＿＿＿＿＿＿＿＿＿＿＿＿＿＿＿＿＿＿＿＿＿＿＿＿

＿＿＿＿＿＿＿＿＿＿＿＿＿＿＿＿＿＿＿＿＿＿＿＿＿＿＿＿

＿＿＿＿＿＿＿＿＿＿＿＿＿＿＿＿＿＿＿＿＿＿＿＿＿＿＿＿

讀者基本資料

姓名：＿＿＿＿＿＿＿＿＿＿＿　年齡：＿＿＿　性別：☐女　☐男

聯絡電話：＿＿＿＿＿＿＿＿＿　E-mail：＿＿＿＿＿＿＿＿＿＿＿

地址：＿＿＿＿＿＿＿＿＿＿＿＿＿＿＿＿＿＿＿＿＿＿＿＿＿＿

學歷：☐高中(含)以下　☐高中　☐專科學校　☐大學

☐研究所(含)以上　☐其他＿＿＿＿＿＿＿＿

職業：☐製造業　☐金融業　☐資訊業　☐軍警　☐傳播業　☐自由業

☐服務業　☐公務員　☐教職　☐學生　☐其他＿＿＿＿＿＿

請貼
郵票

To：114

台北市內湖區瑞光路 583 巷 25 號 1 樓

秀威資訊科技股份有限公司　　收

寄件人姓名：

寄件人地址：□□□

(請沿線對摺寄回,謝謝!)

秀威與 BOD

BOD（Books On Demand）是數位出版的大趨勢，秀威資訊率先運用 POD 數位印刷設備來生產書籍，並提供作者全程數位出版服務，致使書籍產銷零庫存，知識傳承不絕版，目前已開闢以下書系：

一、BOD 學術著作—專業論述的閱讀延伸
二、BOD 個人著作—分享生命的心路歷程
三、BOD 旅遊著作—個人深度旅遊文學創作
四、BOD 大陸學者—大陸專業學者學術出版
五、POD 獨家經銷—數位產製的代發行書籍

BOD 秀威網路書店：www.showwe.com.tw
政府出版品網路書店：www.*gov*books.com.tw

永不絕版的故事・自己寫・永不休止的音符・自己唱